中华谚语

王其如　主编

吉林文史出版社

图书在版编目（CIP）数据

中华谚语／王其如主编. -- 长春：吉林文史出版
社，2018.9
　　ISBN 978-7-5472-5352-6

　　Ⅰ. ①中… Ⅱ. ①王… Ⅲ. ①汉语-谚语-汇编
Ⅳ. ①H136.3

中国版本图书馆 CIP 数据核字（2018）第 202402 号

中华谚语

主　　编	王其如	
责任编辑	李相梅	
版面设计	文贤阁	
出版发行	吉林文史出版社有限责任公司	
地　　址	长春市人民大街 4646 号	
网　　址	http://www.jlws.com.cn	
印　　刷	北京市松源印刷有限公司	
开　　本	880mm×1230mm　1/32	
印　　张	15	
字　　数	490 千字	
版　　次	2019 年 5 月第 1 版　2019 年 5 月第 1 次印刷	
书　　号	978-7-5472-5352-6	
定　　价	45.00 元	

前言

中华民族历史悠久，源远流长。在这几千年历史中，淳朴的劳动人民在生活实践中创造了许多智慧结晶，其中有一种特殊的语言形式，它们语句短小却形象生动，这就是谚语。

谚语是民间广泛流传的言简意赅的短语，是民众的丰富智慧和普遍经验的规律性总结，其中多数反映了劳动人民的生活实践经验，且几乎都是口头传下来，所以它们多数是口语形式的通俗易懂的韵语或者短句。谚语是人们生活中常常用到的现成的话，它们一般都表达一个完整的意思。谚语是语言整体中的一部分，谚语的使用可以增加语言的鲜明性和生动性，用在文章中也能增强文章的表现力。和谚语相似却又有所不同的语言形式有成语、俗语、歇后语、警语、名言，等等。

谚语反映的内容涉及社会生活的方方面面，其类别之多，难以胜数，如劝人们加强自我品德修养的思想品德类谚语（"宁为玉碎，不为瓦全""路遥知马力，日久见人心"），强调为人处世、待人接物、持家治国等方面应注意的事的社会谚语（"长江不拒细流，泰山不择土石""宁可正而不足，不可邪而有余"），劝导人致力于学习类的谚语（"少壮不努力，老大徒伤悲""黑发不知勤学早，白发方悔读书迟"），认识自然和总结生产经验的气象谚语（"乌云脚底白，定有大雨来""早刮东风不雨，涝刮西风不晴"），在生产实践中总结出来的农业谚语（"一阵太阳一阵雨，栽下黄秧吃白米""白地不下种，白水不栽秧"），等等。

每个地方都有自己的谚语，谚语之多，可以说是不胜枚举。为了让大家对谚语有更充分的了解，本书较为全面地收集、整理了大家耳熟能详的谚语，精心编纂成册。因为时间、精力有限，本书可能还有不足的地方，恳请各位读者朋友不吝指正，我们将不胜感谢。

目录

一 思想品德谚语

1. 关于品德与修养的谚语 …………………………………… 1

2. 关于真理与正义的谚语 …………………………………… 10

3. 关于待人与处世的谚语 …………………………………… 21

4. 关于谨慎与警惕的谚语 …………………………………… 34

5. 关于诚信与谦虚的谚语 …………………………………… 39

6. 关于团结与集体的谚语 …………………………………… 49

7. 关于勇敢与勤奋的谚语 …………………………………… 59

8. 关于公私与美丑的谚语 …………………………………… 67

9. 关于缺点与错误的谚语 …………………………………… 71

10. 关于钱财与贪婪的谚语 …………………………………… 74

11. 关于阿谀与奉承的谚语 …………………………………… 78

二　立业学习谚语

1. 关于理想与事业的谚语 …………………………………… 79

2. 关于惜时与求知的谚语 …………………………………… 91

3. 关于勤俭与节约的谚语 …………………………………… 103

4. 关于劳动与勤劳的谚语 …………………………………… 112

5. 关于语言与技艺的谚语 …………………………………… 115

6. 关于长远与远见的谚语 …………………………………… 125

7. 关于祖国与人民的谚语 …………………………………… 126

8. 关于家庭与家人的谚语 …………………………………… 130

9. 关于婚姻与交友的谚语 …………………………………… 150

10. 关于师父与老师的谚语 ………………………………… 163

三　养生健身谚语

1. 卫生谚语 …………………………………………………… 165

2. 养生谚语 …………………………………………………… 176

3. 医药谚语 …………………………………………………… 189

4. 关于饮食与睡眠的谚语 …………………………………… 193

5. 关于健康与疾病的谚语 …………………………………… 196

6. 武术谚语 …………………………………………………… 204

7. 八卦掌谚语 ………………………………………………… 221

8. 太极拳谚语 ………………………………………………… 225

9. 形意拳谚语 ………………………………………………… 238

四 行业谚语

1. 农业谚语 ················· 242
2. 林业谚语 ················· 260
3. 牧业谚语 ················· 273
4. 副业谚语 ················· 278
5. 渔业谚语 ················· 294
6. 工商业谚语 ················· 300
7. 关于股市的谚语 ················· 311
8. 关于厨师与烹饪的谚语 ················· 315
9. 关于军队与国防的谚语 ················· 318
10. 衙门、官吏、律令类谚语 ················· 319

五 山水、动植物及静物谚语

1. 关于山的谚语 ················· 324
2. 关于水的谚语 ················· 329
3. 关于庭院景物、园艺的谚语 ················· 336
4. 关于旅游与名胜的谚语 ················· 341
5. 关于动物的谚语 ················· 344
6. 关于植物的谚语 ················· 393
7. 关于茶的谚语 ················· 412
8. 关于水产的谚语 ················· 417
9. 关于桥的谚语 ················· 420

六　其他谚语

1. 关于二十四节气的谚语 ……………………………… 421

2. 关于气象的谚语 ……………………………………… 441

3. 关于节日的谚语 ……………………………………… 455

4. 关于家乡习俗的谚语 ………………………………… 458

5. 关于因果与条件的谚语 ……………………………… 460

6. 关于大小与多先的谚语 ……………………………… 464

7. 关于安全生产的谚语 ………………………………… 466

8. 关于命运与生命的谚语 ……………………………… 472

一　思想品德谚语

1.　关于品德与修养的谚语

养德百年，丧志一日。

爪无滚圆，人无十全。

宁为玉碎，不为瓦全。

人看心眼，马看毛眼。

人心不负，面无愧色。

凉伞虽破，骨骼尚在。

怕处有鬼，痒处有虱。

人躁有祸，天燥有雨。

错一阵子，悔一辈子。

过河拆桥，千里难饶。

千夫所指，无病而死。

见利不能图，威武不能屈。

无钱不献媚，有钱不傲贫。

肚里没冷病，不怕吃西瓜。

狗狂挨枣刺，人狂没好事。

人横有人管，马横有绳拴。

问路不施礼，多跑二十里。

问路不叫哥，多翻两架坡。

花美在于色，人美在于德。

钱财如粪土，人品值千金。

玉碎不改白，竹焚不毁节。

只有身子正，腰板才能硬。

两脚站得牢，不怕大风摇。

路遥知马力，日久见人心。

疾风知劲草，烈火炼真金。

富贵不能淫，贫贱不能移。

有话说在明处，有药敷在痛处。

人正不怕影子斜，佛正不怕香炉歪。

金凭火炼方知色，人以财交可知心。

见死不救非君子，财上分明是丈夫。

君子谋道不谋食，小人谋色不谋道。

将军肩上能跑马，宰相肚里能行船。

磨去锈就是好刀，割去疮就是好肉。

有过改过不为过，重搭台子重敲锣。

家有光棍招光棍，家有梧桐招凤凰。

奶名是父母起的，坏名是自己造的。

人的贪心多过天，做了皇帝想升天。

人心不足蛇吞象，这山还看那山高。

不吃鱼，口不腥，不干坏事心不惊。

雪里送炭君子少，锦上添花小人多。

不怕虎生三张口，就怕人有两面心。

蜡烛燃尽，照亮了别人；春蚕吐丝，并不为自身。

林中没有不弯的树，天下没有十全的人。

没有礼义廉耻，人必愚昧无知。

每个人的荣誉都操纵在自己手里。

你敬人一分，人敬你十分。

宁可穿上破衣，不可蒙上耻辱。

宁可吃亏，不可食言。

批评是团结的纽带，互助是友谊的桥梁。

批评别人要诚恳，听取意见要虚心。

批评人当面好，夸奖人背地好。

富贵不能淫，贫贱不能移，威武不能屈。

人应为生而食，不可富而失节。

人，应该比石头还坚硬，比花还温柔。

山美不在高，而在景物；人美不在貌，而在思想。

山中盗寇易克，心中盗贼难制。

善必寿长，恶必早亡。

善不可失，恶不可长。

善恶到头终有报，只争来早与来迟。

善人流芳百世，恶人遗臭万年。

伤心时别太难过，快乐时别高兴过头。

生命谱成的歌儿最甜，心血浇灌的花儿最香。

损坏你名声的不是别人的谗言，而是你自己的行为。

太阳之所以伟大，在于它永远消耗自己。

一句话能把人说跳，一句话能把人说笑。

不做丧德事，自有好儿孙。

贤父贤母的子女，优秀老师的学生。

富有的孩子似贫穷，贫穷的孩子似富有。

贪婪之人切莫上山，馋嘴之人切莫留家。

厨师常游酥油海。

只要有觉睡，头颅睡烂也甘心。

喜心之人骑马，胸部挺得更高。

吃山羊肉时笑嘻嘻，牧羊肉钱时哭丧脸。

靠近大蒜粘臭味，靠近坏人粘恶习。

见解虽与神相同，行动需要和众人。

乞丐跑步也有头绪。

愤怒、骄傲和嫉妒，是人遭殃之祸根。

要说人家缺三短四，自己要有十全十美。

高贵人善于礼节，低贱人心硬肚大。

高贵人因羞愧而亡者多，低贱人因贪婪而败者多。

喜新好似快马，持续短于羊尾。

稳重之人如栽植，栽植树木在生长。

贤者在做事，恶者在观看。

走得多了成道路，吃得多了成习惯。

自己不念经，念珠不交人。

家里没有糌粑吃，窗外却要糊糌粑。

若人看见是玩笑，无人看见是偷盗。

独脚鬼若得势，门口就会扬尘土。

双目所见物有别，双颊所觉味不同。

人怕不要脸，树怕剥掉皮。

银钱如粪土，脸面值千金。

人生的道路虽然漫长，但紧要处常常只有几步。

虎为百兽之长，人为万物之灵。

黄金有价人无价。

天大的事，由地上的人做。

天上无云不下雨，世间无人不成事。

天有无情灾，人有回天力。

世无鬼神，百事人做成。

长短是根绳，大小是个人。

立身方知人辛苦。

人抬之高，人贬之低。

任何人都有人说好说歹，任何人都有爱与不爱。

食多伤胃，忧多损身。树大伤根，气大伤身。

忧令人老，愁能伤人。多愁多病，越愁越病。

不要气，不要恼，气气恼恼人易老。

举世尽从愁里老。

吃肉不长肉，只为多忧愁。

搬起石头打自己的脚。

脑子不转圈，肠子不打弯。

放着鹅毛不知轻，顶着磨子不知重。

手指脏了，应该把它洗净，只有蠢人才把它割去。

削尖脑袋戴斗笠，砍掉脚趾穿绣鞋。

丑人多作怪，秃子要戴花。

勇士有错责备自己，懦夫有错抱怨别人。

不对自家麻绳短，只怪他家古井深。

一人肚里出不出两人智。

一人想不出二人事，铜勺不好铲饭滞。

人争闲气一场空。

刀钝石头磨，人笨人自磨。

千日做贼总有一天败。

千日琵琶百日笋，叫花胡笋一黄昏。

不怪自家麻绳短，只怪人家枯井深。

木匠独怕漆匠，漆匠独怕火亮。

心急吃不得热粥。

生出来志气，教出来蠢气。

只要记，不要气。

宁可他不认我，不可我不认他。

宁向直中取，不向曲中求。

百会百空，不会做相公。

耳目口为三盗，精气神为三宝。

有志不赌年高，有理不赌声高。

死人臭一里，活人臭千里。

吃饭防噎，走路防跌。

江南看见江北好，癞痢头望生疮好。

贪吃人家大肉，荒脱自家大熟。

柱正不怕壁歪，旺火不怕湿柴。

昼当惜阴，夜当惜灯；言当惜口，事当惜心。

鸭游得过，鹅也总游得过的。

造房要余地，做人要余情。

猫急上树，狗急跳墙。

做人家，先学做人慢做家。

麻雀吃糯谷，但望四面熟。

越奸越巧越贫穷，奸巧原来天不容。

船头向了北，哪怕家中烧脱屋。

脚踏猪尿泡不识轻，头戴七石缸不识重。

裤子下头着起，做贼偷葱做起。

读书人识不尽字，种田人识不尽草。

塌皮独怕赖皮，赖皮独怕不理。

新箍马桶三日香，再过三日臭熏熏。

鸟无烈心不成窝，人无烈心不成家。

猪争一口食，佛争一炉香，人争一口气。

不怕别人看不起，只怕自己不争气。

脚脚走在路中央，勿怕别人说短长。

让人路宽，堵人路窄。

抢着干活，让着穿衣。

宁亏自己，不伤朋友。

要人敬己，必先敬人。

君子爱财，取之有道。

夜长梦多，路长岔多。

爬得越高，摔得越重。

栽了跟头，别怪石头。

人挪一活，树挪一死。

吃吃喝喝，人走下坡。

若要公道，打个颠倒。

恭敬息人怒，让人可免争。

要做情长人，莫做心短事。

路直有人走，人直有人和。

要打当面锣，莫敲背后鼓。

莫饮过量酒，休贪意外财。

宁叫身受苦，莫叫脸发烧。

脓包不挑破，迟早总是祸。

出头鸟先死，出头椽先烂。

天无百日晴，花无百日红。

山不转路转，路不转人转。

留得葫芦籽，不怕没瓢使。

不吃苦中苦，难为人上人。

家不严招祸，人不廉遭险。

为人不懂法，等于睁眼瞎。

晴天铺好路，雨天不踩泥。

香花不在多，室雅不在大。

没有金刚钻，莫揽瓷器罐。

上边偏一线，下边错一片。

屋里不烧火，屋外不冒烟。

端起金饭碗，莫忘讨饭棍。

可放手时宜放手，得饶人处且饶人。

自私自利人人憎，大公无私人人敬。

马到悬崖收缰晚，船到江心补漏迟。

天上下雨地下滑，自己跌倒自己爬。

车到山前必有路，船到桥头自然直。

莫看贼娃子吃肉，要看贼娃子挨揍。

没有不摇晃的床，没有不透风的墙。

天不严寒地不冻，人不伤心泪不流。

害人之心不可有，防人之心不可无。

人遇误解休怨恨，事逢得意莫轻狂。

纸里包不住火，雪里埋不住人。

宁可穷而有志，不可富而失德。

宁打金钟一下，不敲破锣千声。

有势不可尽使，有福不可享尽。

左手不如右手，娘有不如自有。

要向别人传道，先要自己懂经。

牛犊驾辕不稳，鸡娃叫鸣不准。

2. 关于真理与正义的谚语

弓是弯的，理是端的。

理正路直，理偏路歪。

狗怕打嘴，人怕输理。

话怕反说，理怕反着。

路有千条，理只一个。

谣言腿短，理亏嘴软。

让人一寸，得理一尺。

光阴易过，真理永存。

理治君子，法治小人。

河有两岸，事有两面。

读万卷书，行万里路。

不入虎穴，焉得虎子。

人为理，鸟为食。

一理通，百理融。

事凭中，理凭公。

经一事，长一智。

挨一拳，得一招。

经得广，识得多。

九层之台，起于垒土；千里之行，始于脚下。

心正不怕天，理正不怕官。

有理气自壮，无理心自慌。

有向人之心，没向人之理。

一正压百邪，一理驳百谎。

有理说实话，无理说蛮话。

知理不怪人，怪人不知理。

钟不敲不响，理不辩不明。

隔行如隔山，隔行不隔礼。

认理不认人，帮理不帮亲。

树不怕根多，人不怕理多。

要知世上理，拿着自己比。

有山就有路，有河就有渡。

船无桨难行，鸟无翅难飞。

无风不起烟，有火必有烟。

百战成勇士，苦练出精兵。

人在事中练，刀在石上磨。

姜老辣味长，人老经验多。

对棋超万盘，下子如神仙。

不知水深浅，先别忙下水。

识得黄河水，方可浪里行。

近水知鱼性，靠山识鸟音。

劳动出智慧，实践出真理。

真理无价宝，实践里边找。

有理走遍天下，无理寸步难行。

有理不在声高，无理才会乱咬。

吃的是盐和米，讲的是情和理。

驴没劲胡拽哩，人没理胡说理。

真金不怕火炼，真理不怕谗言。

盐到哪里都咸，醋到哪里都酸。

不在那儿跌倒，不知那儿路滑。

百闻不如一见，百看不如一干。

打水要到井边，打柴要到山间。

以势压人人不服，以理服人人心服。

碾谷要碾出米来，说话要说出理来。

有理说得过君王，无理说不过婆娘。

无理的老子怕崽，有理的孙子骂爷。

千条经纬自有头，万里江河总有源。

不挑担子不知重，不走长路不知远。

书到用时方知少，事非经过不知难。

赶马三年知马性，吃药三年会行医。

杨树开花结不下梨，石头蛋子孵不出鸡。

巨掌再大遮不住天，牛吃桑叶结不出茧。

宝剑不会弯，真理不会锈。

蝙蝠见不得太阳，骗子见不得真理。

不经过挫折和失败，便找不到真理。

锄一恶，长一善。

船稳不怕风大，有理通行天下。

纯真的金子任你千锤百炼，它那光辉的色泽永远不变；坚持真理的人就是在生死关头，也不抛弃他坚定的信念。

灯不拨不亮，理不辩不明。

法律必将伸张正义。

诡计需要伪装，真理喜欢太阳。

诡计定然披着外衣，真理却不爱装饰。

好话不在多说，有理不在声高。

和真理在一起也就是和幸福在一起。

金钱可以收买小人，却不能收买真理。

理直不怕官，心直不怕天。

宁可失去自由，不可丢掉真理。

路不平，众人踩；理不平，大家摆。

钱财如粪土，真理值千金。

拳头打不倒真理。

人不可一日无志。

闪光的东西不一定都是金子，漂亮的辞藻不一定都是真理。

时间要流逝，年华要消失，但真理永存。

乌鸦的翅膀挡不住太阳的光辉。

乌云遮不住太阳。

无理心慌，有理胆壮。

武力决不能摧毁正义。

阳光之下，阴影藏不住身；真理面前，谬误站不住脚。

一句真理胜过百句诺言。

真的假不了，假的真不了。

真理是时间的女儿。

真理像太阳，手掌遮不住。

真理在手，所向披靡。

真理是一柄闪闪发光的利剑。

真理即使在黑暗处也发光。

真理不怕审判。

真金不怕火炼，真理不畏邪恶。

真金不怕火炼，真理不怕谗言。

真理在烈火中烧不尽，在巨浪中淹不掉。

真金不怕火炼，真理不怕人辩。

真理越辩越明，道理越讲越清。

真理面前人人平等。

真理永葆青春。

正义战无不胜，真理高于一切。

正义的战争创造持久的和平。

只要你追求真理，真理就会在你胸中燃烧。

煮饭要有米，说话要有理。

程咬金放响炮，明人不做暗事。

正理一条，歪理千条。

好话不在多说，有理不用高声。

雷响天下明，水落石头现。

口似莲花心似刀。

口蜜腹剑，笑里藏刀。

毒蛇口中吐莲花。

打一巴掌揉三揉。

恶人心，海底针。

老鼠爱打洞，坏人爱钻孔。

满口仁义道德，一肚子男盗女娼。

嘴甜心苦，两面三刀。

不怕明处枪和棍，只怕阴阳两面刀。

耳边风，吹散亲骨肉。

谗言败坏君子，冷箭射死忠臣。

是非吹入凡人耳，万丈江河洗不清。

狗眼看人低，人穷狗也欺。

可恨势利狗，只咬破长衫。

人敬有的，狗咬丑的。

雪仗风势，狗仗人势。

狗朝屁走，人朝势走。

狗咬吕洞宾，不识好人心。

拉住状元喊姐夫。

贫居闹市无人识，富在深山有远亲。

天旱莫望疙瘩云，人穷莫上亲戚门。

吃饭忘记种田人。

救了落水狗，回头咬一口。

有事叫公公，无事脸朝东。

用菩萨，拜菩萨，不用菩萨骂菩萨。

打好了江山杀韩信。

过了河就拆桥。

卸磨杀驴。

吃了果子忘了树。

教会徒弟打师父。

出了山门打师父。

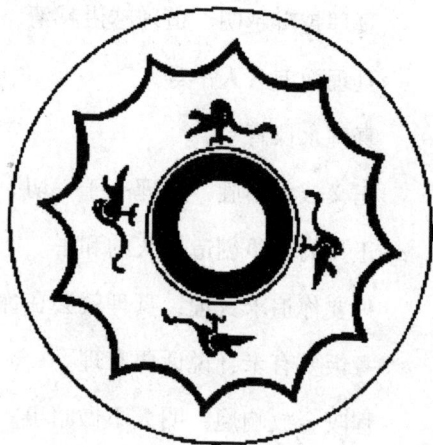

仙丹难治没良心。

穷猴光腚，欺软怕硬。

惹不起甜瓜惹苦瓜。

在别人头上屙屎，还嫌别人脑壳不平。

软的欺，硬的怕，见了虎儿就跪下。

见到老虎就烧香，见到兔子就开枪。

看见大王点头拜，见到小鬼踢一脚。

大虫吃小虫，小虫吃细虫。

大鱼吃小鱼，小鱼吃虾米，虾米吃泥巴。

粉向自己脸上搽，灰往别人脸上抹。

好事尽往身上揽，坏事却往门外推。

恶莫过于无耻。人把脸不要，百事都可为。

人无廉耻，王法难治。

人无廉耻，不如早死。

丑恶的灵魂穿上漂亮的外衣，仍然是肮脏的。

蛇行无声，奸计无影。

软刀子杀人不见血。

骗人上屋，底下抽梯。

多行不义必自毙。

心眼坏的人没有一分钟快乐。

往天上撒尿，落到自己头上。

向上抛石头，留心自己的头。

几何以直线为最近，修身以正为最美。

心里没有病，喝凉水也添膘。

临财不苟得，临难不苟免。

肚里没邪气，不怕冷风吹。

不做贼，心不惊；不吃鱼，嘴不腥。

心正不怕影斜。

人正不怕影斜，脚正不怕鞋歪。

身子正，脚跟硬。

脚脚踏在路中央，不怕别人说短长。

人好不用乖，心好不用斋。

山美不在于高，而于景；人美不在于貌，而在于心。

不要为美的容颜陶醉，要为正直的心灵歌唱。

船靠舵正，人靠心正。

千金难买心头好。

英雄好汉一块钢，锤不扁来扭不弯。

英雄流血不流泪。

人不可有傲态，但不可无傲骨。

山塌不后退，浪打不回头。

男儿两膝有黄金。

宝剑折了不改钢，月亮缺了不改光。

大丈夫宁折不弯。

桑木扁担，宁折不弯。

宁为短命全贞鬼，不作偷生失节人。

宁愿站着死，决不跪着生。

宁为英雄死，不为奴隶生。

舍生取义，杀身成仁。

叫花子门前，也有三尺硬地。

路见不平，拔刀相助。

伪善是最危险的毒药。

直率坦白真君子，笑里藏刀是歹人。

明是一盆火，暗是一把刀。

当面是人，背后是鬼。

当面人情背面鬼。

人前一面鼓，人后一面锣。

甜瓜的嘴，苦瓜的心。

蜜罐子嘴，秤钩子心。

蜜糖嘴巴，砒霜心。

小人口如蜜，转眼是仇人。

口头甜如蜜，心头黑如漆。

嘴里蜜蜜甜，心里锯锯镰。

嘴里阿弥陀佛，心里强盗劫贼。

墙缝里的蝎子，蜇人不显身。

蛇无大小，毒性一般。

是蛇一身冷，是狼一身腥。

再狡猾的狐狸，也洗不掉一身臊。

是狗就会吃屎，是蛇就会咬人。

蛇死三天尾还动，虎死一七不倒威。

长将冷眼观螃蟹，看它横行到几时。

别把豺狼当猎狗，别把敌人当朋友。

敌不可纵。

别把敌人当羊，要把敌人当狼。

冰火不同炉，敌我不同路。

恶狗怕揍，恶人怕斗。

蚂蟥怕烟屎，坏人怕揭底。

龙怕揭鳞，虎怕抽筋。

以眼还眼，以牙还牙。

轻敌者必败。

打狗要拿出打虎的本领。

不是鱼死，就是网破。

兴一利不如除一害。

见蛇不打三分罪。

姑息足以养奸，养疽足以遗患。

放虎归山，必有后患。

斩草不除根，春风吹又生。

打蛇不死总是害。

狼和狗一样，嘴不同；贼和人一样，心不同。

堡垒最容易从内部攻破。

狼子野心。

泥鳅滑难捉，坏人心难摸。

狼肚子里没有好心肝。

老虎吃人不吐骨。

3.　关于待人与处世的谚语

挨金似金，挨玉似玉。

不懂装懂，永世饭桶。

不给规矩，不成方圆。

不会烧香得罪神，不会讲话得罪人。

不会做小事的人，也做不出大事来。

不经冬寒，不知春暖。

不可不算，不可全算。

不怕不识货，只怕货比货；不怕穿得迟，就怕脱得早；不怕家里穷，只怕出懒汉。

不图便宜不上当，贪图便宜吃大亏。

不笑补，不笑破，只笑日子不会过。

槽里无食猪拱猪，分赃不均狗咬狗。

草若无心不发芽，人若无心不发达。

馋人家里没饭吃，懒人家里没柴烧。

常在有时思无时，莫到无时想有时。

长江不拒细流，泰山不择土石。

长五月，短十月，不长不短二八月。

吃不穷，穿不穷，不会打算一世穷。

好种出好苗，好树结好桃。

和尚不说鬼，袋里没有米。

会写的坐着，会唱的站着。

火大无湿柴，功到事不难。

火烤胸前暖，风吹背后寒。

火烧一大片，水流一条线。

火要空心，人要虚心。

火越烧越旺，人越干越壮。

货买三家不吃亏，路走三遭不陌生。

积善三年人不知，作恶一日远近闻。

积少成多，积恶成祸。

骄傲来自浅薄，狂妄出于无知。

脚长沾露水，嘴长惹是非。

井淘三遍吃甜水，人走三省见识广。

井越淘，水越清；事越摆，理越明。

静时常思己过，闲谈莫论人非。

看自己，一朵花；看别人，豆腐渣。

劳动出智慧，实践出真知。

老猫不在家，耗子上屋爬。

冷粥冷饭好吃，冷言冷语难受。

礼多人不怪，油多不坏菜。

力是压大的，胆是吓大的。

你敬人一尺，人敬你一丈。

逆水行舟，不进则退。

年纪不饶人，节令不饶天。

念书不用功，等于白搭工。

娘家的饭香，婆家的饭长。

宁吃半餐，不吃断餐。

宁给好汉拉马，不给懒汉作爷。

宁叫顿顿稀，不叫一顿饥。

宁叫嘴受穷，不叫病缠身。

宁可锅里放坏，不可肚里硬塞。

宁可认错，不可说谎。

宁可正而不足，不可邪而有余。

宁可种上丢，莫望不种收。

品行是一个人的内在，名誉是一个人的外貌。

平路跌死马，浅水溺死人。

欺人是祸，饶人是福。

欺山莫欺水，欺人莫欺心。

妻贤夫祸少，子孝父心宽。

谦虚的人学十当一，骄傲的人学一当十。

前三十年睡不醒，后三十年睡不着。

全是生姜不辣，全是花椒不麻。

拳不离手，曲不离口。

日日行，不怕千万里；常常做，不怕千万事。

日图三餐，夜图一宿。

若要不怕人，莫做怕人事。

三早抵一工，三补抵一新。

砂锅不捣不漏，木头不凿不通。

闪光的不全是金子。

善恶不同途，冰炭不同炉。

善恶随人作，祸福自己招。

上顿不吃饱，下顿省不了。

烧的香多，惹的鬼多。

少不惜力，老不歇心。

奢者富不足，俭者贫有余。

舍不得苗，抱不到瓢。

射人先射马，擒贼先擒王。

身不怕动，脑不怕用。

生气，是拿别人的错误惩罚自己。

绳锯木断，水滴石穿。

省吃餐餐有，省穿日日新。

失败是成功之母。

失之毫厘，谬以千里。

虱多不痒，债多不愁。

十帮一易，一帮十难。

十个钱要花，一个钱要省。

十里认人，百里认衣。

十年栽树，百年歇凉。

什么藤结什么瓜，什么树开什么花。

食鱼要肥，食肉要瘦。

食在广州，住在苏州。

世上无难事，只怕有心人。

事大事小，身到便了。

事莫做绝，话莫说尽。

事怕合计，人怕客气。

是草有根，是话有因。

是饭充饥，是衣遮体。

是好说不坏，是坏说不好。

是金子总会闪光的。

手怕不动，脑怕不用。

熟能生巧，巧能生精。

树怕剥皮，人怕护短。

土中生白玉，地内出黄金。

团结一条心，黄土变成金。

外举不避仇，内举不避亲。

忘掉今天的人将被明天忘掉。

未饱先止，已饥方食。

未晚先投宿，鸡鸣早看天。

喂牛得犁，喂马得骑。

文戏靠嘴，武戏靠腿。

屋里不烧火，屋外不冒烟。

无风不起浪，无鱼水不深。

无事田中走，谷米长几斗。

无事嫌夜长，有事嫌日短。

无梭难织布，无针难绣花。

无油无盐，吃死不甜。

物离乡贵，人离乡贱。

物以类聚，人以群分。

吸不张口，呼不闭口。

细水长流，吃穿不愁。

细水长流成河，粒米积蓄成箩。

夏走十里不黑，冬走十里不亮。

先钉桩子后系驴，先撒窝子后钓鱼。

先胖不会胖，后胖压塌床。

行船趁顺风，打铁趁火红。

行船靠舵，赶车靠鞭。

行要好伴，居要好邻。

秀才饿死不卖书，壮士穷途不卖剑。

秀才谋反，三年不成。

秀才遇到兵，有理说不清。

学而不厌，诲人不倦。

学好千日不足，学坏一日有余。

学好三年，学坏三天。

学问勤中得，富裕俭中来。

言者无罪，闻者足戒。

要打当面鼓，不敲背后锣。

要得惊人艺，须下苦功夫。

要想长寿，先戒烟酒。

要知山中事，须问打柴人。

要知下山路，须问过来人。

业精于勤荒于嬉，行成于思毁于随。

夜夜防贼，年年防歉。

一饱为足，十饱伤人。

一笔画不成龙，一锹挖不出井。

一寸光阴一寸金，寸金难买寸光阴。

一顿吃伤，十顿吃汤。

一顿省一口，一年省一斗。

一个篱笆三个桩，一个好汉三个帮。

一个朋友一条路，一个冤家一堵墙。

衣服不洗要脏，种田不犁要荒。

用人不疑，疑人不用。

用珠宝装饰自己，不如用知识充实自己。

有车就有辙，有树就有影。

有多大的脚，穿多大的鞋。

有饭休嫌淡，有车休嫌慢。

有福同享，有难同当。

有借有还，再借不难。

有理的想着说，没理的抢着说。

有理走遍天下，无理寸步难行。

有粮当思无粮难，莫到无粮思有粮。

有志不在年高，有理不在会说。

有志不在年高，无志空长百岁。

有志漂洋过海，无志寸步难行。

有志者立长志，无志者常立志。

有麝自然香，不用大风扬。

玉不琢，不成器；人不学，不知理。

遇着绵羊是好汉，遇着好汉是绵羊。

圆木头不稳，方木头不滚。

远亲不如近邻，近邻不如对门。

远水不解近渴，远亲不如近邻。

一好遮不了百丑，百好遮不了一丑。

一个鸡蛋吃不饱，一身臭名背到老。

人怕放荡，铁怕落炉。

人怕引诱，塘怕渗透。

人怕私，地怕荒。

人怕没脸，树怕没皮。

人靠自修，树靠人修。

人靠心好，树靠根牢。

人前若爱争长短，人后必然说是非。

人是实的好，姜是老的辣。

入山不怕伤人虎，只怕人情两面刀。

刀伤易治，口伤难医。

大路有草行人踩，心术不正旁人说。

千金难买心，万金不卖道。

小时偷针，大了偷金。

小人记仇，君子感恩。

不怕怒目金刚，只怕眯眼菩萨。

不怕虎狼当面坐，只怕人前两面刀。

不怕人不敬，就怕己不正。

不怕鬼吓人，就怕人吓人。

不要骑两头马，不要喝两头茶。

不是你的财，别落你的袋。

不吃酒，脸不红；不做贼，心不惊。

天凭日月，人凭良心。

歹马害群，臭柑豁筐。

劝人终有益，挑唆害无穷。

打人两日忧，骂人三日羞。

打空拳费力，说空话劳神。

击水成波，击石成火，激人成祸。

只可救人起，不可拖人倒。

只可劝人家圆，不可劝人家离。

只可救苦，不可救赌。

只有修桥铺路，没有断桥绝路。

只有千里的名声，没有千里的威风。

鸟惜羽毛虎惜皮，为人处世惜脸皮。

宁可荤口念佛，不可素口骂人。

宁可无钱，不可无耻。

宁可明枪交战，不可暗箭伤人。

宁可一日没钱使，不可一日坏行止。

宁叫心受苦，不叫脸受热。

宁伸扶人手，莫开陷人口。

宁救百只羊，不救一条狼。

发誓发得灵，监房无罪人。

在患难中结下的友谊是世界上最宝贵的东西。

坐在世人肩上的矮子比巨人看得更远。

要成功一件事业，必须花掉毕生的时间。

人心的能量是无限的，他知觉的进程像个无底的深渊。

错误经不起失败，但是真理却不怕失败。

不知道自己的无知，乃是双倍的无知。

千尺深海看得透，一寸人心摸不清。

人情似纸张张薄，世事如棋局局新。

打过三场官司，当得半个律师。

鸟贵有翼，人贵有谋；攻心为上，攻城为下。

恒心架起通天路，勇气吹开智慧门。

好拳不赢头三手，自有高招在后头。

只有大意吃亏，没有小心上当。

管人闲事受人磨，不管闲事多快活。

多一分享受，减一分志气；经一番挫折，长一分见识。

从来女子做大事，都是九苦一分甜。

坏事的道路顺顺溜溜，成事的道路曲曲折折。

骄傲来自浅薄，狂妄出于无知。

毒辣的人没有宾朋，狡猾的人没有好友。

根深不怕风摇动，树正何愁月影斜。

好说己长便是短，自知己短便是长。

你哄人，人哄你，哄来哄去哄自己。

不怕自家穷，就怕出懒虫。

谦虚的人常思己过，骄傲的人只论人非。

出门让三人：老人、小人和女人。

大欺小，不公道；大帮小，呱呱叫。

一叶浮萍归大海，为人何处不相逢。

要做雪天一盆火，不做严冬一箱冰。

你有来言，我有去语。

你做得初一，我做得十五。

人不犯我，我不犯人；人若犯我，我必犯人。

逢恶不怕，逢善不欺。

一人难趁百人意。

一好要两好，两好合一好。

得放手时须放手，可饶人处且饶人。

吃亏不算傻，让人不算歪。

让人三分不为输。

处世让一步为高，待人宽一分是福。

若不与人行方便，念尽弥陀总是空。

喝水莫忘掘井人，赏花应谢育花人。

待人恩义千年记。

受人滴水之恩，就以涌泉相报。

礼多人不怪。

有礼不怕迟。

千里送鹅毛，礼轻情意重。

客无亲疏，来者当敬。

客来茶当酒，意好水也甜。

有情饮水饱，无情吃饭饥。

瓜子敬客一点心。

客人是否高兴，要看主人是否诚心。

热不占人风头，冷不占人火炉。

抬手不打无娘子，开口不骂老年人。

人恶礼不恶。

若要好，大让小。

人托人，接上天。

托人如托山。

人情一把锯，你不来，我不去。

人情胜过借债。

人在人情在，人走茶就凉。

人在人情在，人亡两无交。

看穿世事金能语，看透人情冷透心。

你对人不放心，人对你不实心。

临事须替别人想，论人先从自己想。

以责人之心责己，以恕己之心恕人。

欺人是祸，饶人是福。

把困难留给自己，把方便让给别人。

帮人帮到底，送人送到乡。

受人之托，终人之事。

多下及时雨，少放马后炮。

人面逐高低，世情看冷暖。

你对人无情，人对你薄意。

看透人情总是空。

鼓破乱人锤，墙倒众人推。

秀才人情纸半张。

4. 关于谨慎与警惕的谚语

百密也有一疏。

祸不入慎家之门。

稳的不滚，滚的不稳。

慌慌张张，打破尿缸。

心忙事乱，心烦事多。

小心天下去得，大意寸步难行。

小心没有过错。

粗心大意是犯错误的亲戚。

狗肚里没人话。

刀上蜜糖不能尝。

不怕红脸关公，就怕抿嘴菩萨。

不怕硬嘴鸟，最怕蛀心虫。

会水水下死，浅水淹死人。

小病不治成大病，漏眼不塞大堤崩。

七次量衣一次裁。

浅水也当深水渡。摸着石头过河。

不卷裤腿不过河，不摸底细不开腔。

心要热，头要冷。

胆大心细有作为。

马至滩，不加鞭。

力能胜贫，谨能胜祸。

紧提酒，慢提油。

船不漏针，店不漏货。

扁担没扎，两头打塌。

家中纵有千般事，临睡灶房走一回。

不怕千着巧，只怕一着错。

前留三步好走，后留三步好行。

夹紧尾巴做人。

谨慎是勇敢的一部分。

忍得一时气，可免百日之忧。

忍得一时忿，终身无恼闷。

小不忍则乱大谋。

得忍且忍，得耐且耐，不忍不耐，大事不成。

长叹不如慢磨。

有了警惕，不幸的事就会躲开你。

大船沉没，原由小孔；百丈之堤，溃于蚁穴。

路上说话，草里有人。

墙有缝，壁有耳。

死人身边有活鬼。无心人难防有心人。

走平地，防摔跤，顺水船，防暗箭。

别看笑面说好话，留心背后使暗攻。

明枪易躲，暗箭难防。

兵要天天练，贼要夜夜防。

人无害虎心，虎有伤人意。

害人之心不可有，防人之心不可无。

吃人的狮子不露齿。

打虎打架劝不得。

笑面虎咬人不见血。

挂佛珠的老虎也吃人。

狼虽然挂上了山羊的胡子，但仍然是狼。

世事深如海，要得细思量。

身稳口稳，到处安稳。

谋生计必须从俭，处世才疏学谨言。

言语要谨慎，行动莫轻浮。

无事时要提防，有事里要镇定。

得意妄言，无所不谈。

喜时多失言，怒时多失礼。

急则有失，怒中无智。

风波境界立身难。

瓜田李下，务避嫌疑。

不蹈无人之室，不入无人之门。

舌为利害本，口是祸福门。

病从口入，祸从口出。

祸从口出慎为贵，病从口入洁为先。

一言能惹塌天祸，话不三思休出唇。

气度要宏大，言语要谨慎。

逢人莫乱讲，逢事莫乱闯。

言不乱发，笔不妄动。

说话声放低，走路脚抬高。

言可省时休便说，步宜留处莫胡行。

话到舌尖留半句。

逢人只说三分话，未可全抛一片心。

逢人只说三分话，君子旁边有小人。

隔墙须有耳，壁外岂无人。

没有不透风的墙。

欲人不知，莫若不为；欲人不闻，莫若不言。

使口如鼻，到老不失。

鹰立如睡，虎行似病。

眼睛不亮，到处上当。

图大事者，当慎于微。

错下一着棋，全盘皆是输。

小事要细心，大事要当心。

当忍耐三思，须凭心暗想。

阿谀人人喜，直言人人嫌。

马行软地易失蹄，人听甜言易上当。

人在甜言上易栽跟头，马在软地上常有闪失。

阿谀没有牙齿，能把骨头啃掉。

别被花言巧语哄倒，不为流言蜚语吓倒。

艰难时要坚强，欢乐时要谨慎。

严酷的日子要坚毅不屈，幸福的日子要谨慎小心。

天有不测风云，人有旦夕祸福。

闭门家里坐，祸从天上来。

有眼天堂路，无眼地狱门。

念念有如临敌日，心心常似过桥时。

爽口食多偏作病，快心事过恐遭殃。

既取非常乐，须防不测忧。

冤有头，债有主。

狗无廉耻，一棍打死；人无廉耻，无法可治。

贼咬一口，入木三分。

有备无患，无备有难。

一日为敌，十日不安。

养兵千日，用兵一时。

百足之虫，死而不僵。

邻家失火，不救自危。

虎吃人易躲，人吃人难防。

面带三分笑，背后暗藏刀。

抓住了蛇头，决不可松手。

水火不留情，遭灾突变穷。

奸情出命案，饥饿出盗贼。

是龙到处行雨，是虎到处伤人。

要学武松打虎，莫学东郭怜狼。

狗行千里吃屎，狼行千里吃人。

黑牛变不成白牛，对头变不成朋友。

疯狗身上无好肉，恶人肚里没好心。

口讲仁义礼智信，腰里别着连枷棍。

进出不怕伤人虎，只怕人间变色龙。

长堤要防老鼠洞，大树要防钻心虫。

风不刮，树不摇，老鼠不咬定空瓢。

瓦罐不离井口破，河里淹死会水的。

酒不醉人人自醉，色不迷人人自迷。

5.　关于诚信与谦虚的谚语

半瓶水晃荡，满瓶水不响。

绊人的柱，不一定高；咬人的狗，不一定叫。

饱谷穗头往下垂，瘪谷穗头朝天锥。

才能，当它和诚实结伴时创造着科学；才能，当它和虚伪结伴时产生着骗子。

诚实重于珠宝。

出格的颂扬，定是别有用心。

吹牛与说谎，两者是近亲。

纯真的灵魂中是不能容纳谎言和恐惧的。

打开天窗说亮话。

大海不嫌水多，大山不嫌树多。

大雁高飞，不是为了炫耀翅膀；英雄做事，不是为了他人赞扬。

大意失荆州，骄傲失街亭。

当面是人，背后是鬼。

当认为自己白璧无瑕的时候，那么，生命之花就开始枯萎了。

对骄傲的人不要谦虚，对谦虚的人不要骄傲。

诽谤者死于诽谤，造谣者丧命流言。

弓太满则折，月太满则缺。

挂羊头，卖狗肉。

光辉的生命暗淡下去了，是由于自满堵塞了思想之窗。

好汉不提当年勇。

好自夸的人没本事，有本事的人不自夸。

河水愈深，喧闹愈小。

胡琴怕断弦，英雄怕自满。

谎言是踏入欺骗道路的第一步。

假充真来终究假，虚作实来毕竟虚。

见人之过易，见己之过难。

骄傲狂妄是一座人人憎恨的朽塔，愚昧落后是知识海洋中的荒岛。

骄傲是胜利的敌人，谦虚是成功的朋友。

骄傲是愚蠢的邻居。

骄傲，是一位殷勤的"向导"，专门把无知与浅薄的人带进满足与狂妄的大门。

骄傲往往把拉长的影子，说成是自己高大的身子。

流星一旦在灿烂的星空开始炫耀自己光亮的时候，也就结束了自己的一切。

卖瓜的不会说瓜苦。

没见过太阳的地方霉气大，没见过世面的人骄气大。

明人不做暗事，真人不说假话。

莫在人前夸己功，别在背后论人非。

泥人经不住雨打，假话经不起调查。

浓烈的美酒，味道是香的，但它能加速贪杯者的沉醉；野地的黄连，味道是苦的，但它能医治病患者的疾痛。

骗人骗自己，害人先害己。

谦虚者照镜子，目的是发现自己的污点；骄傲者照镜子，目的是寻求别人的赞美。

谦虚的人常思己过，骄傲的人只论人非。

浅薄的人把学问放在嘴上，渊博的人把学问放在心里。

强中还有强中手，莫在人前自夸口。

强中自有强中手，能人背后有能人。

虚夸等于是穿上一件美丽但不遮体的纱衣。

虚心的人时时有积累，骄傲的人天天吃老本。

虚心的人事事成功，自满的人十事九空。

一个诚实人的心声，能唤起一大群诚实人的共鸣。

一娇百病生，傲慢万人疏。

一支蜡烛可以照亮毡房，一句真话可以打开人的心房。

杂草多的地方，庄稼少；空话多的地方，智慧少。

直率坦白是君子，笑里藏刀是歹人。

只见别人眉毛短，不见别人头发长。

纸花能引诱翩翩起舞的蝴蝶，却不能迷惑嗅觉敏锐的蜜蜂。

忠诚的人，对人处处关心；虚伪的人，对人当面奉承。

竹要空心，人要实心。

自己越谦虚就越伟大，越骄傲就越渺小。

自私者，常道别人短；骄傲者，只见自己长。

自我标榜，等于自我诽谤。

嘴边挂蜜糖，肚里尖刀藏。

最会说谎的人最爱吹嘘自己。

断线的风筝飞得不远，说假话的人日子不长。

为人莫像绣花枕头，外面绣花里面藏糠。

诚实比空话值钱，行动比语言有力。

背信弃义，等于刺人致命一刀。

奸险是万恶之源，忠厚是完善之本。

忠诚老实传家远，狼心狗肺不久长。

撒谎与行窃是一路子货。

不虚心，不知事；不实心，不成事。

做事必须求踏实，为人切莫务虚名。

低头的庄稼穗必大，仰头的庄稼穗必小。

骏马要有美鬃相配，勇士要有谦虚的美德。

知识蕴藏在谦虚的大海中。

一瓶子醋，稳稳当当；半瓶子醋，晃里晃荡。

虚心的人学十当一，骄傲的人学十当百。

当我们非常谦虚的时候，便是我们最近于伟大的时候。

虚心的人时时有积累，骄傲的人天天吃老本。

骄傲是愚人的特征，自满是智慧的尽头。

骄傲的人像朽木，就是当柴烧也不过冒点黑烟。

母鸡咯咯叫一天还是只能生一个蛋。

马的架子越大越值钱，人的架子越大越卑贱。

一分荣誉，十分责任；一分成绩，百分虚心。

对付困难的回答永远是战斗，对付战斗的回答永远是胜利，对付胜利的回答永远是谦虚。

当你学会骑马的时候，就要防止从马上跌跤。

垂下的树枝常常是结满了果实，驯良的孔雀常常有美丽的尾巴。

纯真的人常常是有学问的学者。

谦虚日久人人爱，骄傲日久成孤人。

骄傲是胜利的敌人，谦虚是成功的朋友。

学问再深也别满足，过失再小也别忽略。

甭把自己看成柱石，休将他人比作茅草。

有学问的人像酒瓶，肚大嘴小；"半桶水"的人像漏斗，肚小嘴大。

不要把善良看成愚蠢，不要把谦虚看成懦弱。

宽广的河平静，有教养的人谦虚。

患难时要坚毅，顺利时要谨慎。

自夸没人爱，残花没人戴。

喜欢吹嘘的人，好像一面鼓，响声大，腹中空。

牛不知自己角弯，马不知自己脸长。

谦虚的人大话少，骄傲的人爱吵吵。

刁巧伶俐奸，不如忠厚老实憨。

巧诈不如诚拙。

老不哄，少不瞒。

心口如一终究好，口是心非难为人。

贪是诸恶源，诚为万善本。

说了半天胡子嘴，还是一个光下巴。

嘴到千里，身子仍在家里。

半夜说起五更走，天亮还在大门口。

日里讲到夜里，菩萨还在庙里。

传言过话，自讨挨骂。

莫说闲言是闲话，往往事从闲话来。

人嘴两层皮，言是又言非。

一张嘴，两片皮，说好说坏都是你。

来说是非者，便是是非人。

舌长事多，夜长梦多。

柴经不起百斧，人经不起百语。

说的比唱的好听。

漂亮话不真实。

山珍海味少不了盐，花言巧语顶不了钱。

花花轿子抬活人，花花言语哄死人。

美言不信，信言不美。

巧言不如直道。

吃江水，讲海话。

四两鸭子半斤嘴。

见了骆驼不说马。

说大话不怕掉牙齿。

大酒醉人，大话恼人。

虚夸等于穿上一件美丽但不遮体的纱衣。

大话多，麻雀屙蛋大过箩。

乞食身，皇帝嘴。

王婆卖瓜，自卖自夸。

火车不是推的，泰山不是堆的，牛皮不是吹的。

大话夸上天，衬衣当裤穿。

满饭好吃，满话难说。

高头饭好吃，高头话难讲。

大话怕算数。言过其实，终无大用。

不要做说话的巨人、行动的矮子。

还没打着狗熊，先别说分皮的话。

狮舞三堂没人看，话讲三遍没人听。

有理说实话，没理说横话。

含血喷人，先污己口。

牛无力拉横耙，人无理说横话。

好人不说骗人话，明人不做暗事情。

当着真人，别说假话。

说谎难瞒当地人。

说谎只怕三当面。

泥人经不起雨淋，假话经不起对证。

撒谎不需选日子。

红口白牙，尽说假话。

口如注，言无据。

满口金牙说假话。

除了吐沫都是谎话。

闭着眼睛说瞎话。

欲加之罪，何患无辞。

见人说人话，见鬼说鬼话。

一张嘴，两根舌头，三个主意。

嘴巴两张皮，随说随改意。

谣言腿短，理亏嘴软。

最可耻的人莫过于做了可耻的事，却说着最动听的话。

多看事实，少听虚言。

针孔的伤口虽然小，但是毒性大；虚伪的语言虽然婉转，但是害处多。

一次说了谎，到老人不信。

说空话的人有一个甜蜜的舌头，实干的人有一双勤劳的手。

好汉不卖嘴。

嘴勤不如手勤。

空唱一百年，不值一文钱。

嘴上喊得再凶，也是鸡毛打钟。

空口说白话，眼饱肚子饥。

光听楼梯响，不见人下来。

马铃再多，也不能帮马拉车。

墙上画虎不咬人。

墙上画马不能骑。

打空拳费力，说空话劳神。

豆腐多了一包水，空话多了无人信。

讷讷寡言者未必愚，喋喋利口者未必智。

好鸣之鸟懒做窝，多鸣之猫捕鼠少。

好马不吃回草，好汉不夸旧功劳。

接受表扬要低下头来，接受批评要抬起头来。

成绩只能说明过去，不能说明未来。

山外有山，天外有天，人外有人。

山外青山楼外楼，英雄前面有英雄。

不管别人结巴巴，你且吃来也不差。

顺逆都听，眼亮心明。

老牛肉有嚼头，老人话有听头。

老人不讲古，后生会失谱。

不听老人言，祸患在眼前。

不听老人言，到老不周全。

聪明齐颈，要人提醒。

少不惜力，老不歇心。

老要常讲，少要常问。

思想一满，手脚就懒。

走路防跌，吃饭防噎。

一着不慎，全盘输尽。

空车响声大，浮人爱说话。

不怕人笑话，只怕自己夸。

满灌水不声，半罐水叮当。

勤是无价宝，成事离不了。

慎是护身符，不慎事办糟。

谨防怒中性，慢发喜中言。

瓜田不纳履，李下不正冠。

骄傲来自肤浅，狂妄来自大胆。

满口饭可以吃，满口话不宜说。

天不言高自高，地不言厚自厚。

草包虽大无斤两，秤砣虽小压千斤。

秃子不要笑和尚，脱了帽子都一样。

出门办事莫慌张，有钱难买回头望。

6.　关于团结与集体的谚语

不怕虎生两翼，就怕人起二心。

不怕巨浪高，只怕桨不齐。

柴多火焰高，人多办法好。

柴多火旺，水涨船高。

船载千斤，掌舵一人。

稻多打出米来，人多讲出理来。

滴水不成海，独木难成林。

独脚难行，孤掌难鸣。

多一个铃铛多一声响，多一枝蜡烛多一分光。

孤雁难飞，孤掌难鸣。

火车跑得快，全靠车头带。

集体是力量的源泉，众人是智慧的摇篮。

莫学蜘蛛各结网，要学蜜蜂共酿蜜。

莫学簸箩千只眼，要学蜡烛一条心。

墙倒众人推。

轻霜冻死单根草，狂风难毁万木林。

群雁无首不成行，羊群出圈看头羊。

群众心里有天平。

人心齐，泰山移。

人和万事兴。

人多好办事。

人多势众。

人多山倒，力众海移。

双拳难敌四手。

头雁先飞，群雁齐追。

土帮土成墙，人帮人成城。

团结加智慧，弱者胜强者。

团结就是力量。

团结则存，分裂则亡。

星多天空亮，人多智慧广。

雁怕离群，人怕掉队。

一箭易断，十箭难折。

一人拾柴火不旺，众人拾柴火焰高。

一人难挑千斤担，众人能移万座山。

一根线容易断，万根线能拉船。

一人踏不倒地上草，众人能踩出阳关道。

一人知识有限，众人智慧无穷。

一花独放不是春，百花齐放春满园。

一人难唱一台戏。

一朵鲜花打扮不出美丽的春天。

一颗星星布不满天，一块石头垒不成山。

一根稻草抛不过墙，一根木头架不起梁。

鱼不能离水，雁不能离群。

智慧从劳动来，行动从思想来，荣誉从集体来，力量从团结来。

众人种树树成林，大家栽花花才香。

百事靠人多，牌坊抬过河。

独柴难引火，蓬柴火焰高。

离开群众的人，就像落地的树叶。

依靠群众，如鱼得水；脱离群众，如树断根。

依靠群众是千里眼，脱离群众是瞪瞎眼。

离水的金鱼难生存，离群的绵羊要喂狼。

狼最喜欢离群的绵羊。

人靠人生活，鱼靠水生存。

同病相怜，同忧相救。

船帮水，水帮船。

船多不碍江，车多不碍路，人多要互助。

一人有难大家帮，一家有事百家忙。

雪前送炭好，雨后送伞迟。

救火须救灭，救人救到头。

帮助别人的人，能得别人的帮助。

一家不够，百家相凑。

遇事多商量，赛过诸葛亮。

人有拐棍跌不倒，有事商量错不了。

有事不商量，买猪买到羊。

死了一条鱼，臭了一塘水。

一粒老鼠屎，搞坏一锅粥。

一粒鸡屎坏缸酱。

一滴桐油弄坏一锅汤。

千人走路，一人领头。

船载千斤，掌舵一人。

人无头不走，鸟无头不飞。

雁无头不飞。

雁无头，飞不齐。

羊群走路靠头羊。

一个船儿一个舵。

好船儿也要好掌舵。

行船靠舵，赶车靠鞭。

把舵的不慌，乘船的稳当。

千根木头随船走。

艄公不努力，耽误一船人。

一马当先，万马奔腾。

头马不惊，马群不乱。

站着指挥有威信，坐着指挥话不灵。

恩怕先益后损，威怕先松后紧。

龙头怎么摆，龙尾怎么甩。

百鸟嘈嘈，鸡啼为定。

兵随将领草随风。

立屋要有好梁柱，打仗要有好指挥。

千军易得，一将难求。

车顺道，马识途，就怕赶车的打糊涂。

集体的力量如钢铁，众人的智慧如日月。

集体是力量的源泉，众人是智慧的摇篮。

蜂多出王，人多出将。

打江山不怕人多。

人群里有聪明人，高山里有金和银。

人上一百，武艺皆全。

人上一百，五颜六色；人上一千，样样都全。

群众当中老师多。

万人万双手，拖着泰山走。

千斤担子众人挑。

千口唾沫淹死人。

两个分力的尖角越小，合力越大；一个集体团结越紧，攻关力越强。

一花独放不是春，万紫千红才是春。

一家盖不起龙王庙，万人造得起洛阳桥。

好花要有绿叶扶，好汉要有众人帮。

个人——孤舟漂海，集体——巨轮出江。

一块块砖头砌起墙，一条条小河汇大江。

蚁多推山山也倒，人多戽海海也干。

一根筷子容易折，一把筷子硬如铁。

一个公鸡四两力，四个公鸡舂米吃。

人多办法多，蚂蚁能把泰山拖。

一人不如二人计，二人同心上天去。

一人挑土不显眼，众人挑土堆成山。

一人一双手，做事没帮手；十人十双手，抱着大山走。

好汉不敌双拳，双拳不如四手。

巴掌不及拳头，单丝不及麻绳。

一人不敌二人计，三人合唱一本戏。

一人智谋短，众人计谋长。

一人一个脑，做事没商讨；十人十个脑，办法一大套。

一人一粒沙，众人一块金。

一人不如两人好，大家拾柴火焰高。

一个拿不起，两个抬得动；三个不费力，四个更轻松。

一个势孤俩力大，三人能叫河搬家。

硬树要靠大家砍，难事要靠大家做。

一颗星星少光亮，万颗星星亮堂堂。

一根铁丝容易折，十根筷子拗不弯。

天上星多黑夜明，地上树多成森林。

鱼靠水，人靠集体。

锅里有，碗里才有。

大河无水小河干，大河有水小河满。

天上无云地下旱，大河无水小河干。

千条小河归大海，各种荣誉集体来。

单筷难夹菜，独翅难飞天。

独木难支大厦。

独轮车子容易倒。

一个跳蚤顶不起床单。

一只脚难走路，一个人难成户。

一家盖不起夫子庙，一人修不起洛阳桥。

单麻不成线，双丝搓成绳。单麻不成线，独木不成林。

单人不成阵，独木不成林。孤树不成林，孤雁不成群。

独树难挡风，独柴难烧红。

独脚独手独根草，风霜雨雪挡不了。

一个人浑身是铁，也打不了几根钉子。

孤掌难鸣，独弦不成音。

一个巴掌拍不响，一人难唱独板腔。

单膀鱼儿难凫水。

单面锣打不响。

一棵草易凋，一滴水易干。

一根甘蔗不成糖。

一根柱子难撑天，一块石头难垒山。一缕棉丝难织布，一粒大米难做饭。

一把火烧不开水，一只手捂不住天。一粒黄豆难磨浆，一根甘蔗难榨糖。

一锹煤炭难炼钢，一块砖头难砌墙。一根草搓不成索，一片篾编不成箩。

一根木头难烧火，一扇石磨难磨面。

不怕难办，就怕独断。

公理自在人心。

众人是杆秤，斤两自分明。

众怒难犯。

宁犯天公怒，莫惹众人恼。

做事不依众，累死也无功。

一争两丑，一让两有。

三人六主张。

七口子当家，八口子主事。

一家十五口，七嘴八舌头。

七个和尚八个腔。

鹬蚌相争，渔翁得利。

两虎相斗，必有一伤。

狗咬狗，一嘴毛。

蛇吃黄鳝大家死。

唇亡齿寒。

不怕不翻身，只怕不齐心。

好虎架不住一群狼。

砖连砖成墙，瓦连瓦成房。

一个人的智慧不够用，两个人的智慧用不完。

离群孤雁飞不远，一个人活力气短。

风大就凉，人多就强。

烂麻搓成绳，也能拉千斤。

判断一个人的价值，不是看他从世界上得到什么，而是看他为世界贡献出了什么。

为别人开路的人是走在最前面的人。

人不为己，鬼神怕。

人不为己，顶天立地。

拆别人的屋，盖自己的房。

只管自己锅满，不管别人屋漏。

刮别人的油水长自己的膘。

挖人家墙脚，补自己的缺口。

肥水不流外人田。

各人吃饭各人饱，各人出路各人找。

黄牛过河各顾各，斑鸠上树各叫各。

心地狭窄的人，世界也是狭窄的。

对待别人的东西，像贪吃的老虎；对待自己的东西，像吝啬的老鼠。

事不关己，高高挂起。

闲事不管，无事早归。

不为己事莫开口，一问摇头三不知。

蜜蜂酿蜜，不为己食。

公而忘私，舍己为人。

人心要公，火心要空。

予人方便，自己方便。

自私自利人人憎，大公无私人人敬。

一人辛苦众人安。

一人修路，万人安步。

一人掘井，众人吃水。

好朋友，明算账。

不计较，有气量。

人怕心齐，虎怕成群。

九牛爬坡，个个出力。

一箭易折，十箭难断。

柴多火旺，水涨船高。

得人者昌，失人者亡。

交人交心，浇树浇根。

居必择邻，交必择友。

邻居不可断，朋友不可疏。

好人朋友多，好马主人爱。

树木成林刮不倒，滴水成河晒不干。

一人打铁锤不响，两人打铁响叮当。

沙石里边有黄金，众人里边有圣人。

不怕浪多水流急，就怕划桨力不齐。

酒肉朋友容易找，患难之交最难逢。

君子之交淡若水，小人之交比蜜甜。

多个朋友多条路，多个冤家多堵墙。

失群的大雁不成行，下山的老虎不成王。

7.　关于勇敢与勤奋的谚语

百折不挠，坚韧不拔。

暴风雨折不断雄鹰的翅膀。

不到黄河心不死，不到长城非好汉。

不怕百战失利，就怕灰心丧气。

不怕事不成，就怕心不诚。

不上崎岖高山，不知大地平坦。

不下汪洋海，难得夜明珠。

不要做幻想的乞丐，要做幸福的创造者。

不与寒霜斗，哪来春满园。

才华是刀刃，勤奋是磨刀石。

成名之路多坎坷。

船乘风破浪才能前进，人克服困难才能生存。

春天不忙，冬天无粮。

挫折能增长经验，经验能丰富智慧。

胆大漂洋过海，胆小寸步难行。

刀在石上磨，人在苦中炼。

奋斗，事会成功；勤劳，幸福必来。

风吹不动泰山，雨打不弯青松。

风浪里试舵手，困难中识英雄。

风无常顺，兵无常胜。

敢向老虎嘴里拔牙。

高山挡不住太阳，困难吓不倒英雄。

功夫不负有心人。

害怕攀登高山险峰的人，只能永远在洼地里徘徊。

汗水是滋润灵魂的甘露，勤奋是理想飞翔的翅膀。

好汉死在战场上，懒汉死在炕头上。

好运气来自谨慎和勤奋。

虎不怕山高，鱼不怕水深。

花开满树红，勤劳最光荣。

火炼黄金，劳动炼人。

疾风知劲草，困难显英雄。

家有一双勤俭手，一年四季不用愁。

见困难就上，见荣誉就让。

节俭和勤奋是幸运的左右手。

经一番挫折，长一番见识。

精打细算，有吃有穿。

快乐和汗水是兄弟。

困难像弹簧，看你强不强；你强它就弱，你弱它就强。

困难是人生的教科书。

困难是锻炼人的熔炉，艰苦是考验人的战场。

懒惰是万恶之源。

浪花永远开在激流和风浪中。

劳动者最理解幸福。

劳动是百宝之根。

烈火炼真金，艰苦练强人。

没有过不了的河，没有爬不了的坡。

明知山有虎，偏向虎山行。

莫道君行早，更有早行人。

鸟往明处飞，人往高处走。

鸟美在羽毛，人美在勤劳。

宁做严寒时的松柏，不做温室里的弱苗。

宁做辛勤的蜜蜂，不做悠闲的知了。

懦夫把困难当成沉重的包袱，

勇士把困难当作前进的阶梯。

勤奋是幸福之母。

勤奋者留下青春似火，果实累累；懒惰者留下满鬓白发，两手空空。

勤劳是最好的品德。

勤劳是个宝，一生离不了。

勤勉的人，能把万物化为黄金。

勤能补拙，俭可养廉。

勤是摇钱树，俭是聚宝盆。

人为万物灵，全靠双手勤。

人勤春来早。

人勤地有灵，遍地出黄金。

任凭风浪起，稳坐钓鱼船。

沙石里可以淘出金子，汗水里可以找到幸福。

上天无路，入地无门。

少年懒惰老来穷。

舍得一身剐，敢把皇帝拉下马。

绳锯木断，水滴石穿。

失败为成功之母。

师父引进门，苦练在本人。

世事有成必有败，为人有兴必有衰。

踏破铁鞋无觅处，得来全不费功夫。

天无绝人之路。

天才出于勤奋。

万事开头难。

为自己一时荣华，幸福必定短暂；为子孙后代造福，幸福必然长久。

屋漏更兼连夜雨，行船又遇顶头风。

无私才能无畏。

物要防烂，人要防懒。

细水长流，吃穿不愁。

闲不住的人永远不得空暇。

小卒过河不回头。

笑口常开，幸福永在。

心灵最高尚的人，也总是最勇敢的人。

幸福到来要警惕，灾难到来要坚强。

幸福和勤俭是一家。

幸福与劳动相伴。

学在苦中求，艺在勤中练。

人懒无好事，狗狂无屎吃。

勤苦勤苦，自有幸福。

一勤二俭三节约，全家老少幸福多。

汗水流在地头，幸福来到家里。

黄金从矿石中提炼，幸福从艰苦中取得。

茶花是一朵一朵开出来，芭蕉是一串一串结出来，竹笋是一春一春长出来。

香椿不知苦中苦，哪有甜中甜。

粗茶淡饭就是福。

吃饭要知牛马苦，穿丝应记养蚕人。

生在福中要知福，眼界开阔真幸福。

什么是理想，革命事业就是理想；什么是幸福，为人民服务就是幸福。

严酷的日子要坚毅不屈，幸福的日子要谨慎小心。

吃苦在前最光荣，享福在后是英雄。

说不出的才是苦，挠不着的才是痒。

哑巴吃黄连，有苦说不出。

哑子慢尝黄檗味，难将苦口向人言。

黄杨木做磐槌子，外面体面里头苦。

人没有坐过钉板，不知道痛的滋味。

酷刑不会使坚强的人痛苦，甜蜜的引诱不会使动摇的人幸福。

幸福常常伴随痛苦。

否极泰来，苦尽甘来。

人望幸福树望春。

喝过黄连水，才知井水甜。

不知道艰苦的人，就没有真正的幸福生活。

度过黑夜的人，才知道光明的可贵；受过折磨的人，才知道真正的幸福。

桃花要趁东风开，幸福要靠劳动来。

真理从辩论中来，幸福从劳动中来。

越害怕越跌跤。

在学习中取得知识，在战斗中取得勇敢。

两军相遇勇者胜。

虎不怕山高，鱼不怕水深。

敢过大江，不怕船小。

天不怕，地不怕，老虎屁股也要摸一下。

好汉喜欢烈马。

进山不怕虎伤人，下海不怕龙蜷身。

你老虎口大，我野牛颈粗。

山鹰不怕强豹，猎人不怕老虎。

怕狼怕虎，不在山上住。

事到万难须放胆。

不要前怕狼，后怕虎。

保守保守，寸步难走。

神鬼怕愣人。

一人拼死，万夫莫挡。

黄忠七十五，正是出山虎。

人越勇敢，伴儿越多。

十年寒窗，九载熬油。

水滴石穿，绳锯木断。

处世要想，做事要创。

胆大辟邪，胆小鬼截。

不经长途，不知马骏。

不怕无能，就怕无恒。

宁为鸡头，不做凤尾。

只要功夫深，铁杵磨成针。

顺境出庸才，逆境出人才。

宁叫挣死牛，不叫停住车。

船头坐得稳，不怕风浪颠。

人争一口气，佛争一炉香。

不下汪洋海，难得夜明珠。

只要肯登攀，行行出状元。

胆小不能做将军，志短不敢逞英雄。

初生牛犊不怕虎，老虎口里敢拔牙。

山高自有行路客，水深自有渡船人。

书山有路勤为径，学海无涯苦作舟。

一镢头挖不成井，一笔墨画不成龙。

不见棺材不落泪，不到黄河心不死。

好马不吃回头草，好汉不吃眼前亏。

在学习中取得知识，在战斗中取得勇敢。

送肉上砧板，等着挨刀砍。

怕鬼鬼作怪，打鬼鬼不来。越怕鬼越有鬼上门。

胆怯离你越近，胜利离你越远。

当言不言谓之懦。

怕噎着不吃饭。

树叶掉下来怕打破头。

怕火花的不是好铁匠。

怕跌跤学不会走路，怕伤身逮不住老虎。

怕小河过不了大江。

8.　关于公私与美丑的谚语

常和坏人混，绝无好名声。

臭蛋孵不出鸡子，腐肉炖不出鲜汤。

大公无私人人爱，自私自利人人憎。

对大众的事情，别珍惜你的生命。

多行不义必自毙。

夺走我的名誉，就是夺走我的生命。

恶人先告状，疯狗乱咬人。

各人自扫门前雪，哪管他人瓦上霜。

工作别落人后，利益别跑人前。

功不独居，过不推诿。

狗眼看人低。

锅里有，碗里才有。

害人反害己。

坏人名声犹如毁人生命。

活着为人民，生命值千金；活着为个人，不如一根针。

剪去多余枝叶，果实丰满；清除私心杂念，思想健康。

老鼠看仓，看个精光。

老鼠过街，人人喊打。

美貌只是一层皮。

猛兽易服，人心难降。

名誉是人的第二生命。

你走你的阳关道，我过我的独木桥。

宁可折断骨头，也不损坏名声。宁可当众亮丑，不往脸上贴金。

宁可简简朴朴，不可偷偷摸摸。

骗来的钱财烫手。

破罐子破摔。

人有脸，树有皮，不争名利争口气。

少一分私心，多一分勇气。

山美不在高，人美不在貌。

善恶到头终有报，远走高飞也难逃。

上了赌博场，不认爹和娘。

蛇毒竹叶青，人毒财主心。

生锈的螺丝会损坏机器，自私的思想会损失集体。

私心太重，祸害无穷；公字当先，力量无边。

贪婪的人手长。

贪婪的结果是一无所获。

万恶皆由私字起，千好都从公字来。

忘记祖国的人，好比离开森林的鸟。

乌鸦总以为自己的雏鸟美。

无私者公，忘我者明。

心底无私天地宽，私字当头骨头软。

幸福不在金钱中。

虚荣的人注视着自己的名字，光荣的人注视着祖国的事业。

阎王好见，小鬼难求。

只为自己活着的人活得无价值。

重伤可治，恶名难除。

竹子表面是一根，里面节节都不通。

披着虎皮的驴子，谁也吓不了。

冰山不可靠。

戴首饰遮不住丑。

水萝卜皮红心不红。

画上的糕饼虽美丽，但不能顶饭来充饥。

牡丹虽好空入眼，枣花虽微结成果。

纸做的花儿不结果，蜡做的心儿见不得火。

画水无鱼空作浪，绣花虽好不闻香。

金玉其外，败絮其中。

绣花枕头稻草蕊。

马屎皮面光，绣花枕头一包糠。

空心大树不成材。中看不中用。

相马失之瘦，相士失之贫。

隔皮猜瓜，难知好坏。

外貌容易认，内心最难猜。

人不能看脸，恶貌不一定阴险。

秀气不在头顶上。

光头圆脑不一定是和尚。

偷来的锣鼓打不得。

偷风不偷月，偷雨不偷雪。

夜黑风变贼作案，风紧雨急狼出窝。

不怕胡死赖，只怕原物在。

偷个鸡蛋吃不饱，一个臭名背到老。

做贼心虚。做贼偷葱起。

不吃酒的脸不红，不做贼的心不惊。

小时偷油，大时偷牛。

偷嘴猫儿怕露相。偷鸡不成蚀把米。

屎臭三分香，人臭不可挡。

岳飞流芳百世，秦桧遗臭万年。

许人一物，千金不移。

有借有还，再借不难。

豹死留皮，人死留名。

鸟惜羽毛虎惜皮，为人处处爱名誉。

宁肯折骨头，不愿败名声。

长绳难系虚名住。

善有善报，恶有恶报。善事多做，恶事莫为。

逢恶不怕，逢善不欺。虎美在背，人美在心。

心底要热，头脑要冷。聪明一世，糊涂一时。

勇将无谋，累死三军。

口善心不善，枉把弥陀念。

泥人怕雨淋，假事怕追根。

不怕说得丑，就怕做出手。

镜不擦不明，脑不用不灵。

窍门招手叫，只怕不开窍。

生命值千金，计谋抵万两。

是非只因多开口，烦恼皆因强出头。

小孩口里无假话，骗子嘴里无真言。

人是人，鳖是鳖，喇叭是铜锅是铁。

心专才能绣得花，心静才能理乱麻。

9.　关于缺点与错误的谚语

往者不可谏，来者犹可追。

笑破不笑补，笑过不笑改。

知错改错不算错，知错不改错中错。

知错能改进步快，满不在乎才真坏。

有过而能改，不失为君子。

迷而知返，得道未远。

有则改之，无则加勉。

船到江心抛锚迟，悬崖勒马不为晚。

亡羊补牢，犹未为晚。

见兔顾犬未为晚，亡羊补牢未为迟。

有过是一错，不改又是一错。

否认一次错误，等于重犯一次错误。

有错不改，好比下雨背干柴。

博得人家信任全凭真诚。

浪子回头金不换。

浪子收心是个宝。

败子若收心，犹如鬼变人。

放下屠刀，立地成佛。

监狱门前后悔迟。

强盗收心做好人。

一失足成千古恨，再回头已百年身。

苦海无边，回头是岸。

从善如登，从恶如奔。

十个指头有长短，世上谁人无缺点。

瓜无滚圆，人无十全。

针没有两头尖，甘蔗没有两头甜。

显露的缺点，比伪装的美德好得多。

千斤绳从细处烂起。

薄处先通，细处先断。

蠹众木折，隙大墙坏。

漏缸一条缝，沉船一个洞。

比河短的桥造得再好也没有用。

脊背上的灰自己瞧不见。

灯台照人不照己。

取人之长，补己之短。

取百家之长，补自家之短。

人非圣贤，孰能无过；过而能改，善莫大焉。

圣人也有三分错。

神仙也有三个错。

神仙打鼓也有错点。

人有失足，马有失蹄。

偶然犯的错误叫过，存心犯的错误叫恶。

不进深山，难遇老虎；不做事情，不犯错误。

万事尽从忙里错。

忙中必有错。

一步走错百步歪。

前人洒土，眯了后人的眼睛。

糊涂事多是聪明人做的。

聪明一世，糊涂一时。

聪明反被聪明误。

纸包不住火，人包不了错。

愚蠢的人总是为自己的错误辩护，聪明人力求改正自己的错误。

10. 关于钱财与贪婪的谚语

非关道德合，只为钱相知。

财主有良心，河水向上流。

人无横财不富，马无夜草不肥。

发财一家，苦死千家。

不穷千家，不富一户。

不毒不成财主，不饿不成骷髅。

下不得毒手，成不了财主。

人心吊吊高于天，越是钱多越爱钱。

愚蠢的人，幸福是钱和官；聪明的人，幸福是劳动和贡献。

钱迷眼睛发昏，官迷心窍能作恶。

金子可以坠死人。

来得不善，去得也易。

来得不明，去得糊涂。

财主再富汤浇雪，穷人虽穷硬如铁。

金钱造不出好汉。

有钱难买一身安。

钱财如粪土，仁义值千金。

财主离穷人，寸步也难行。

一文钱难倒英雄汉。

衣是翎毛钱是胆。

钢要加在刀刃上，钱要花在正路上。

有钱常想无钱日，莫到无钱想有钱。

杀鸡要杀在喉头上，花钱要花在刀口上。

有粉擦在脸上，有钱花在眼上。

张三有钱不会使，李四会使又无钱。

衙门钱，一蓬烟；生意钱，六十年；种田钱，万万年。

钱多哪怕陌生人。

钱无身，可使鬼。

有钱能使鬼推磨，无钱鬼也不开门。

有钱到处是杭州，无钱杭州凉愀愀。

有了圆里方，百事好商量。

银子是白的，眼珠是乌的。

人为财死，鸟为食亡。

一文钱攥出水来。

铜钱眼里翻跟斗。

白酒红人面，黄金黑人心。

天下攘攘，皆为利往；天下熙熙，皆为利来。

一兔在野，百人逐之；一金在野，百人竞之。

除了割肉疼，就是出钱疼。

要钱不要命，抱了元宝去跳井。

得钱不拣主。

说尽黄河只为水，磨破口舌尽为财。

贪图知识之外的财富，不有便宜到家里。

不义之财，如汤泼雪。

赌博钱，顺水船。

赌博场中无好人。

赌博赌博，越赌越薄。

要无闷，安本分；要无愁，莫妄求。

知足常乐。知足不辱。

知止常足，终身不辱。

要足何时足，知足便是足。

贪字近贫，利令智昏。

蔽天之明者，云雾也；蔽人之明者，私欲也。

欲多伤神，财多累身。

人心难满，欲壑难填。

欲生于无度，邪生于无禁。

得一望十，得十望百。

吃了猪肝想猪心，得了白银想黄金。

人心不足蛇吞象，贪心不足吃月亮。

人心高过天，做了皇帝想成仙。

跌倒也要抓把泥。

跌倒还想拣把沙。

佛面上也想去刮金。

无利不起早，有利盼鸡啼。

听说鸡好卖，连忙磨得鸭嘴尖。

馋猫鼻子尖。

乌鸦也吃乌鸦的眼睛。

黄鼠狼不嫌小鸡瘦。

狗见骨头亲。

狗头上搁不住骨头。

贪食的鱼儿易上钩。

香饵之下，必有死鱼。

苍蝇贪甜，死在蜜里。

喝了人家酒，跟着人家走。

鸡腿打来牙齿软。

筷子头打人不觉痛。

狗肉滚三滚，神仙站不稳。

酒盅虽小淹死人，香烟虽细毒死人。

酒杯虽小淹死人，筷子不粗打断腰。

糖弹专打私心人。

鱼见食而不见钩，人见利而不见害。

贪得一时嘴，瘦了一身肉。

春季的游牧走得远，黑心肠的人朋友远，黑暗的傍晚影子远。

11. 关于阿谀与奉承的谚语

甘言疾也，苦言药也。

甘言夺志，糖多坏齿。

美言不信，信言不美。

人在甜言上易栽跟斗，马在软地上易打前失。

忠实的人，对人处处关心；虚伪的人，对人当面奉承。

拍马有个架，先笑后说话。

拍马屁，没志气。巧言令色，鲜矣仁。

口里甜如蜜，心里黑如漆。

奉承你是害你，指教你是爱你。

乐于受别人恭维的人，也就是善于谄媚的人。

药苦能治病，甜言能误人。

二　立业学习谚语

1.　关于理想与事业的谚语

没有崇高的理想，青春就将枯萎，没有伟大的志愿，生命就将暗淡无光。

人凭志气虎凭威。

庭院里跑不出千里马，花盆里栽不出万年松。

好马在力气，好汉在志气。

一万个零抵不上一个一，一万次空想抵不上一次实干。

爱叫的鸟做不了巢，爱吹的人干不成事。

鸟都往高枝上飞。

只有希望而没有行动的人，只能靠做梦来收获所得。

万里长城是一块一块砖头砌成的。汪洋大海是一条一条涧水流成的。

看近不看远会迷路，看远不看近会跌跤。

豹子斑纹在身外，男儿志向在胸中。

今年虽足还有明年，夏日虽暖还有冬天。

不要从低处看，而要从高处看。

鸟无翅膀不能飞，人无志气无作为。

幸福不会像鸟儿一样飞来。

没有过不了的火焰山。

不怕山高路远，就怕意志不坚。

语言只是叶子，行动才是果实。

莫学知了爬树梢，东摇西摆唱高调。

思考三六十八回，想出妙计二十五。

未来的甜荞有一克，眼前的荞饼有一块。

父母若有能耐，为儿传授知识。

不知后面山儿摇，只见前面毛毛动。

欲要享福，嫁给老人。

姑娘若想幸福，来拔老人白发。

邻居若有憎妒，衣食不会丰足。

茶要盐味淡，粥要适中好，佐料盐重佳。

商人欲下榻，毛驴欲卧息。

家乡若要遭灾，咒师难防冰雹。

衣不遮体，食不果肚。

挖出的土难以填满挖的坑。

饱受干渴之苦的人，必会努力挖井。

等待虚幻不实的梦，不如作些有益的事。

大的不知去向，小的恋恋不舍。

看肚吃饭，量力而行。

不经千辛万苦，哪有丰衣足食。

活在世上要有声望，做个事情要有成果。

嘴欲享受，手要干活。

三心二意难成事，两尖针儿难缝补。

有罪必罚，有洞必补。

嘴要吃喝，手须勤快。

只有毛驴之时，跑得比马还快。

别人吃牛肚香，自己吃牛肚臭。

只见狼在吃肉，不见狼在越山。

不翻这座雪山，焉得白狮之奶。

只见牧人吃酪羔，不见牧人在放牧。

嘴要吃喝，手要像铁钳。

看别人做事很轻松，看父亲吃肚子很香。

不经千辛万苦，哪来吃香喝香。

嘴中少言是智者，手中少活是愚痴。

莫牵空马，莫骑空驴。

不要与水打斗，而要同狗打斗。

夜里不睡似狗，早晨不起如牛。

富人因财不安，穷人因肚不安。

稳重的毛驴，慎重的货物。

吃饭时有十七十八，干活时只有我一个。

庙祝擦拭太高明，会把金像就黄铜。

一个没有远大理想的人，就像一部没有马达的机床。

大海的浪花靠劲风吹起，生活的浪花靠理想鼓起。

船的力量在帆桨，人的力量在理想。

高尚的理想并不因为默默无声而失去价值；自私的追求不因为大叫大嚷而伟大起来。

一个没有远大理想的人，就像一只没有翅膀的鸟。

骏马无腿难走路，人无理想难进步。

胸无理想，枉活一世。

癞蛤蟆想吃天鹅肉。

夜里想得千条路，明朝依旧卖豆腐。

上午栽树，下午就想乘凉。

天边月，镜中花；看得见，摘不下。

在沙滩上沉思，永远得不到珍珠。

空想一百年，不值一分钱。

现实，它永远没有幻想那么美妙，却是人们可以落脚的地方。

人无志，刀无钢。

人有志，竹有节。

胸无大志，百事不成。

人无大志，枉活一世。

鸟贵有翼，人贵有志。

穷要有志，富要有德。

聪明的人，天天努力；愚蠢的人，天天立志。

人穷志短，马瘦毛长。

穷要有志，富有有德。

立志而无恒，终身事不成。

好马在力气，好汉在志气。

人往高处走，水往低处流。

将相本无种，男儿当自强。

宁死不悖理，宁贫不短志。

有志心不老，人穷志不穷。

得志一条龙，失志一条虫。

有志不在年高，无志空活万岁。

攀亲戚，靠邻居，不如自己立志气。

石看纹理山看脉，树看材料人看志。

年怕中秋月怕半，男儿立志在少年。

无志之人常立志，有志之人立大志。

成事不足，败事有余。

盲人骑瞎马，夜半临深池。

拉着老虎当马骑。

引狼入室，解衣抱火。

从虎嘴里落到狼嘴里。

关门养虎，虎大伤人。

刀尖上耍把戏。

鱼游釜底，虽生不久。

家不严，招贼；人不严，招险。

路是宽阔的，但更多的是曲折。

头难，头难，万事开头难。

大有大难，小有小难。

井里撑船，四边无路。

上天无路，入地无门。

出不了牢笼见不了天。

刚学剃头，就遇上了连毛胡子。

年年难过年年过。

磨石是快刀的朋友，草原是骏马的朋友，障碍是意志的朋友，困难是胜利的朋友。

失败得教训，成功获经验。

高不过脚底板。

斧快不怕木柴硬。

天下无难事，只怕有心人。

困难常常有，千万别低头。

迎着困难走，困难化水流。

钢铁怕火炼，困难怕志坚。

环境困不住志士。

山高挡不住愚公，困难吓不倒英雄。

暴风吹不倒昆仑山，困难吓不倒英雄汉。

大海不怕雨水多，好汉不怕困难多。

懦夫把困难看作沉重的包袱，勇士把困难化为前进的阶梯。

风浪里试舵手，困难中识英雄。

好汉面前无困难，困难当中出英雄。

经不起风吹浪打，算不得英雄好汉。

困难是懦夫回头的起点，也是勇士前进的起点。

创亦难，守亦难，知难不难。

船破有底，底破有三千竹钉。

山重水复疑无路，柳暗花明又一村。

银河纵隔断，自有鹊桥通。

不顶千里浪，哪来万斤鱼。

船乘风破浪才能前进，人克服困难才能生存。

不登高山，不显平地。

不到高山，不知平地。

天有阴有晴，事有成有败。

有一兴必有一败。

困难里包含着胜利，失败里孕育着成功。

没有多次失败，难得一次成功。

不付诸行动的理想，就像不结果实的果树一样。

不怕山高，就怕脚软；不怕人穷，就怕志短。

彩虹，经过与雷电激战之后才出现；理想，经过与困难搏斗才能实现。

草若无心不发芽，人若无心不奋发。

聪明人把希望寄托在事业上，糊涂人把希望寄托在幻想上。

风吹浪打不动摇，海枯石烂不变心。

恒心搭起通天路，勇气吹开智慧门。

欢乐的顶峰有泪泉，悲哀的深渊有圣光。

回首昨天，应该问心无愧；面对今天，应该倍加珍惜；展望明天，应该信心百倍。

劲草能抗疾风卷，松柏可耐霜雪寒。

决心要成功的人，已经成功了一半。

骏马无腿难走路，人无理想难进步。

立志是通向事业成功的大门，勤奋是打开成功大门的金钥匙。

没有理想的人，就像没有头脑一样。

没有目标的生活，就像没有舵的船。

没有崇高的理想，青春就将枯萎；没有伟大的志愿，生命就将暗淡无光。

没有意义的青春，好像河畔的青石。

美好理想的实现要靠实践的阶梯、知识的翅膀、斗争的考验。

母鸡的理想是一把米糠，海燕的理想是飞越重洋。

青春的价值要由革命理想的天平来衡量。

青春时代是一生最幸福的时光，但只有老年人才知道这一点。

青春和天才携手同行，无疑是世间最美好的景象。

轻浮骄傲的露珠只能炫耀一时，奔腾飞湍的瀑布却能倾泻千里。

让别人去做生活的骄子，我们的使命永远是开拓。

庭院里练不出千里马，花盆里栽不出万年松。

小马学行嫌路窄，雏鹰展翅恨天低。

心里装着伟大的理想，生活中就有无穷的力量。

信念是前进的动力，理想是精神的支柱。

行船要有方向，少年要有理想。

胸有凌云志，无高不可攀。

胸中有了大目标，泰山压顶不弯腰。

学海无涯勤是岸，云程有路志是梯。

一个没有理想的人，就像一只没有翅膀的鸟。

一个人只有为远大的目标而奋斗终生，才是最幸福的人。

有伟大理想的人，生活永远闪射着光芒。

有志者事竟成，无志者万事空。

有志者千方百计，无志者千

难万难。

与其像兔一样生活，不如像

鹰一样战斗。

与其悲叹自己的命运，不如

相信自己的力量。

只要有志气，不怕起点低。

只有踏着失败的阶梯，才能登上成功的高峰。

志短怕难，视丘如山；迎难攻关，险峰敢攀。

志小者成不了大事。

坐井观天，只有一孔之见；登山远望，方知天外有天。

热爱生活的人，生活也热爱他。

生活里没有旁观者！

输人不输志。

志高品高，志下品下。

虎瘦雄心在，人穷志不衰。

人穷志气高，马瘦骨头翘。

战士做生活的弄潮儿，乘理想之船远航万里。

在生活的激流中航行，船夫应该永远清醒。

理想，是人们前进的动力。

有伟大理想的人，生活永远闪烁光芒。

坚韧不拔的毅力，产生于远大理想。

没有崇高理想，青春就将枯萎。

没有理想的青春，好像纸扎的花朵。

没有目标的生活，就像没有舵的船。

航船不能没方向，青春不能没理想。

鸟儿需有翅膀，青年应有理想。

没有血色的人苍白，没有理想的人无采。

谁若游戏人生，他就一事无成。

谁不能主宰自己，就永远是个奴隶。

花开着，是为装扮春天；人活着，是为造福社会。

火柴的一生虽然短促，发出的光亮却是全部。

莫学井底之蛙看天窄，要像山巅雄鹰放眼宽。

山外青山楼外楼，革命永远没尽头。

革命征途无止境，高峰之上有高峰。

上山要到顶，革命要到底。

要想灯不灭，需要常添油。

船到江心，不进则退。

好马不停蹄，好牛不停犁。

闯过重重关，还是新起点。

干手中活，想天下事。

灯芯浸油火更燃，革命越干心越欢。

志向是强力的打气筒，理想是行动的指南针。

立志是事业的大门，信心是事业的起点。

船的力量在帆上，人的力量在心上。

活不悖理，死不坠志。

活要活得有奔头，死要死得有分量。

心志要苦，意趣要乐。

大鹏高飞万里，群鸟岂识其志。

要做鲲鹏飞万里，不当燕雀恋小巢。

人穷志气大，什么也不怕。

有志不分年纪大小，贡献不分职务高低。

害怕困难的人，永远一事无成。

懒汉的理想在口头，英雄的理想在实践。

宁可光明磊落地死，不能卑鄙无耻地活。

为人民吃苦，虽苦犹乐。

为人民献身，虽死犹生。

深造靠恒心；天下无难事，只要有决心。

碧血垂青史，豪气贯九天。

创业百年，败家一天。

创业容易守业难。

对孩子，别珍惜乳汁；对事业，别珍惜生命。

根子坏的树，长不成材；心底坏的人，干不成事。

货次卖不出高价，胆小成不了大业。

懒汉把好事做坏，英雄把难事做好。

路不行不到，事不为不成。

如果只是唠唠叨叨，有用的话便少；如果只是忙忙碌碌，一辈子也做不了一件大事。

身在福中要知福，承业要知创业难。

事在人为。

通向光荣的道路是向所有人开放的。

脱离实际的文章再美，也还是纸上谈兵；实事求是的实干，才是促使事业成功的力量。

会说的不如会听的，会听的不如会干的。

光说不练是假把式，连说带练是全把式。

叫鸣的鸡儿不下蛋，说嘴子大夫没好药。

不管是黑猫和白猫，抓住老鼠就是好猫。

一分精神一分事业。

只要苦干，事成一半。

担子越重，脚印越深。

道路虽近，不行不至；小事虽小，不做不成。

要做黄牛腿，不做乌鸦嘴。

干树无果实，空话无价值。

没有筑路人，哪有大道行。

小步天天走，不怕千万里；小事常常做，不怕千万事。

时常溜溜转，不如摸摸看；只知摸摸看，不如蹲下干。

高声喊破嗓子，不如做出样子。

说一千，道一万，不如扑着身子干。

河水浅时鲤鱼小，空话多了成绩少。

桑木扁担两头翘，宁担担子不坐轿。

一等二靠三落空，一想二干三成功。

2.　关于惜时与求知的谚语

万物皆有时，时来不可失。

时来必须要趁时，不然时去无声息。

机不可失，时不再来；机会一过，永不再来。

晒草要趁太阳好。

今朝有事今朝做，明朝可能阻碍多。

守时为立业之要素。

因循拖延是时间的大敌；拖延就是浪费时间。

潮涨必有潮落时。

光阴似箭，日月如梭。

一日之计在于晨，一年之计在于春，一生之计在于勤。

时间就像海绵里的水一样，只要肯挤，总还是有的。

花有重开日，人无再少年。

少壮不努力，老大徒伤悲。

一日无二晨，时间不重临。

宁舍一斗金，不舍一日春。

志士惜日短，愁人苦夜长。

三更灯火五更鸡，正是男儿读书时。

年怕中秋月怕半，人怕不学日空转。

勤人时光当黄金，懒人时光当灰尘。

宁可今日抢一秒，不可明日等一分。

油料不挤不出油，时间不挤如水流。

人们常说："时间在流逝。"其实不对，时间是静止的，是我们在流逝。

一个人越知道时间的价值，越倍觉失时的痛苦。

早晨不起误一天的事，幼时不学误一生的事。

黑发不如勤学早，白发方悔读书迟。

逝水不会有重归，时间不会有重返。

最吝啬时间的人，时间对他最慷慨。

莫等闲，白了少年头，空悲切！

抓住今天，尽可能少依赖明天。

珍惜时间可以使生命变得更有价值。

时间是一笔贷款，即使再守信用的借贷者也还不起。

合理安排时间，就等于节约时间。

完成工作的方法是爱惜每一分钟。

把握住今天，胜似两个明天。

最珍贵的是今天，最容易失掉的也是今天。

黑夜到临的时候，没有人能够把一角阳光继续保留。

时间就是知识，时间就是力量，时间就是生命。

世间最宝贵的就是今天，最容易丧失的也是今天。

时间一分，贵如千金。

一寸光阴一寸金，寸金难买寸光阴；失落寸金容易找，失落光阴无处寻。

失落黄金有分量，错过光阴无处寻。

珍宝失掉了，可以再买到；时间丢失了，永远找不到。

年年岁岁花相似，岁岁年年人不同。

一日难再晨，岁月不待人。

时间好似河流水，只能流去不能回。

光阴一去难再见，水流东海不回头。

时间好比东流水，只有流去无流回。

河水泉源千年在，青春一去不再来。

月过十五光明少，人过三十不少年。

今年不比往年，老年不如少年。

光阴似箭催人老，日月如梭赶少年。

长江后浪推前浪，黑发难留到白头。

河水不再倒流，人老不再黑头。

水流东海不回头，误了青春枉发愁。

記得少年骑竹马，看看又是白头翁。

一年始有一年春，百岁曾无百岁人。

一生身是寄，百岁去如飞。

有志者见困难千方百计，无志者对困难唉声叹气。

书是昨天的记载，今天的镜子，明天的见证。

读书破万卷，下笔如有神。

阳光照亮世界，知识照亮人生。

黑发不知勤学早，白发方悔读书迟。

既要乐于身受苦，更要舍得脑受累。

光阴似箭催人老，日月如梭赶少年。

树不修，长不直；人不学，没知识。

水不流，会发臭；人不学，会落后。

没有羽毛，多么强壮的鸟也不能飞翔；缺乏知识，再好的理想也是空谈。

茂盛的禾苗需要水分，成长的少年需要学习。

聪明靠努力学习，知识靠平日积累。

鸟靠翅膀兔靠腿，人靠智慧鱼靠尾。

不要装饰你的衣服，而要丰富你的智慧。

鸟笨先飞早入林，人勤学习早入门。

幼年学的好比石头上刻的。

好学好问，什么都能学会；害羞不问，总有一天掉队。

蜜蜂酿蜜不嫌花儿少，好学读书不弃分与秒。

雨水可把瓶口灌满，知识却不能将脑子填满。

眼睛是人们心灵的门窗，书籍是人们精神的食粮。

知识比财富更可贵，无知比贫穷更可怕。

科学好比一座山，看你敢攀不敢攀，胆小永远站山脚，勇敢才能上顶端。

智慧是穿不破的衣裳，知识是取不尽的宝藏。

天上的雨水能滴穿大理石，勤学的汗水可敲开智慧宫。

珍宝失掉了，可以再买到；时间失掉了，永远找不到。

知识蕴藏在谦虚的大海中。

知识好比池中水，日旬月年长积累。

知识比财富更可贵，无知比贫穷更可怕。

知识是打开幸福之门的钥匙。

知识是头上的花环，财产是颈上的枷锁。

知识好像沙石下面的泉水，掘得越深越清澈。

知识渊博的人，懂得了还要问；不学无术的人，不懂也不问。

只怕人不勤，哪有功不成。

智慧是穿不破的衣裳，知识是取不尽的宝藏。

不用珠宝装饰自己，要用知识充实自己。

不爱惜花瓣看不到花木的美丽，不珍惜时间得不到生命的价值。

财产是身上的枷锁，知识是心灵的花环。

好高骛远，一无所获；埋头深钻，知识渊博。

浩瀚的海洋来自涓涓细流，广博的知识全凭点点积累。

挥霍时间的浪荡子，只有贫穷和空虚的烙印；珍惜时间的吝惜者，却有富足和充实的心灵。

节约时间就是延长生命，浪费时间就是虚度年华。

今天能做的事，不要拖到明天。

骏马要在马驹时练骑，知识要在幼年时累积。

空虚的头脑是魔鬼的作坊。

浪费时间就等于缩短生命。

浪费时间是所有支出中最奢侈最昂贵的。

没有任何人能唤回昨天。

没有知识的生活，就像没有香味的玫瑰花。

美丽的鸟儿珍惜羽毛，聪明的人儿珍惜时光。

鸟美在羽毛，人美在学问。

鸟以羽毛为美，人以知识为贵。

勤奋的人是时间的主人，懒惰的人是时间的奴隶。

勤学是知识的土壤，多思是知识的钥匙。

泉水挑不干，知识学不完。

缺少知识就无法思考，缺少思考就不会有知识。

日出唤醒大地，知识唤醒头脑。

闪闪发光的知识起始于火热的求知之心。

生活是知识的源泉，知识是生活的明灯。

时间像弹簧，可以缩短，可以拉长。

时间抓起来就是金子，抓不住就像流水。

时间就是效率，时间就是产品，时间就是信誉，时间就是事业。

时间并不因人们的主观意志而拉长，但却可以因浪费而缩短。

时间就是知识，时间就是力量，时间就是生命。

时间给勤奋的人留下智慧和力量，给懒惰的人留下空虚和懊悔。

时间给幻想者留下惆怅，给创造者带来财富。

守财奴说金子是命根，勤奋者看时间是生命。

时光易逝。

岁月无情，岁月易逝，岁月不待人。

时间检验真理。时间检验一切。

光阴一去不复返。

昨日不复来。

切莫依赖明天。

一个今天胜似两个明天。

好景不常，朝阳不能光照全日。

圣诞一年只一度。

快乐时光去如飞。

欢娱不惜时光逝。

时间能缓和极度的悲痛。

工作多，光阴迫。

今日事须今日毕，切勿拖延到明天。

明天如有事，今天就去做。

事事及时做，一日胜三日。

节省时间就是延长生命。

谁不知道时间的价值，就不会知道自己的价值。

谁对时间愈吝啬，时间对谁愈慷慨。

谁握有勤奋的钥匙，谁就会打开知识的宝库。

想学懂一门知识，先得承认自己无知。

星星能使天空绚烂夺目，知识能使人智慧丰富。

一日勤在晨，一年勤在春；分秒莫错过，时间不等人。

一天学会一招，十天学会一套。

一日练，一日功，一日不练十日空。

一个人的真才实学，是毁不掉的无价宝。

不向前不知路远，不学习不明真理。

藏书再多，倘若不读算是一种癖好；读书再多，倘若不用只能成为空谈。

常说口里顺，常做手不笨，常学脑子灵。

吃饭要细嚼慢咽，学习要深钻细研。

好书是心灵的良药，是进步的阶梯。

好奇心能够造就一个科学家。

好学的人永远朝气蓬勃。

花开在春天，学习在少年。

怀疑是求知的钥匙。

基础不打牢，学问攀不高。

家有万金，不如藏书万卷。

看得多，知识增强；写得多，妙笔生花。

理想的书籍是智慧的钥匙。

理解是记忆的基础，记忆是理解的必然。

粮食滋养身体，书籍丰富智慧。

没有思考的语言等于无的放矢。

千金难买回头看，文章不厌反复改。

强记不如善悟。

勤奋和智慧是双胞胎，懒惰和愚蠢是亲兄弟。

清晨不起误一天，少年不学误一生。

缺乏知识就无法思考，缺乏思考就得不到知识。

人贵有志，学贵有恒。

人笨早起身，鸟笨先出林。

日日走，能行千里；时时学，能破万卷。

善于发问的人知识丰富。

书读百遍不嫌多，遍遍都有新收获。

问号是催人攀登科学高峰的鞭子，启发是引导学生勤学深思的
钥匙。

写作不怕根基浅，勤学苦练能过关。

学而不思则罔，思而不学则殆。

学问学问，一学二问；不学不问，是个愚人。

一遍生，二遍熟，三遍四遍当师父。

一日读书一日功，十日不读腹中空。

一次考虑周到，胜过百日徒劳。

由浅及深，由近到远。

玉不琢不成器，人不学不知理。

知识在于积累，聪明在于学习。

知识是智慧的源泉，书籍是知识的宝库。

只要用心读，何患读不熟。

钟不敲不响，人不学不灵。

嘴勤不如手勤。

节约时间胜过储存金银。

节约时间就是延长生命。

知道一分钟如此可贵，就应该珍惜每一秒钟。

抓住现实的一分钟，胜过想象中的一年。

不愧对今天的人，明天会对你微笑；丢失了今天的人，明天会给你烦恼。

最珍贵的财富是利用时间，最巨大的浪费是虚度流年。

日月莫闲过，青春不再来。

少壮不努力，老大徒伤悲。

时光容易过，岁月莫蹉跎。

若使年华虚度过，到老空留悔恨心。

等时间的人，就是浪费时间的人。

年少力强，急需努力；错过少年，老来着急。

明日复明日，明日何其多？

路从脚下起，事从今日做。

见缝插针，分秒必争。

鼓足干劲，分秒必争。

今日事今日毕，留到明天更着急。

时间的犁，在勤奋者的额头，开出无数条智慧之渠。

懒汉可以撕掉日历，但不能留住时间。

一针不缝，十针难缝。小洞不缝，大洞叫苦。

昨日花开满树红，今朝花落一场空。

时间好似河流水，只能流去不能回。

光阴一去难再见，水流东海不回头。

时间好比东流水，只有流去无流回。

河水泉源千年在，青春一去不再来。

节气不饶苗，岁月不饶人。

时光脚步轻，年岁不饶人。

枯木逢春犹再发，人无两度再少年。

一天能误一个春，十年能误一代人。

没有时时刻刻，就没有年年月月。

太阳落山了，人才感到阳光的可贵。

时间不能"增产"，却可以节约。

点烛求明，读书求通。

账要勤算，书要勤念。

树靠人修，学靠自修。

以书为友，其乐无穷。

黄金有价，知识无价。

勤学好问，知无不尽。

多学多问，不怕脑笨。

学问学问，多学多问。

读书百遍，其意自见。

读书不讲，隔靴搔痒。

人若不读书，笨得像头猪。

不读一家书，不识一家字。

不怕衣衫破，就怕肚没货。

刀不磨生锈，水不流发臭。

地不扫不净，人不学落后。

读书如栽树，年久必成材。

今日记一事，明日悟一理。

天天多留心，积久成学问。

不怕学得慢，就怕断了线。

要知天下事，需读五车书。

玉不琢不成器，人不学不知义。

事理不晓反复问，问过千遍成行家。

打破砂锅问到底，还问砂锅盛多米。

处处留心皆学问，学海到处是黄金。

开卷未必都有益，学而不择误终身。

好书不厌百回读，熟读深思能融通。

熟读唐诗三百首，不会作诗也会吟。

秀才不出门，便知天下事。

好书如明灯，越读心越灵。

读书不知意，等于油白费。

学习不温习，雨过地皮湿。

积钱不如教子，闲坐不如看书。

鲜花常看不厌，好书常读不倦。

3.　关于勤俭与节约的谚语

勤能补拙，俭可养廉。

物要防腐，人要防懒。

冻死闲人，饿死懒人。

只有懒人，没有懒地。

是勤是懒，田里自显。

人哄地皮，地哄肚皮。

种地不管，野草长满。

坐等丰收，泪水成沟。

不怕荒年，就怕靠天。

起早睡晚，粮仓装满。

细水长流，遇灾不愁。

瞻前顾后，衣食常够。

勤有功，嬉无益。

前有算，后不乱。

算了吃，心里正；吃了算，把眼瞪。

少吃粮，防饥荒；多吃菜，少拉债。

只顾眼前，日后作难；能省会算，柴米不断。

不会省着，窟窿等着。

宁叫心宽，莫叫手宽。

腰里没铜，不敢胡成。

宽打窄用，嘴不受症。

粮食万担，粗茶淡饭。

穷莫吃种，富莫羞穷。

积谷防饥，积水防旱。

借钱还债，账户还在。

小洞不补，大洞难堵。

勤是摇钱树，俭是聚宝盆。

家有金银山，不如人勤快。

学问勤中得，富从俭中来。

馋嘴懒身子，是个穷根子。

不怕家里穷，就怕出懒虫。

勤能生百巧，懒可得百病。

懒汉人易老，勤劳能延年。

人勤穷变富，坐吃山也空。

人勤地生宝，人懒地长草。

薄地怕勤汉，壮地怕懒汉。

地是刮金板，人勤地不懒。

人勤地增产，大囤小囤满。

地不会说话，产量分高下。

地是聚宝盆，看你勤不勤。

地是父母面，一日见三遍。

出门不弯腰，进门没柴烧。

夏忙图歇凉，冬闲饿断肠。

今年双手闲，明年吃穿难。

冬季不停腿，来年不吊嘴。

懒牛屎尿多，懒人明天多。

要想日子美，多出几身水；要想日子甜，家无一人闲。

能俭不会俭，到头没积攒。

有时省一口，无时顶一斗。

一天省一把，十年买匹马。

一年不吸烟，省个老牛钱。

一天一根线，十年积成缎。

指缝松一松，一年丢几升。

两手攥一攥，粒来成一石。

出门要盘缠，在家要盘算。

衣少加根带，米少加点菜。

宁叫闲时饿，莫叫忙时饥。

丰年思歉年，荒年也不难；歉年当丰年，岂不受饥寒。

节俭不欠债，无债一身轻。

不信神，不信鬼，好过全凭胳膊腿。

金蛋蛋，银宝宝，不如勤学手巧巧。

男也懒，女也懒，没人扫雪翻白眼。

跟着勤的无懒的，跟着馋的无攒的。

要和别人比挣钱，不和别人比过年。

光增产，不节约，就像一口没底锅。

败家子用金如粪，成家子积粪如金。

兴业就如燕垒家，败家犹如浪淘沙。

布头头，线脑脑，联成娃的小袄袄。

新三年，旧三年，缝缝补补又三年。

不怕吃米不怕用，就怕心里没杆秤。

靠河莫要枉用水，靠山也莫乱烧柴。

饱备荒粮晴备伞，丰年节俭防歉年。

牛马年，广收田，准备饥猴饿狗年。

常将有日思无日，莫得无时想有时。

吃蜜莫忘黄连苦，富时莫忘穷时难。

债是一根捆人绳，解不开它活不成。

挖了东墙补西墙，结果还是住破房。

添水多，漏水多，到头还是没水喝。

一斤粮，千粒汗，省吃俭用细盘算。

算了再用常有余，用了再算悔已迟。

出门走路看风向，穿衣吃饭量家当。

当花的，十个钱要花；不当花的，一个钱要省。

当用则万金不惜，不当用一文不费。

由俭入奢易，由奢返俭难。

吃饭不忘农人苦，穿衣不忘工人忙。

节约节约，积少成多，一滴两滴，汇成江河。

历览前贤国与家，成由勤俭破由奢。

黄金本无种，出自勤俭家。

行船靠掌舵，理家靠节约。

饱时省一口，饿时得一斗。

一天省一口，一年省一斗。

惜衣有衣穿，惜饭有饭吃。

爱衣常暖，爱食常饱。

省下烟酒钱，急难免求人。

今日省把米，明日省滴油，来年买条大黄牛。

三年不喝酒，买头大水牛。

省吃餐餐有，省穿日日新。

只有勤来没有俭，好比有针没有线。

学问勤中得，富裕俭中来。

家有千金，不点双灯。

钱是一块一块上万，麦是一颗一颗上石。

零钱凑零钱，到时不费难。

细雨落成河，粒米凑成箩。

滴水凑成河，粒米凑成箩。

一星半星，凑两成斤。

日储一勺米，千日一石粮。

一两煤，一块炭，积少成多煮熟饭。

丰收万石，也要粗茶淡饭。

粮食打进仓，莫忘灾和荒。

粮再多，野菜也要备几锅。

大吃大喝顾眼前，省吃俭用度灾荒。

细水长流年年有，大吃大喝不长久。

家有万担，不脱补衣，不丢剩饭。

不珍视秋天的人，不会真正爱春天；不珍惜果实的人，不会真正爱花朵。

一粒米，一滴汗，粒粒粮食汗珠换。

一粥一饭，当思来之不易；半丝半缕，恒念物力维艰。

论吃还是家常饭，论穿还是粗布衣。

粗茶淡饭，吃得到老；粗布棉衣，穿得到老。

笑破不笑补，穿旧不算丑。

一勤二俭三节约，全家老少幸福多。

若要生活好：勤劳、节俭、储蓄三件宝。

耗子还存三分粮。粮头不俭，粮尾喊饭。

春天种下秋天收，如今存下将来用。

鸟美在羽毛，人美在勤劳。

不出血汗，不能吃饭。

桃花要趁东风来，幸福要靠劳动来。

勤劳是幸福的母亲。

雨水可以使大地回春，劳动可以使人丁兴旺。

勤似甘泉水，俭似聚宝盆。

汗水是滋润灵魂的甘露，勤奋是理想飞翔的翅膀。

勤劳勤劳，衣暖食饱；懒惰懒惰，日子难过。

贪小懒会酿成大祸，勤劳动石上能栽花。

要学蜜蜂勤到老，莫学露水一时干。

要想上天需要翅膀，要想取得胜利需要勤劳。

宁做辛勤的蜜蜂，不做悠闲的知了。

勤人荒年有饭吃，懒汉丰收饿肚子。

懒羊连自己身上的毛也嫌重。

人勤地有恩，遍地出黄金。

不动笤帚地不光，不动锅铲菜不香。

肥料是土地的宝贝，汗水是丰收的蜜汁。

勤恳的人讲实干，懒惰的人贪茶饭。

细水长流年年有，好吃懒做福不久。

人勤地出宝，人懒地长草。

骏马勒紧缰绳还想奔跑，懒猪赶它吃食也不想动。

勤劳是个宝，人生离不了。

土地下埋着珍珠，劳动中藏着幸福。

一粒粮食一滴汗，粒粒粮食劳动换。

雨水使庄稼苗壮，劳动给人们幸福。

勤劳意味着万物不缺，懒惰意味着一无所有。

勤劳的人满面红光，懒惰的人脸似破鞋。

花开满树红，劳动最光荣。

物要防腐，人要防懒。

秋天的硕果不属于春天的赏花人，而属于春天的耕耘者。

好汉死在战场，懒汉死在炕上。

没有蜜蜂的辛勤劳动，就是一片花海也不会有蜜。

坐求人家办事，不如自己动手。

勤奋者留下——青春似火，硕果累累；懒惰者留下——满鬓白发，两手空空。

雁美在高空中，花美在绿丛中，话美在道理中，人美在劳动中。

星星和月亮在一起，珍珠和玛瑙在一起，庄稼和土地在一起，幸福和劳动在一起。

用劳动挣来的两枚钱，赛过皇上恩赐的一坐宝山。

樱桃好吃树难栽，不下苦功花不开。

不织网的蜘蛛捉不到虫。

马是由驹长大的，钱是由少积多的。

一天省一把，十年买匹马。

节约好比燕衔泥，浪费好比河决堤。

积少成多，滴水成河。

一滴水，不算多，一滴一滴汇成河；一粒米，不算多，一粒一粒堆成垛。

一棵红梅两只花，勤俭节约不分家。

一天节约一根线，一年能把牛来牵。

毛毛雨打湿衣裳，盅盅酒吃垮家当。

手勤俭用一世有，好吃懒做一生穷。

懒汉就是在井边也会渴死。

浪费无底洞，坐吃山要空。

成家子，粪如宝；败家子，钱如草。

兴家犹如针挑土，败家好似水推舟。

成家犹如针挑土，败家犹如浪打沙。

勤俭是幸福之本，浪费是贫困之苗。

勤勤俭俭粮满仓，大手大脚仓底光。

一勤天下无难事，功夫不负苦心人。

居家不得不俭，创业不得不勤。

冷天不冻下力汉，黄土不亏勤劳人。

春天出现在盛开的花卉里；秋天出现在丰硕的果实里。

阳春三月不做工，十冬腊月喝北风。

一滴汗珠万粒粮，万粒汗珠谷满仓。

不想出汗，休想吃饭。

在太阳下辛勤劳动过的人，在树荫下吃饭才会心安理得。

金钱是死宝，气力是活宝，死宝不如活宝好。

扁担是条龙，一世吃不穷。

扁担横起有吃，扁担立起无吃。

纺车就是摇钱树，天天摇着自然富。

男勤耕，女勤织，足衣又足食。

土地无偏心，专爱勤快人。

天上落金子，也要起得早。

一早三光，一晚三慌，一早百早，万事顺当。

猎手没有冬天。

在吃上逞能不如在劳动上加劲。

4. 关于劳动与勤劳的谚语

人生天地间，劳动最为先。

花开满树红，劳动最光荣。

劳动是个宝，人生不可少。

不是靠天吃饭，全靠两手动弹。

靠天吃饭鱼上滩，靠手吃饭鸟投林。

改天换地英雄汉，双手就是万宝山。

自己的手就是大自然的统治者。

劳动万事足。

若要吃得香，两年不离脏。

流多少汗，吃多少饭。

要吃饭，大家干，家里不养闲懒汉。

拿斧的得柴火，张网的得鱼虾。

劳动可以兴家，淫逸可以亡身。

锄头口上出黄金。

劳动可以使平时变成节日。

吃鱼的不如打鱼的乐。

红糖甜，白糖甜，不如劳动果实甜。

不怕天寒地冻，就怕手脚不动。

从悬崖上能采到奇花异草，从劳动中能学到精湛的手艺。

勤为无价之宝。

一勤天下无难事，功夫不负苦心人。

勤来勤去搬倒山。

勤俭就是大收成。

遍地是黄金，单等勤劳人。

睡着的鸟儿容易射中。

懒人的床等于死人的墓。

懒病没药医。

懒鸡婆带不出勤鸡崽。

年幼贪玩，老来要饭。

阳春三月不做工，十冬腊月喝北风。

一滴汗珠万粒粮，万粒汗珠谷满仓。

不想出汗，休想吃饭。

金银难买勤手脚。

金钱是死宝，气力是活宝，死宝不如活宝好。

不怕贫，就怕勤。

扁担是条龙，一世吃不穷。

手勤不受贫。

男勤耕，女勤织，足衣又足食。

土地无偏心，专爱勤快人。

天上落金子，也要起得早。

三日早起抵一工。

一早三光，一晚三慌；一早百早，万事顺当。

种田要老手，看（保）家要老狗。

百步无轻担。

担秧（一担）好挑，只秧（一只）难拎。

十七八，快手婆婆扎（做）只袜（底）。

搓针大脉线，三针钓二线，老官（丈夫）还称我好手面（好
手艺）。

日勿（不）做，夜摸索。

日劣（里）咚咚咚，夜头瞎劳工（摸黑干活）。

人不加斤，船不加担。

懒人拖重担。

船到桥洞自会直。

人多好种田，人少好吃饭。

忙忙碌碌，吃鱼吃肉。

狼（大冷天）天冻刹（死）懒汉。

开堆，半堆。

要是浪头上有只淌（白送）来末，还要早点起来撩（捞）得。

牛扮（拴）劣（在）桩上，还（也）是老。

头大肩膀细，吃饭拿手戏，做生活没力气。

吃饭蒸笼头，车水挡榔头。

长工看长工，一松也不松。

做样生活，换样骨头。

身大力亏。

懒懒穷，困（睡）到日头（太阳）红。

5.　关于语言与技艺的谚语

语言是品德的标志。

听话听音，看人看心。

弹琴知音，谈话知心。

一言不实，百言皆虚。

要知心腹事，但听口中言。

财主说穷话，光棍说熊话。

言之太甘，其心必苦。

心直口快，招人责怪。

自己的话应该少说，别人的话应该多听。

有理的想着说，没理的抢着说。

牛无力拉横耙，人无理说蛮话。

说破大吉。

说明气散。

会说的惹人笑，不会说的惹人跳。

会说的说圆了，不会说的说翻了。

病从口入，祸从口出。

马有失蹄，人有失言。

胡吹浪谝，招祸不浅。

假话骗人，大话恼人，空话误人，脏话伤人。

击石出火，激火成祸。

话有三说，巧说为妙。

少说空话，多做实事。

言过其实，终无大用。

嘴上没毛，说话不牢。

一争两丑，一让两有。

刀伤好治，口伤难治。

舌为利害本，口是福祸门。

一语可伤人，一语可敬人。

话不要说死，路不要走绝。

少说过头话，多做有益事。

说出去的嘴，泼出去的水。

出得自己口，入得旁人耳。

凭空一句话，入耳就生根。

三问不开口，神仙难下手。

纵有千只手，难捂众人口。

好酒说不赖，好人说不坏。

毛毛细雨湿衣裳，流言蜚语伤人心。

一句好话寒冬暖，恶语伤人六月寒。

平日只会说人短，何不回头看自己。

有嘴不伤上门客，有手不打过路人。

三句好话顶钱使，唾沫星子淹死人。

墙里说话墙外听，话到嘴边留三分。

过目之事也有假，背地传言未必真。

酒逢知己千杯少，话不投机半句多。

良言是生命的食粮，恶语是丧命的木桩。

良言能引蛇出洞，恶语能引剑出鞘。

蚊子遭扇打，只为嘴伤人。

牛的灾难从角上引来，人的灾难从嘴上引来。

舌头没有骨头，但比铁还硬。

舌头无骨，可以圆扁四方。

怪人莫怪老了，说人莫说恼了。

劝执拗人，先顺其意；劝盛怒人，先平其气。

妙药难治冤孽病，好话难劝糊涂人。

利刀割体痕犹合，恶语伤人恨不消。

人好一张嘴，马好四条腿。

人不爱奉承，只要话讲得好。

皇帝不爱奉承，只要喊万岁。

顺情说好话，耿直惹人嫌。

说出口的话是药，闷在心里的话是病。

发乱找梳子，心乱找朋友。

放牧牛羊草地好，议事谈心朋友好。

读书有味千回少，对客无情一句多。

酒逢知己千杯少，话不投机半句多。

得意客来情不厌，知心人到话相投。

同行见同行，话儿像海洋。

姑娘讲绣花，秀才讲文章。

读书人讲书，屠户讲猪。

碰到读书人讲书，碰到屠户讲猪。

阔人扯的是家产，穷人扯的是辛酸。

休将我语同他语，未必他心似我心。

心酸莫向路边啼，谁是知心知意的。

知音说与知音听，不是知音莫与谈。

言者无心，听者有意。

逢着瞎子不谈光，逢着癞子不谈疮。

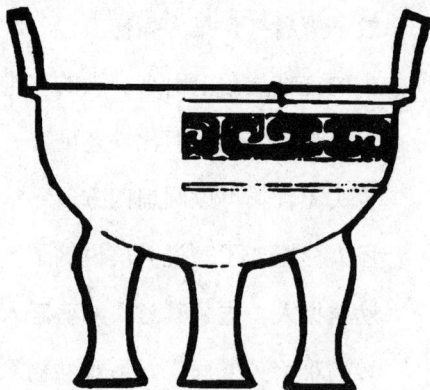

半句虚言，折尽平生之福。

真人面前，说不得假话。

熟戏要当三分生，练成要加三分工。

生戏熟唱，熟戏生唱。

一台无二戏，台上无闲人。

大戏小戏一个唱法。

学艺终身福，是艺不亏人。

离了小丑不成戏。

冷死花旦，热死武生。

横吹笛子竖吹箫。

千日胡琴百日箫，当日横笛乱哨哨。

断肠笛子送命箫。

台上一招鲜，台下练三年。

台上三分钟，台下三年功。

外练身、法、步，内练精、气、神。

拳不离手，曲不离口。

学戏不懂意，等于活烂泥。

好戏能把人唱醉，坏戏能把人唱睡。

看戏容易做戏难。

唱戏的是疯子，看戏的是傻子。

字是门楼书是房。

字是黑狗，越描越丑。

字三写，鱼成鲁，帝成虎。

草字不归格，神仙认不得。

真书如立，行书如引，草书如走。

立七坐五盘三半，一肩三头怀两脸。

大胆落墨，细心书拾。

开口猫儿合龙。

画鬼容易画人难。

怒画竹，喜画兰，不喜不怒画牡丹。

画人难在画眼睛。

画人难画手，画树难画柳，画马难画走，画兽难画狗。

画人难画骨。

画花多一笔，绣花多一日。

肥马好画，瘦马难描。

灯下观色。

好菜全凭炒，好画全凭裱。

真戏假做，假戏真做。

戏假情真。

不像不是戏，真像不是艺。

戏无情不感人，戏无理不服人。

剧本剧本，一剧之本。

拉弓要膀子，唱曲要嗓子。

学戏先学声，打铁先打钉。

七分锣鼓三分唱。

交友靠真心，戒烟靠恒心。

知理不怪人，怪人不知理。

满瓶子不响，半瓶子咕撞。

跟上好人学好人，跟上巫婆学拜神。

浪子收心，换来黄金。

吃饭穿衣亮家当。

家有千斤丝，邻居一杆秤。

八十老，向的小。

要知父母恩，怀中抱儿孙。

活着孝顺（老人）吃一口，胜过死后献一斗。

媳妇好与瞎，一半看娘家。

树长天高，叶落归根。

一窍不得，少挣几百。

小了不补，大了尺五。

学识靠积累，聪明寓勤奋。

知不足者好学。

友如作画须求淡。

学如大海百流兼归。

钟不敲不响，脑子不用不灵。

不学杨柳随风摆，要学青松立山岗。

心专才能绣得花，心静才能织得麻。

要想学到惊人艺，专心虚心加恒心。

滴水能穿石，不仅因为它持之以恒，而且因为它始终如一。

不怕事难干，只怕心不专。

十事半通，不如一事精通。

百艺不如一艺精。

一心不可二用。

一手提不住两条鱼，一眼看不清两行书。

一个指头按不住两个跳蚤。

一手难遮两耳风，一脚难登两只船。

滴水可以穿石，犁头可以磨针。

竹子是一节一节长起来的，功夫是一天一天练出来的。

胜利者不一定是跑得最快的人，而是最有毅力的人。

锲而不舍，金石可镂。精诚所至，金石为开。

有心打石石成针，无心打石石无痕。

恒心是达到目的的最近的路。

不怕无能，就怕无恒。

只要人有恒，万事都能成。

人有恒心，石山要崩。

三天不拿针，熟手也变生。

三天不提笔，秀才手也生。

水不怕小，只要水长流。

苟有恒，何必三更睡，五更起。最无益，莫过于一日曝，十日寒。

编筐织篓，全在收口。

干活要有头尾，裁衣要有尺寸。

风吹云动星不动，水涨船高岸不易。

钓鱼要时分，上午七到十，下午三到四。

钓鱼钓风头，东风钓西，西风钓东。

驴骑后，马骑前，骡子骑在正中间。

马到滩，不加鞭。

腰要弓，蹬用劲，手抓缰，心要平。

吃饭不说话，酒醉不骑马。

运动在身，用意在心。

打拳不遛腿，终是冒失鬼。

打拳容易走步难。

势断劲不断，劲断意不断。

势断筋长一寸，不练肉厚一分。

高明的棋手，能看出三步。

棋逢敌手，将遇良才。

棋逢敌手难藏身。

棋逢对手，先礼后兵。

下棋不语，落子不悔。

观棋不语真君子，举手无悔大大夫。

低棋肚里有仙着。

败棋有胜着。

不怕千着巧，就怕一着错。

一着输，着着输；三着不出车，满盘都要输。

错走一颗子，输了一盘棋。

摆上相士，不怕马来将。

臭棋乱飞象。

双车难破士相全。

炮是隔山打，车是一杆枪。

一车十子寒。

车临头，马挂角，将帅活不了。

隔山须动炮，临阵快出车。

三步不出车，正死棋。

丢卒保车。

丢车保帅。

马走斜，相走方。

马有八面威风。

马换炮，不伤耗。

一马换双象，必是英雄将。

马跳连环不用车。

一马堵死孤将军。

马跳窝心，不死发昏。

马跳当心，必有灾星。

当头炮，马来照。

小卒一去不还乡。

卒子过河当车用。

卒子过河能吃车马炮。

别往"象"眼硬"将"军。

将军不死赖和棋。

棋不斜视。

钓鱼要忍，拿鱼要狠。

钓鱼有三得：跑得、等得、饿得。

心急等不得人，性急钓不得鱼。

先撒鱼食后钓鱼。

神仙难钓午后鱼。

6.　关于长远与远见的谚语

站得高，看得远。

高灯照远亮。

长线放远鹞。

只可远望千里，不可近看眼前。

留得五湖明月在，不怕没处下金钩。

但得五湖明月在，春来依旧百花香。

竭泽而渔，日后没鱼。

冬不可废葛，夏不可废裘。

不图一时乱拍手，只求他人暗点头。

莫看强盗吃肉，但看强盗受罪。

宜从大处落墨，莫向针头削铁。

凡事预则立，不预则废。

磨刀不误砍柴工。

百日砍柴一日烧。

要想过河先搭桥。

不种今年竹，哪有来年笋。

晴带雨伞，饱带饥粮。

船到江心补漏迟。

得宠思辱，居安思危。

7. 关于祖国与人民的谚语

工人一双手，平地起高楼；农民一双手，瘦地出青油。

人民行动起来，铁铸的宝座也不稳。

百姓齐，泰山移。

近厨得食，近民得力。

得人者兴，失人者崩。

民之所欲，天必从之。

足寒伤心，民怨伤国。

士气不可辱，民意不可欺。

天鹅爱的是湖泊，英雄爱的是祖国。

天下兴亡，匹夫有责。

国泰民可安，国强民也富。

国破家必亡。

就是祖国的炊烟，也使人感到香甜。

亡国奴不如丧家犬。

鱼靠水，箭靠弓，人民自古是英雄。

民为邦本，本固邦宁。

国以民为本，民以食为天。

没有国，哪有家；没有乡，哪有情。

美不美，家乡水；亲不亲，故乡人。

国有国法，家有家规。

一乡一俗，入乡问俗。

穷家难舍，故土难移。

树高千丈，叶落归根。

国正人心顺，官清民自安。

国泰民自安，国富民必富。

国是家的根，民心即天心。

国难思良将，家贫思贤妻。

家贫出孝子，国难识忠臣。

月是家乡圆，水是故乡甜。

三里不同乡，五里不同俗。

离家三里远，另是一层天。

在家千日好，出门一时难。

乡党见乡党，两眼泪汪汪。

忠良岳飞芳百世，奸臣秦桧骂万年。

好汉为国死疆场，懦夫为己卧床上。

舍命才称真豪杰，爱国方成大丈夫。

国有勇士根基固，家有英雄世代荣。

得民心者得天下，失民心者失天下。

历览前贤国与家，成由勤俭败由奢。

一寸河山一寸金，万里河山在民心。

兄弟不和邻里欺，国家不和邻国欺。

利刀难断东流水，海峡难隔回归心。

宁要家乡一捧土，不要他乡万斗金。

人生得意千万回，难得醉在乡音里。

金窝窝，银窝窝，不如家乡穷窝窝。

一寸国土一寸金。

国家，国家，有国才有家。

舍命才算真豪杰，爱国方成大丈夫。

国强民也富，国破家也亡。

尽忠报国，尽孝守家。

家贫出孝子，国乱识忠臣。

金窝银窝，不如家乡狗窝。

爱乡人，常恋土。

家乡水甜入心，十年不改旧乡音。

树高不离土，叶落仍归根。

秦岭山脉一条线，南吃大米北吃面。

富贵不离祖，游子思故乡。

摘瓜寻藤，念祖寻根。

宁卖祖宗田，勿忘祖宗言。

国兴靠贤士，家兴望子孙。

国强民富，国富民乐。

国以民为本，民以国为家。

葵花向太阳，翻身全靠党。

一寸山河万丈金。

国强靠自己，外援不得已。

国怕倒旗，家怕懒妻，厝怕白蚁。

国乱国亡，国亡家亡。

人不亲土亲，溪不深水清。

海深终有底，树高不离根。

平日在外乐，节日思故乡。

家不和该穷，国不和该亡。

亲人难舍，故土难离。

宁做太平犬，不做乱世人。

有树才有花，有国才有家。

月是故乡明。

国败出妖，家败出娇。

国强才子贵，家富小儿娇。

受了一方香火，就保一乡黎民。

求人不如求己，他乡不如故乡。

家有贤妻，如国有良相。

得好乡邻胜似亲。

大河有水小河满。

水流千里归大海，人走千里归家园。

白手起家真志士，赤心报国是忠臣。

鸟儿不会忘记自己的窝，人不应该忘记自己的祖国。

在祖国过一个冬天，胜过在异国过一百个春天。

一个人绝不应该忘记——最初哺育自己的那块土地。

莺爱花圃，人爱祖国。

不会有不思念马群的马匹，不会有不怀念祖国的壮士。

即使是水中浮萍，无根也不成。

谁抛弃自己的国家，谁就会尝到流放的滋味。

8.　关于家庭与家人的谚语

娘想儿，长江水。

儿想娘，哭一场。

女儿贤，胜过男。

媳妇贤，赛元宝。

远亲戚，近临家。

家有千口，主事一人。

少年爱妻，老年爱子。

娘想闺女，记在心里；闺女想娘，急坏肝肠。

打在儿身，疼在娘心。

母子分离，活剥树皮。

狗大自咬，人大自巧。

人心不活，家产变薄；人心一散，日子过烂。

儿多母饿，粮缺饿婆。

家有双亲老，胜过无价宝。

家有嘟囔虫，全家不受穷。

有千年邻居，无百年父子。

儿大不由父，女大不由娘。

有狠心儿女，无狠心爹娘。

一个好媳妇，三代好儿孙。

要儿孝顺你，你先孝爹娘。

路远知轻重，病久见孝心。

男家身上衣，婆娘脸上皮。

女婿有了钱，媳妇轮得圆。

幼年怕丧母，中年怕丧妻。

老年怕丧子，一生怕肚饥。

好猫管四邻，好狗护三村。

家有千斤粮，邻居是杆秤。

子女不在多，好儿只一个。

儿多不养娘，儿少情义长。

天高不能压太阳，儿大不能欺爹娘。

儿行千里母担忧，母行千里儿不愁。

手心手背都是肉，女儿媳妇一样亲。

会疼人的疼媳妇，不会疼的疼女儿。

儿子乖，媳妇贤，老汉老婆不得闲。

儿子好，媳妇孝，公公婆婆不睡觉。

家里有个好嫂嫂，大姑小姑都学好。

不怕婆婆心似铁，一个敬字解百结。

娘夸闺女不算啥，婆夸媳妇才是花。

会当媳妇两头瞒，不会当的两头传。

千两数银万两金，难买父母在世恩。

为人若不孝父母，试问身从何处来。

千里烧香拜佛堂，不如在家敬爹娘。

活着孝顺不生气，胜过死后唱大戏。

活着孝顺吃一口，胜过死后献一斗。

三岁打娘娘发笑，三十打娘娘上吊。

勤俭种田自身苦，孝顺公婆自家福。

你对父母不孝敬，老了儿子照样子。

莫嫌父母连累你，要想老了你靠谁。

父慈子孝顺气丸，兄宽弟让八宝丹。

兄弟和气金不换，妯娌和气家不散。

只有十全的车马，没有十全的人家。

人人都有难唱曲，家家都有难念经。

风吹草帽走扇门，麻迷婆娘气死人。

明教子，暗教妻，关住房门教女婿。

男人有妻家有主，女人有夫室有梁。

姑舅亲，辈辈亲，打断骨头连着筋；姨娘亲，不算亲，死了姨娘断了亲。

龙生一子定乾坤，猪生一窝拱墙根。

好儿好女不要多，好的一个顶十个。

儿是冤家女是债，生得越多越是害。

成家容易养家难。

当家才知柴米价。

早晨起来七件事，柴米油盐酱醋茶。

开门七件事，柴米油盐酱醋茶。

不当家，不知柴米贵；不拿秤，怎知斤和两。

家有千口，主事一人。

家无主，屋倒竖。

健妇持门户，胜过一丈夫。

当家人，恶水缸。

当家人，泔水缸。

当家三年狗也嫌。

国有国法，家有家规。

不能治家，焉能治国。

忠诚老实传家远，狼心狗肺不久长。

长兄如父，长嫂如母。

老嫂比母，小叔比儿。

兄弟合力山成玉，父子同心土变金。

兄弟和气金不换，妯娌和气家不散。

亲兄弟，明处账。

家和日子旺。

家和万事兴。

家和人和万事和。

兄弟虽和勤算数。

兄弟二人心不齐，手里黄金要变泥。

妯娌多了是非多，小姑多了麻烦多。

顺得姑来失嫂意。

人大分家，树大分枝。

好家户经不住三股分。

家庭怕三漏：锅漏、屋漏、人漏。

家丑不可外扬。

家内不和邻里争。

家不和，外人欺。

弟兄不和邻里欺，将相不和邻国欺。

家有黄金，外有斗秤。

身安莫嫌瘦，家安莫嫌贫。

莲花开在污泥中，人才出在贫寒家。

清官难断家务事。

家家有一本难念的经。

吃尽滋味盐好，走遍天下家好。

甜不过蜂蜜，亲不过母女。

知子莫若父。

一畦萝卜一畦菜，各人养的各人爱。

各人皮肉各人疼。

皮里生的皮里热，皮里不生冷似铁。

爱花连盆爱，爱女疼女婿。

打在儿身，疼在娘心。

爷娘惜子女，没有狠心的爹娘。

长哥长嫂当爷娘。

再甜的甘蔗不如糖，再亲的婶子不如娘。

亲邻互助山成玉，父子同心土变金。

有其父必有其子。

苗好米好，娘好女好。

好帮好底做好鞋，好爹好娘养好孩。

娘勤女不懒，爹懒儿好闲。

婆婆有德媳妇贤。

慈母多败儿。

为老不正，带坏儿孙。

重孙有理告太公。

宁可爹娘羡儿女，切莫儿女羡爹娘。

媳妇堂前拜，公婆背利债。

养儿防老，积谷防饥。

我养你牙大，你养我牙落。

崽大，爷难当。

父母难保子孙贤。

久病床前无孝子。

儿大不由爷。

孩儿不离娘，瓜儿不离秧。

人留子孙草留根。

孩子再丑，也是自己的。

有钱难买亲生子。

孙子是奶奶的拐杖。

儿女都是父母身上肉。

鼻涕子，出好汉。

宁养顽子，莫养呆子。

一个担里的果有酸有甜，一个娘养的孩子有好有坏。

一树之果，有酸有甜；一母之子，有愚有贤。

一窑烧得几百砖，一娘养的不一般。

不要金玉重重重，但愿儿孙都成人。

有钱难买子孙贤。

买尽天下物，难买子孙贤。

富贵好，不如子孙好。

成器子赛过无价宝。

爹娘养身，自己长心。

父母生身，自己立志。

春耕不好害一春，教儿不好害一生。

杂草铲除要趁早，孩儿教育要从小。

好花不浇不盛开，小树不修不成才。

严是爱，松是害，不管不教要变坏。

幼小读书要琢磨，休怪老师批评多；生铁百炼才成钢，宝剑再快也要磨。

自小看看，到老一半。

只愁不养，勿（不）愁不长。

惹小一丑，惹狗一口。

摇杨，摇杨，今年你长，明年我长。

拍拍胸，勿闯风；拍拍背，肉偎偎。

小老家（小孩子）勤俭，老娘家（老年人）欢喜。

子不教，父之过。

人不教不懂，钟不敲不鸣，树不修不长，娃不管不成。

得过且过成大祸。

树小扶直易，树大扳伸难。

牛要耕，马要骑，孩子不教就调皮。

树杈不修要长歪，子女不教难成材。

老受夸奖的孩子，最容易放任自流。

教子光说好，后患少不了。

月里婴儿娘引坏。

孩子不好慢慢教，哪有挖井只一锹。

言教不如身教。

娇生惯养，没有好儿郎。

入田观察，从小看大。

赐子千金，不如赐子一艺。

德行与技艺，是子孙最美的产业。

从小不知老娘亲，育儿才知报娘恩。

水有源，树有根，不认爹娘如畜生。

不记当初娘养我，但看今朝自养儿。

在家敬父母，何必远烧香。

千里烧香，不如在家敬爹娘。

生前不给父母吃，死后何必去祭坟。

狗记路，猫记家，小孩只记吃奶妈。

骄子不孝。爷不死，崽不乖。

新阿大，旧阿二，补阿三，破阿四。

阿大穿新，阿二穿旧，阿三穿补，阿四穿破。

柴米夫妻，酒肉朋友，盒子亲眷。

一家衣食常不足，骨肉至亲不上门。

一朝人死黄金尽，亲者如同陌路人。

行要发伴，居要好邻。

邻居好，赛金宝。邻居好，无价宝。邻居好，一片宝。

和得邻居好，胜过穿皮袄。

隔邻居，不隔心。多年邻居变成亲。

打不断的亲，骂不断的邻。

宁盼邻家买个驴，不盼亲戚中个举。

村中有个好嫂嫂，满巷姑娘齐学好。

瞒天瞒地，瞒不了隔壁邻居。

阴险的邻居，有时比凶恶的敌人更可怕。

隔重门户隔重山，隔层楼板隔层天。

红颜女子负心汉。

巧妻常伴拙夫眠。

宁为房上鸟，不做屋里妾。

情愿天上做只鸟，不愿屋里做个小。

七岁八爬，半岁生牙。

三躺、六坐、七爬爬，十个月会踏踏。

娃娃岁半，翻坛打罐。

酒儿不冻，孩儿不冷。

小儿无诈病。

小孩怕伙，褰衣怕火。

小不教，大不会。

六岁、七岁掉狗牙，十二、十三换嚼牙。

七岁八岁狗也嫌。

半大小子，吃死老子。

人不长，发长；牛不长，角长。

不见儿长，只见衣短。

三岁牯牛十八汉。

十七八力不全，二十四五正当年。

瓜老一歇，人老一年。

老不舍心，少不舍力。

人老智多，树老根多。

老马通路数，老人通世故。

姜老辣味大，人老经验多。

明珠出在老蚌。

人老骨头硬，越老越中用。

树老根子深，人老骨头硬。

老要精神少要稳。

老将出马，一个顶俩。

蚂蚁爬树不怕高，有心学习不怕老。

拾树抬小头，问路问老头。

家有一老，强似活宝。家有一老，黄金活宝。

家有一老，犹如一宝，有了疑问，问之便晓。

七十瓦上霜，八十不稀奇。

过后才知事前错，老来方觉少时非。

一聋三分痴。

小人手多，老人口多。

马老腿慢，人老嘴慢。

老怕冬冷，少怕秋凉。

人老先从腿上多。

人老病多，树老根多。

家勿和被人欺，邻勿和被贼欺。

若要好，大做小。

好男不要祖业，好女不要嫁衣。

树大分权，人多分家。

阿娘做人，裤脚缚绳。

教子有方，门庭兴旺；教子无方，家儿荡光。

宁可死做官爹，勿可死讨饭娘。

大海洋洋，忘记爹娘。

父母爱少子，宝贝养娇儿。

男人无妻家无主，女人无夫家无梁。

秧好一年谷，妻贤一生福。

只要老公好，苦苦也吭告。

少年夫妻甜如蜜，老年夫妻恩如漆。

家常便饭粗布衣，知冷知暖是夫妻。

半夜吵，五更好。

夫妻造孽常事，邻舍拆劝多烦。

娇子勿能立业，娇妻勿能治家。

怕老婆，铜钿多。

十只黄猫九只雄，十个老婆九个凶。

露水夫妻难到老，花烛夫妻百年好。

一根年糕一只块。

兄弟顶凶，姊妹最尖。

打死打活亲兄弟，煮粥煮饭家里米。

兄弟相打看娘面，千朵桃花一树艳。

拳头打出外，手把挽进里。

鲫鱼骨头里却出。

癞头儿子自中意。

猫生猫中意，狗生狗欢喜，自生自值钿。

好笋出笆外。

三代不出舅家门。

有爹有娘怀中宝，无爹无娘路边草。

养儿勿论饭，打铁勿论炭。

三岁意姿看到老。

做官勿断杭州路，做囡勿断娘家路。

宁可生败子，勿可生呆子。

儿子生一百，不值老头一只脚。

九子十八孙，独自上孤坟。

长子勿得力，苦到脚骨直。

生子听名声，买田是瘟人。

千里烧香，勿如孝敬爹娘。

墙倒戤着壁，无子靠阿侄。

阿爷值钿大孙子，阿爹值钿小儿子。

儿子不宗爹，孙子吃爷爷。

儿子像阿娘，银子好打墙。

打煞猫，不离灶。

女婿顶半子。

墙门朝稻田，丈母寻女婿。

丈母看女婿，越看越欢喜。

丈母一声呕，蛋壳一畚斗。

吃儿子骂进骂出，吃女婿谢进谢出。

儿孝不如媳妇孝，囡孝不如女婿孝。

门口一埭河，新妇像阿婆。

新妇坏，骂儿子；儿子好，夸新妇。

十年新妇熬成婆。

河埠头讲阿婆，念佛堂讲新妇。

好新妇不怕恶公婆。

没新妇东托西托，有新妇东哭西哭。

莫看娘家无人，还有堂房阿婶。

太公本是小官人，太婆也是囡出身。

当家三年，黄狗猫也招怨。

桶无箍会散，家无主会乱。

没好序大（长辈），就没有好序细（晚辈）。

恶妻孽子，无法可治。

家业家业，有家就有业。

三岁囡子得人惜，百岁老人讨人嫌。

十月怀胎，苦处无人知。

父母没嫌囡袪势（不美），囡儿没嫌父母穷。

愿担一石米，毋愿领一个囡仔（小孩）。

公妈惜大孙，父母惜细囡（最小儿女）。

父母疼囡长流水，囡疼父母像树尾摇风。

靠囡靠新妇（儿媳），不如身边家治（自己）有。

在生无人认，死着规大阵（一大群人）。

酒肉面前知己假，患难之中兄弟真。

兄弟同心金不换，妯娌齐心家不败。

兄弟若同心，田涂（泥巴）变黄金。

家伙（业产）分勿会平，打到"廿九暝"（除夕）。

一日同行三日亲，一夜夫妻百世恩。

富贵不离祖，贫穷不离某（妻）。

行船靠掌舵，理家靠老婆。

好翁（丈夫）好某（妻子），同甘共苦。

毋免家中千担粮，只要夫妻能商量。

别人查某（女人）困勿会烧。

吃好穿好，不如白头偕老。

吃翁（丈夫）香香，吃某（妻子）艰苦。

怀胎十月易，带团十月难。

翁（丈夫）鳌（能干）某（妻子）翘头。

千金难买园孙鳌（能干）。

千两银毋值一个亲生团。

子女不要多，好好生一个。独生子一枝花，多男多女受拖磨。

一团清心，多团激心（别气、犯愁）。

多子多女团是福，父母拖到老磕磕。

多毋饿死父，多新妇（儿媳）饿死"大家"（婆婆）。

两目相亲像（相同），生男生女都一样。

树大要分权，团大要分家，女大要出嫁。

后生（儿子）饲大是某（儿媳）的。

吃是阿爹，趁钱私脚（自己赚钱自己花）。

好竹出好笋，好老父出好囝孙。

歪戴帽子斜穿衣，长大毋是好孩儿。

犁田出好牛，久病见孝子。

父母毋亲跟谁亲，父母毋敬敬何人？

父母在日毋孝顺，百岁年后哭鬼神。

大家（婆婆）惜新妇（儿媳），吃穿项项有。

新妇孝大家（婆婆），越过越发家。

姑嫂会和，厝边呵（赞扬）。

好布着好纱，好新妇（儿媳）也着好大家"婆婆"。

囝婿（女婿）顶半囝。

儿的生日，娘的苦日。

要求子孝，先敬爹娘。

千经万典，孝顺为先。

女怕选错郎，男怕选错行。

夫妻一条心，胜过千万金。

要想家庭好，事事多商讨。

选婿莫只选金钱，选女莫只选容颜。

兄弟同心金不换，妯娌齐心家不散。

梳头不好一日过，嫁夫不好一生错。

人生似鸟同林宿，大难来时各自飞。

倾家二字淫与赌，宁家二字勤与俭。

爱情不是强扭的，幸福不是天赐的。

娶妻娶德不娶色，交友交心不交财。

孝顺公婆自有福，勤种庄稼自有谷。

金窠银窠，勿如自家草窠。

出门一里，勿如屋里。

碗盏碟匙盘，老婆倪子囝。

宁可少一斗，勿可添一口。

若要义，哥做弟。

场面蛮像，淘镬冰冷。

外头敲铜锣，里面呷盐卤。

家有两老，赛金赛宝。

敬田得谷，敬老得福。

牛耕田，马吃谷；爹娘劳碌，儿子享福。

做官的爹，勿如讨饭的娘。

养小日日鲜，养老日日厌。

没有成亲总是小，双亲在堂勿称老。

夫妻恩爱，讨饭勿悔。

夫妻长淡淡，咸菜长下饭。

夫妻小配小，白糖拌蜜枣；夫妻老对老，霉干菜蒸猪脚爪。

生意做勿着一次，老嬷讨勿着一世。

男扫帚，女畚斗，铁扫帚勿及铜畚斗。

上床夫妻落床客。

满堂儿女，勿及半路夫妻。

亲生倪子勿如晚丈夫。

冤家夫妻颓棕绷，擂来擂去一堆生。

上轿三声娘，落轿老公香。

自生自值钿，猫生连舔舔。

桑条从小压，老了无办法。

宠狗爬灶，宠子勿孝。

倪子上腰，吃饭讨饶。

一男一女像盆花，三男四女活冤家。

床头有箩谷，死了有人哭。

若要小儿安，常带三分饥和寒。

娘惜小儿，婆爱长孙。

会做新妇两面光。

新妇贤勿贤，看看婆婆脸。

姨娘做婆，恶如阎罗；姑娘做婆，一世勿和。

丈母娘看女婿，越看越欢喜。

爹亲娘亲，勿如手勤脚勤。

夫勤谷堆撞屋顶，妻勤四季衣衫新。

做做吃吃，勿鲠勿噎。

三年烂饭买头牛，三年薄粥造间楼。

省吃餐餐有，省穿件件新。

宁可买勿值，勿可买吃食。

笑破勿笑补，笑懒勿笑穷。

有了一千一万，也要薄粥搭餐。

吃勿穷，用勿穷，打算勿着一世穷。

出气镬盖漏淘箩，浪费柴米呒底价。

男人败，造屋卖；女人败，养鸡卖。

会赚会用风流子，会赚不用苦恼子，不赚会用败家子，不赚不用是呆子。

懒牛尿屙多，懒人"明朝"多。

好猫走四方，懒猫钻灶膛。

大懒差小懒，小懒差门槛。

鹅吃砻糠鸭吃谷，各人自有各人福。

慢人有慢福，迟来和尚吃厚粥。

田怕秋来旱，人怕老来苦。

乌干菜，白米饭，神仙看见要落凡。

吃麦屑饭游西湖，辛苦铜钱快活用。

育秧要早，教娃要小。

小树要剪，小娃要管。

从小看大，三岁看老。

养儿不教，不如不要。

惯儿不孝，惯狗爬灶。

苗怕虫咬，儿怕娘娇。

独柴难烧，独子难教。

浇树浇根，教娃教心。

白布入缸，染苍则苍。

十年树木，百年树人。

误人子弟，如杀父兄。

嫩时藤不扭，大了藤咬手。

惯子是害子，纵子如杀子。

教成的孝子，惯成的忤逆。

有错常护短，失足悔已晚。

有短怕伤脸，越护短越短。

贫穷育良才，富贵出浪子。

劈柴要顺花，教子要得法。

道理醒人言，强似一根鞭。

老鸡不上灶，小鸡不乱跳。

大人口中言，小娃嘴里传。

大人插棒棒，小娃学样样。

娘勤女不懒，父懒儿子闲。

宁舍当官的老子，不舍叫花子亲娘。

娃娃勤，爱死人；娃娃懒，损人眼。

有过知改最值钱，浪子回头金不换。

田禾不锄草成窝，子女不教走下坡。

务不好田误一料，教不好子误一生。

9. 关于婚姻与交友的谚语

暴躁，婚后大闹的起点。

勤劳，通向致富的道路。

打骂，伤害感情的毒药。

体贴，百年好合的阶梯。

自私，自作自受的苦果。

赌博，损人害己的陷阱。

了解，相互恋爱的基础。

奉献，双方应有的姿态。

诚实，男女结合的钥匙。

草率，男女相爱的大敌。

谅解，家庭幸福的良药。

盲目，家庭破裂的剪刀。

谦让，夫妻恩爱的根本。

虚伪，双方结合的路障。

忍耐，结合甜蜜的条件。

欺骗，夫妻不合的深渊。

爱好，生活充实的调料。

猜疑，幸福家庭的坟墓。

修养，家庭和睦的源泉。

淫乱，难以重圆的破镜。

孩子，爱情忠贞的结晶。

男大当婚，女大当嫁。

既看人才，更看德才。

爱情为钱，万祸之源。

婚礼铺张，双方俱伤。

买房子看梁，娶媳妇看娘。

不图庄子地，只图好女婿。

诚心对诚心，爱情扎下根。

弦断还可续，心去最难留。

苗好一半谷，妻好一半福。

夫妻百年好，妻贤夫祸少。

恩爱贵同心，久别胜新婚。

莫看女人模样，要看女人心肠。

好男不在家当，好女不在嫁妆。

强迫不成买卖，捆绑不成夫妻。

要热是三伏天，要亲是两口子。

天要下雨女要嫁，十人八马留不下。

有女嫁给庄稼汉，一天无事见三遍。

邻居要好多打墙，女儿要好嫁远乡。

娶妻要德不娶色，交友交人不交钱。

风不吹柳柳不摆，雨不洒花花不开。

有情千里来相会，无缘对面不相识。

有情不怕隔千里，无情哪怕门对门。

冰盖房屋雪打墙，包办婚姻不久长。

夫妻和睦家事兴，夫妻不和家不宁。

娇妻是个枕边灵，十事商量九事成。

一日夫妻百日恩，百日夫妻似海深。

家常饭，粗布衣，知冷知热好夫妻。

夫妻相伴虽有怨，少年相爱老来伴。

年老莫娶少年妻，到底还是别人的。

千里姻缘一线牵。

不是一家人，不进一家门。

人之相爱，贵在知心。

生米做成熟饭，只等两家情愿。

强扭的瓜不甜，强求的姻缘不长。

穷不交友，富不追亲。

媳妇娶到房，媒人撂过墙。

知冷知热结发妻。

吃饭还数家常饭，过光景还数结发妻。

庄稼瞎了一季子，婆娘瞎了一辈子。

买卖不值一次，娶妻不值一世。

天上下雨地下流，小两口打架不记仇。

苗好一半谷，妻好一半福。

娶妻不照，一辈子大臊。

嫁鸡随鸡飞，嫁狗随狗走。

丑媳妇家中宝，俊媳妇惹烦恼。

夫妻和好，白头到老。

小两口一条心，日子过得像黄金。

打是亲，骂是爱，两口打架不奇怪。

夫妻没有隔夜仇。

吵吵闹闹一辈子，恩恩爱爱一会子。

好狗不咬鸡，好汉不打妻。

公鸡不繁蛋，婆娘不打汉。

慈母多误子，奸妇必欺夫。

低头婆娘昂头汉。

马好不在叫，人好不在外貌。

别看衣着，要看心灵。

会选的选人，不会选的选门。

不图家财不图地，只图一个好女婿。

好男不吃分家饭，好女不图嫁妆衣。

汉子能挣钱，婆娘抡得圆。

栽下梧桐树，不愁凤凰来。

没有梧桐树，引不来金凤凰。

舍不得金弹子，打不准巧鸳鸯。

秃子能，麻子俏，麻子不俏没人要。

近水楼台先得月，向阳花木早逢春。

娘家金奶头，结婚银奶头，抱了孩子是猪奶头。

新媳妇到门前，还得个老牛钱。

夫妻好似同林鸟，大难临头各自飞。

娶了五姑想六姑，吃了白菜想豆腐。

一个儿女一枝花，多儿多女累爹妈。

一崽一女一枝花，多崽多女是冤家。

生男勿喜，生女勿悲。

生育有计划，利国又利家。

适龄结婚好处多，盲目生育拖累大。

家贫儿吃苦，儿多母遭殃。

儿多母苦，盐多菜苦。

儿多母苦，食多伤脾。

爱情可以使弱者变得勇敢。

有爱情的生活是幸福的，为爱情而生活是愚蠢的。

爱情是理想的一致，是意志的融合，而不是物质的代名词、金钱的奴仆。

心上不爱的，眼睛也不愿看。

不要姐儿俊，只要姐儿心。

会嫁嫁对头，不会嫁嫁门楼。

娶妇不要穿金戴银，只要见事手勤。

易求无价宝，难得有情郎。

以权力合者，权力尽而交疏；以色事人者，色衰则爱绝。

金选银选，选个破灯盏。

左拣右拣，拣个漏灯盏。

种庄稼怕误了节气，嫁姑娘怕选错女婿。

花美在外边，人美在里边。

鸟美美的是羽毛，人美美的是灵魂。

别看人的容颜，要看人的心灵。

不能只看她长得俊不俊，要看她的内心美不美。

只要肌肉骨架好，不搽红粉也风流。

美色无美德，好比花无香。

买锅的敲敲再买，姑娘了解了再娶。

买匹骏马需要考虑一月，娶个媳妇需要观察一年。

结婚不宜早，只要配得好。

只要嫁得好，不要嫁得早。

要得身体好，娶妻莫过早。

早婚是个害，年轻身体坏；晚婚是个宝，幸福甜到老。

男子无妻家无主，女子无夫室地梁。

强迫不成买卖，捆绑不成夫妻。

要热是火口子，要亲是两口子。

亲不过父母，近不过夫妻。

夫妻永远如新婚一样亲密，家庭要像过年一样欢乐。

公鸡打架头对头，夫妇吵嘴不记仇。

船头上打架，船艄上说话。

贫贱之交不能忘，糟糠之妻不下堂。

少年夫妻老来伴。

只要婚姻合，铁棒打不脱。

好姻缘棍棒打不散。

吃得好，穿得好，不如两口子同到老。

夫勤无懒地，妇勤无脏衣。

夫妻和，家务兴，夫妻不和睡不宁。

表面上为官当差，实际上想见情人。

世人须要终生伴，终生伴是生活桥。

陶土水罐破的好，得到红铜大水缸。

新庙壁画虽美，难做终身伴侣；白糖冰糖虽甜，难以吃饱肚子。

瓷碗虽然打破，花纹记在心头。

新娘从马上坠落，碧玉从头上掉下。

母狗不摇尾巴，公狗不会竖耳。

以前没有煮粥的水，现在哪来熬茶的水。

夫妻相敬相爱，吃粥度日也美。

那边的牛粪未得，这边的筐子又失。

头次外出游游，就遇恶狗来咬。

母鸡飞了，蛋也碎了。

橱窗里的馍馍，虽然好看不能吃。

家娶女婿，好似买牛，脖子一样粗。

娇艳的豌豆花，吃了会胀肚子。

如能带上金戒指，划破指头也甘愿。

如果以前的太阳没温暖，现在的太阳也必没温暖。

此地只有瞎姑娘，不去娶她又娶谁。

有缘千里来相会，没缘对面不相逢。

打破人姻缘，万世拖屎连（麻烦多）。

两人没相嫌，糙米煮饭也会粘。

有情毋惊千里远，无情哪怕门对门。

男女合意。

人美毋配饭，心美赢过鸭母生金蛋。

结婚摆阔气，婚后没柴米。

媒人包入房，没包你一世人。

大桥来扛毋走，搭帕仔才来追。

近亲莫结婚，结婚害子孙。

炮仗响，脚底痒。

大小（姑）娘家十八变，连连上轿还要变三变。

捡（寻找）千捡万，捡到猪头瞎眼。

箩劣（里）捡花，捡到眼花。

好马勿（不）吃回头草，好女不嫁二夫君（丈夫）。

嫁出门的女儿，泼出去的水。

往北一丈，勿如往南一尺。

生油夯（拌）韭菜，各人心里爱。

一（条）被盖勿出两样人。

一个团只（子）一块糕，搭（配）好老。

拘（旧）锄头，配额（坏）粪箕。

才只（活着的时候）是你家的人，死只（人死了）是你家的鬼。

妻（比丈夫）大一（岁），黄金堆屋脊；妻（比丈夫）大二（岁），黄金铺满地；妻（丈夫）大三（岁），黄金堆如山。

上场打到下场，夜头困劣（在）一床。

少年夫妻，老来伴。

天下父母护小尼（最小的孩子）。

狗养狗及钱（宠爱），猫养猫及钱（宠爱）。

中年怕丧子，老来怕丧偶。

男子勿吃分家饭，女子不讲嫁时衣。

馋嘴做媒。

会做媒人昧两头，勿会做媒人（会遭受到）两头昧（的）。

头发长，见识短。

种田不着（不牢靠）一年，弄（讨）老莫（婆）不着（不牢靠）一世。

姑娘嫌嫂嫂，空做冤家。

谁不懂得友谊，谁就不会生活。

鲜花要靠水浇灌，友谊要靠人珍爱。

和胆小鬼交朋友，会坏事情；同敌人交朋友，会掉脑袋。

一块砖砌不成墙，一根甘蔗榨不成糖。

跟着好人学好人，跟着老虎学咬人，跟着坏人瞎胡闹，跟着二流子学个浪荡神。

脱离机器的螺丝，是废钢铁。

交上坏朋友，很难得到人们的敬重。

炼铁需要有硬火，交友需要有诚心。

交人交心，浇花浇根。

一人一心无钱买针，万众一心有钱买金。

买铁锅必须敲打敲打，交朋友必须了解了解。

真正的朋友说真话，说真话的才是真朋友。

交一个良友，千言万语；绝一个良友，三言两语。

好人朋友多，好马主人多。

宁交那口拙舌笨的实心汉，不交那油嘴滑舌的机灵鬼。

要想朋友好，银钱少打扰。

果树不是只结一个果子，人不应该只有一个朋友。

敌人的笑脸能伤人，朋友的责难是友爱。

别把豺狼当猎狗，别把敌人当朋友。

骗朋友是一次，害自己是终生。

时常批评你的人不一定是对头，时常恭维你的人不一定是朋友。

智者怪自己，愚者交朋友。

牙齿常咬舌头，但它们仍然是好朋友。

朋友没信用，就是害人虫。

伪善的朋友比公开的敌人更坏。

有盐同咸，无盐同淡；同甘共苦，才是好伴。

水草肥美的地方鸟儿多，心地善良的人朋友多。

千里送鹅毛，礼轻情义重。

宁喝朋友的白水，不吃敌人的蜂蜜。

和一个好人交往，胜过和十个坏蛋交往。

记住别人给你的好处，忘掉你给别人的恩情。

鲜花要水灌溉，友谊靠人护爱。

两个人的肩膀总比一个人宽。

如果朋友离开你，那是你自己的过错。

朋友要亲，账目要清。

接近坏人会染上恶习，靠近灶台会沾上锅烟。

与朋友结交，遇难能得救；与恶人相好，头上挨石头。

篝火能把严寒驱散，团结能把敌人赶跑。

好花要有绿叶扶，好汉要有众人帮。

喜鹊齐心合力，也能打败骆驼。

孤雁离群凄惨惨，人离集体孤单单。

星多天空亮，人多智慧广。

千枝万叶一条根，人多心齐土变金。

多一个铃铛多一声响，多一支蜡烛多一分光。

孤树结成林不怕风吹，滴水积成海不怕日晒。

雁怕离群，人怕掉队。

没有朋友的人，就像树木缺掉根茎一样。

酒朋饭友，没钱分手。

直言朗语的人好办事情，不言不语的人难打交道。

跟好人，学好人，跟着狐狸学妖精。跟好人，学好人，跟着虎狼学妖精。

跟好人，学好人，跟着巫婆学跳神。跟好人，学好人，跟着老虎学咬人。

近朱者赤，近墨者黑。

挨金似金，挨玉似玉。

染于苍则苍，染于黄则黄。

鱼交鱼，虾结虾，蛤蟆找的蛙亲家。

岁寒知松柏，患难见交情。

节令不到，不知冷暖；人不相处，不知厚薄。

万两黄金容易得，知心一个世难求。

交浅不可言深，交深不可言浅。

友谊要用真理来巩固。

以势交者，势尽则疏；以利合者，利尽则散。

小人交友，香三天，臭半年。

去时留人情，转来好相见。

不能够相信曾经伤害过你的人。

不求同日生，只愿同日死。

千千万万匹走马，换不来真正的友情。

没有子女的人觉得房子空，没有朋友的人觉得心里空。

千个朋友嫌少，一个敌人嫌多。

一个朋友一条路，一个冤家一堵墙。

至亲不如好友，严师不如益友。

叫花子也有三个穷朋友。

秦桧也有三个臭朋友。

责备是朋友的礼物。

珍珠挂在颈上，友谊嵌在心上。

真朋友，同打虎，同吃肉；假朋友，见利来，见害走。

损友敬而远，益友敬而亲。

虚伪有朋友，遇事常点头哈腰。

相识满天下，知心有几人。

居必择其邻，交必择其友。

广交不如择友，投师不如访友。

什么人都可交，没有好心眼的人不可交。

卑鄙与狡诈的开始，就是友谊的终结。

直言朗语的人好办事情，不言不语的人难打交道。

情愿挨一刀，不和秦桧交。

岁寒知松柏，患难见交情。

愤怒中看出智慧，贫困中看出朋友。

相马以舆，相士以居。

假朋友比真敌人还危险。

路直有人走，人直有人交。

什么人都可交，没有好心眼的人不可交。

卑鄙与狡诈的开始，就是友谊的终结。

交友莫交财，交财两不来。

找朋友的最好方法，就是先去做别人的朋友。

君子之交淡如水，小人之交甘若醴。

结交不嫌贫，嫌贫友不成。

交友在贤德，岂在富与贫。

拄棍要拄长的，结伴要结强的。

宁交双脚跳，不交眯眯笑。

浇树浇根，交友交心。

只有掏出心来，才能心心相印。

10.　关于师父与老师的谚语

井要淘，人要教。

严师出高徒。

井淘三遍吃甜水，人从三师武艺高。

不经一师，不长一艺。

一日为师，终身为父。

天地为大，亲师为尊。

三人行，必有我师。

学无老少，能者为师。

既有八岁的老师，也有八旬的学生。

人人是先生，人人是学生。

先当学生，后当先生。

千个师父千个法。

各个师父传授，各有把戏各变手。

三　养生健身谚语

1.　卫生谚语

饭前便后洗净手，细菌虫卵难进口。

常开窗，透阳光，通空气，保健康。

云来云去晒好米，病来病去病死人。

早酒晚茶天明色，时间长了害死人。

早起早睡，精神百倍。

鱼生火、肉生痰，白菜豆腐保平安。

有静有动，无病无痛。

要想身体健，就得天天练。要想身体好，吃饭不过饱。要想感冒少，常洗冷水澡。

阳光是个宝，越晒人越好。

烟伤肺、酒伤肝，色刮骨、气伤神。

细嚼烂咽，身体强健。

养病如养虎，治病如抽丝。

无病早防，有病早治。

萝卜上了街，大夫没买卖。

体弱病欺人，体强人欺病。

太阳是个宝，常晒身体好。

睡前烫烫脚，胜服催眠药。睡前关天窗，一夜觉都香。

树木就怕软藤缠，身体就怕不锻炼。

少吃好、慢吃香，定时定量身体强。

上床萝卜下床姜，常吃不用开药方。

勤洗澡、常换衣，保证身上不招虱。

脑子不怕用，身子不怕动。

美食不可尽用，贪吃使人生病。

萝卜就开茶，饿掉大夫牙。

冷不冷，带衣裳；饿不饿，带干粮。

酒多伤身，气大伤人；酒多伤人，色多伤身。

酒吃头杯，茶吃二盏。

饥不择食，寒不择衣；饥不暴食，渴不狂饮。

话多劳神、食多伤胃，忧多伤脾、气大伤身。

好酒不过量，好菜不过食。

饭后散散步，不用进药铺。饭吃八成饱，到老胃口好。

饭菜清淡，身体强健。

刀越磨越亮，体越练越壮。

春不减衣，秋不加冠。

吃米带点糠，成年保健康。吃饭先喝汤，强似用药方。

吃饭先喝汤，肠胃不受伤。吃饭莫过饱，饭后莫快跑。

吃得快、咽得忙，伤了胃口伤了肠。

财多祸身，欲多伤神。

不气不愁，活到白头。

不怕天寒地冻，就怕手脚不动。

不喝隔夜茶，不饮过量酒。

饱吃萝卜饿吃葱，不饱不饿吃花生。

预防肠胃病，吃喝要干净。

苗黄缺肥，人黄有病。

千补万补，不如食补。

火星怕蔓延，疾病怕传染。

秤砣虽小压千斤，苍蝇虽小是病根。

常洗衣裳常洗澡，常晒被褥疾病少。

新病好医，旧病难治。

日光不照门，医生便上门。

疮大疮小，出脓就好。

疮怕有名，病怕无名。

药难医假病，酒不解真愁。

喝开水、吃热饭，身体健康无病害。

疟子鬼、三条腿，谁吃黄瓜跟着谁。

不吸烟，不喝酒，病魔见了绕道走。

病好不谢医，天下无人医。

活动好比灵芝草，何苦去把仙方找。

什么都缺别缺钱，什么都有别有病。

严冬识贞木，三九见功夫。

坐要正，站挺胸，走起路来脚生风。

从小爱劳动，老来药不用。

饭后走百步，永不进药铺。

饭菜基本素，饭后走走步；心胸要开阔，劳逸要适度。

快刀不磨黄锈生，胸脯不挺背要弓。

穿山甲，王不留，妇女服了乳汁流。

识得八角莲，可与蛇共眠。

日发千言，不劳自伤。

卫生搞得好，疾病不缠绕。

寒从脚起，病从口入。

出汗勤洗澡，保证皮肤好。

经常打打预防针，体内驻了防疫军。

吃药不忌嘴，跑断太医腿。

一颗牙齿痛，满嘴不安宁；一颗牙齿坏，满口牙受害。

有病早治，省钱省事。

药对方，一口汤。不对方，一水缸。

瞒债必穷，瞒病必亡。

挤疮不留脓，免受二回痛。

笑一笑，少一少；恼一恼，老一老。

大水不到先垒坝，疾病未来早预防。

宁叫嘴受穷，莫教病缠身。

不干不净，吃了得病；干干净净，预防百病。

饥不乱食，渴不暴饮。

宁吃鲜桃一口，不吃烂桃一篓。

睡前洗脚，胜服补药。

臭鱼烂虾，传病专家。

抽烟损健康，少年莫染上。

睡多容易病，哭多伤眼睛。

若要健，天天练。

常用的铁不锈，常练的人不病。

运动运动，百病难碰。

铁不炼，不成钢；人不练，不健康。

冬天动一动，少得一场病；冬天懒一懒，汤药喝几碗。

少时练得一身劲，老来健康少生病。

丝不织不成网，体不练不强壮。

脑怕不用，身怕不动。

早起活活腰，一天精神好。

饮食贵有节，锻炼贵有恒。

要想人长寿，多吃豆腐少吃肉。

饭菜清淡，身体强健。

生瓜梨枣，多吃不好。

常吃葱和蒜，身体强又健。

冬吃萝卜夏吃姜，不劳医生开药方。

姜开胃，蒜败毒，萝卜吃了壮筋骨。

节食以去病，寡欲以延年。

手舞足蹈，九十不老。

生冷不入口，防病保长寿。

美食不可尽用，贪吃使人生病。

不气不愁，活到白头。

千保健，万保健，心态平衡是关键。

怒伤肝，喜伤心，悲忧惊恐伤命根。

要活好，心别小。善制怒，寿无数。

心胸宽大能撑船，健康长寿过百年。

要想健康快乐，学会自己找乐。

妻贤夫病少，好妻胜良药。

铁不冶炼不成钢，人不运动不健康。

最好的医生是自己，最好的运动是步行。

西红柿，营养好，貌美年轻疾病少。

小小黄瓜是个宝，减肥美容少不了。

多吃芹菜不用问，降低血压喊得应。

笑一笑，十年少。

一日三笑，人生难老。

笑口常开，青春常在。

哭一哭，解千愁。

有泪尽情流，疾病自然愈。

丈夫有泪尽情弹，英雄流血也流泪。

早吃好，午吃饱，晚吃巧。

暴饮暴食会生病，定时定量可安宁。

若要百病不生，常带饥饿三分。

宁可锅中存放，不让肚子饱胀。

坐有坐相，睡有睡相，睡觉要像弯月亮。

宁可无肉，不可无豆。

三天不吃青，两眼冒金星。

宁可食无肉，不可饭无汤。

垃圾食品危害多，远离方能保健康。

吃面多喝汤，免得开药方。

早喝盐汤如参汤，晚喝盐汤如砒霜。

夏天一碗绿豆汤，解毒去暑赛仙方。

女子三日不断藕，男子三日不断姜。

萝卜出了地，郎中没生意。

人说苦瓜苦，我说苦瓜甜。

胡萝卜小人参，经常吃，长精神。

性格开朗，疾病躲藏。

房宽地宽，不如心宽。

人有童心，一世年轻。

大葱蘸酱，越吃越胖。

大蒜是个宝，常吃身体好。

一日两个苹果，毛病绕道走。

一日三枣，长生不老。

核桃山中宝，补肾又健脑。

祸从口出，病由心生。

锻炼要趁小，别等老时恼。

请人吃饭，不如请人流汗。

刀闲易生锈，人闲易生病。

懒惰催人老，勤劳能延年。

好人健康，恶人命短。

要得腿不老，常踢毽子好。

要得腿不废，走路往后退。

出汗不迎风，跑步莫凹胸。

汗水没干，冷水莫沾。

要得身体好，常把澡儿泡。

要健脑，把绳跳。

心灵手巧，动指健脑。

多练多乖，不练就呆。

常把舞来跳，痴呆不会到。

要得身体好，常把秧歌跳。

常打太极拳，益寿又延年。

养生在动，动过则损。

吃人参不如睡五更。

中午睡觉好，犹如捡个宝。

冬睡不蒙头，夏睡不露肚。

睡多容易病，少睡亦伤身。

吃得巧，睡得好。

吃好睡好，长生不老。

经常失眠，少活十年。

一夜不睡，十夜不醒。

常吃素，好养肚。

热水洗脚，如吃补药。

食不语，睡不言。

指甲常剪，疾病不染。

冷水洗脸，美容保健。

刷牙用温水，牙齿笑咧嘴。

多喝凉白开，健康自然来。白水沏茶喝，能活一百多。

饮了空腹茶，疾病身上爬。喝茶不洗杯，阎王把命催。

尽量少喝酒，病魔绕道走。

戒烟限酒，健康长久。

饭后一支烟，害处大无边。

多吃咸盐，少活十年。

甜言夺志，甜食坏齿。

欲得长生，肠中常清。

"白露"身不露，"寒露"脚不露。

不健康的生活不是真正的人生，而是没有生命的人生。

春捂秋冻，老来无病。

春不减衣，秋不加帽。

粗食吃好八分饱，不求医。

大蒜是个宝，常吃身体好。

刀越磨越亮，人越练越壮。

锻炼是健康的基础，卫生是健康的保证。

对症下药，药到病除。

多喝开水，强似吃药。

饭不熟不吃，水不开不喝。

饭吃八成饱，到老肠胃好。

防病无诀窍，卫生最重要。

好嫉妒的人烦恼多。

火越烧越旺，人越练越壮。

健康的身体就是财富。

精神振奋，病去七分。

睡前不要吃东西，饭后漱口要牢记。

睡得早、起得早，聪明、富裕、身体好。

睡觉不蒙头，活到九十九。

贪多嚼不烂，胃病容易犯。

无病赛过活神仙。

洗头洗澡，胜如吃药。

小病不治，大病难医。

小病不治成大病，大病不治难保命。

笑口常开，青春常在。

要想身强疾病少，天天跑步做早操。

要想身体健，食物要新鲜。

要想长得好，各种蔬菜不可少。

一日三笑，不用吃药。

饮食得当，起居悠闲；身心愉快，能祛百病。

指甲长，细菌藏，常剪指甲把病防。

治病不如防病，吃药不如戒烟。

无事勤扫屋，强比进药铺。

苍蝇消灭光，肠胃保健康。

灭蚊不管水，等于白跑腿；灭蝇不管粪，等于白费劲。

生水病菌多，烧开才能喝。

干干净净一身轻，不干不病百病生。

锅灶净，少生病，常洗手脸延寿命。

头剃短，脚洗净，常剪指甲不得病。

狼不怕，虎不怕，就怕蚊蝇到处爬。

喝开水，吃鲜菜，身体健康不受害。

与其得病请医生，不如经常讲卫生。

勤扫屋院，苍蝇少见。

灭虱没巧，洗衣换袄。

臭肉烂瓜，送命冤家。

2. 养生谚语

运动运动，能祛百病。

冬练三九，夏练三伏。

跳绳踢毽，病少一半。

心宽体胖，勤劳体壮。

早饭要好，午饭要饱。

晚饭要少，病魔吓跑。

两稀一干，糠菜各半。

笑一笑，十年少；愁一愁，白了头。

冷水浴，能强身；日光浴，壮身心。

头要凉，脚要暖；肚子里，别太满。

头对风，暖烘烘；脚对风，请郎中。

行如风，站如松，坐如钟，卧如弓。

少荤多素，少盐多醋，少甜多苦，少坐多走。

狼吞虎咽，疾病出现；定时定量，身体强壮。

千补万补，不如饭补。

戒酒戒烟，疾病少见。

贪吃贪睡，添病减岁。

天天早起，没病惹你。

食多伤胃，忧愁伤身。

笑口常开，青春常在。

遇事不恼，百岁不老。

酒多伤身，气大伤神。

一不赌力，二不赌食，三不赌酒，四不赌气。

树怕根老，人怕心老。

凉九暖三，不离衣衫。

春捂秋冻，不生杂病。

饮食要暖，衣服要宽。

静而少动，眼花耳聋；有静有动，无病无痛。

月凭日亮，人凭血壮。

打拳跑场子，不成大胖子。

无事常打拳，益寿又延年。

练出一身汗，小病不用看。

早起弯弯腰，一天精神好。

一天舞一舞，能活九十五。

从小爱劳动，老来没大病。

长寿靠勤劳，懒惰催人老。

锻炼不刻苦，纸上画老虎。

少吃好滋味，多吃伤脾胃。

八成饱健身，到老不受伤。

吃饭不喝汤，大颡细脖项。

吃馍喝凉水，瘦成干棒槌。

蔬菜是个宝，赛过灵芝草。

爱吃萝卜菜，啥病也不害。

萝卜上了街，药铺少进来。

朝吃三片姜，如喝人参汤。

夏天多吃蒜，消毒又保健。

烟酒不离嘴，跑断医生腿。

勿饮过量酒，勿贪意外财。

不染烟和酒，能活九十九。

早茶提精神，晚茶烦死人。

饭后茶消食，酒后茶解醉。

睡前开开窗，一夜睡得香。

寡欲精神爽，愁多血气衰。

日光不照临，医生便上门。

白露身不露，受凉易泻肚。

出汗莫迎风，走路莫袒胸。

体壮人欺病，体弱病欺人。

活动好比灵芝草，何必去把神仙找。

老镢头能壮筋骨，臭汗水能治百病。

水停百日能生毒，人停百日易生病。

美食不可天天用，贪食使人爱生病。

鱼生火，肉生痰，青菜豆腐保平安。

好看不过巧打扮，好吃不过家常饭。

好人能睡成病人，病人能睡成死人。

晚睡迟起懒在床，天天如此命不长。

烦烦躁躁成了病，说说笑笑活了命。

心宽量大胃口开，能吃能睡不生灾。

热不马上换单衫，冷不急着穿丝棉。

冻冻晒晒身体强，捂捂盖盖脸发黄。

路不常走草成窝，坐立不直背要驼。

健康贵在常走路，千金难买老来瘦。

要想长寿又健康，永住山村和水乡。

年年难过年年过，处处无家处处家。

一年就算三次命，没病也会算出病。

常算命的人，命运薄如纸。

娱乐提精神，乐观长寿命。

忠诚是长寿之本，善良是快乐之源。

有才万事足，无病一身轻。

阳光是个宝，晒晒身体好。

久立伤骨，久坐伤血，久视伤神，久得伤筋，久卧伤气。

人生天地间，劳动最为先。

树大伤根，气大伤身，忧思伤神。

病从口入，寒从脚起。

病从口入，祸从口出。

病好不谢医，下次无人医。

病急乱投医，逢庙就烧香。

病来如山倒，病去如抽丝。

夏秋防着凉，免得伤胃肠。春冬保身暖，免得伤风寒。

常在树林转，润肺身体健。常在花间走，活到九十九。

一醉解百愁，酒醒愁更愁。一笑解百愁，愁消乐悠悠。

少年不学习，老大徒伤悲。少年不锻炼，老年病魔缠。

生命在运动，人人皆可通。坚持天天练，身体无疼痛。

四肢常活动，全身关节松。阴阳得调理，脏腑经络通。

双手搓面部，目明两耳聪。肩颈关节动，防治肩颈疼。

舒臂多扩胸，肺气得畅通。呼吸胸肋动，平肝身轻松。

蹲起练腿功，提肛大便通。三焦得调理，全身气血通。

腹肌多按摩，增强肠蠕动。弯腰练胃功，摇晃一身轻。

下肢多锻炼，防治腰腿疼。行走疾如风，血脉上下通。

常做保健操，体壮身灵巧。防疾又治病，延年益寿高。

开口便笑，笑今笑古，凡事付之一笑。大肚能容，容天容地，与人何所不容。

大声笑，小声笑，大声小声笑引笑，常笑益寿。学今人，学古人，学今学古人学人，常学益智。

闲人愁多，馋人苦多，懒人病多，恶人罪多。忙人闲多，智人善多，仁人寿多，圣人德多。

吸烟犹如吃砒霜，分期付款买死亡。烟无多少总有害，少量饮酒利健康。

当乐境而不能享者，毕竟薄福人也。当苦境反能乐者，才是长寿人也。

人要保养好，无病寿必高。七十不为稀，八十不为老，九十不少见，百岁不难找。

生命诚可贵，健康价更高。欲想老年福，运动是个宝。

踢踢腿，弯弯腰，病魔见了跑。打打拳，练练操，寿星见了笑。

奔小康，须健康；有健康，享小康。有小康，没健康；有幸福，不能享。

强国须强民，强民须强身。强民须锻炼，锻炼须耐心。

轻视体育的民族，是衰弱的民族。重视体育的民族，是强盛的民族。

健康的身体是灵魂的天堂，病弱的身体是灵魂的地狱。

黎明睡一觉，一天精神好。饭后烟一袋，更有大伤害。

忧愁身上缠，多病寿命短。遇事动肝火，岁月不会多。处事要谨慎，自身不受损。天天乐悠悠，寿命才会久。

宠辱不慌惊，得失亦坦然。童心不淹没，百岁似少年。

每天要吃醋，不用上药铺。睡前烫烫脚，睡个安稳觉。早晨淡盐水，医生不跑腿。三餐安排巧，一天精神好。

养身宜动，养心宜静。动静相济，相辅相依。饮食有节，起居有时。多吃果蔬，多吃玉米。血压均衡，心跳平稳。食补药补，二者兼重，健康长寿，少生疾病。

人三宝，精气神。元精足，不思欲，元气实，不实吃。元气会，不思睡。三元全，似神仙（长寿）。

炼身体，看节气。杨柳活，抽陀螺。杨柳青，放风筝。杨柳长，上山岗。杨柳死，踢毽子。

经常收缩肛，健肠防瘘疮。治病要忌嘴，省事省药费。坐卧不迎风，走路要挺胸。常洗冷水澡，增强免疫力。

甜食蜜语，夺志坏齿。五谷杂粮，营养最强。嗜烟酗酒，易得癌瘤。小鱼大豆，令人长寿。

若要吃得香，饭菜嚼成浆。三伏绿豆汤，暴晒身无恙，冰天貂皮衣，身体暖煦煦。虚弱人参汤，滋养身体康。

羊肉暖肠胃，健脾又健胃。狗肉涮三涮，神仙站不稳。核桃是个宝，常吃五脏好。鱼虾营养全，降脂软血管。

肺病少吃苦，肾病少吃甜，肝病少吃辣，心病少吃咸，脾病少吃酸，胃病少吃干。五味不太过，无病保平安。

癌症如虎狼，警惕就可防：首先戒烟酒，饮食讲营养。两素（维生素、纤维素）要具备，不吃发霉粮，致癌黄曲霉，易染杂粮上。硝酸致癌物，多在腌菜缸，烤熏火燎食，最好不要尝。蒸汽馏锅水，也是致癌汤。烟煤燃废气，致癌物中藏。心态要宁静，切莫暗悲伤。健康靠运动，锻炼要经常。记住这四点（烟酒、饮食、心情、运动），癌症染不上。

勤学习，勤思考，勤梳头，健大脑。勤锻炼，勤做操，勤按摩，身体好。腹勤旋，背勤敲，勤喝茶，肠胃好。勤交谈，勤欢笑，勤练功，精神好。勤书画，勤用脑，勤运指，手脑巧。勤刷牙，勤洗澡，勤晒被，疾病少。勤快走，勤慢跑，勤活动，抗衰老。

九九话长寿，保健要持久，老遇好时光，年逾九十九。知足常欢乐，遇事不烦愁，小事宜糊涂，年逾九十九。宽宏又大度，坦荡乐悠悠，快乐能长寿，年逾九十九。膳食要合理，蔬菜顿顿有，吃饭少一口，年逾九十九。戒烟少饮酒，陋习要全丢，多素少吃肉，年逾九十九。天天要锻炼，慢跑快步走，身体健壮壮，年逾九十九。读书勤学习，书画兴趣浓，健脑又练手，年逾九十九。人老多相聚，广交知心友，畅谈心宽舒，年逾九十九。睡前泡泡脚，晨起水入口，活血润肠胃，年逾九十九。

不靠医，不靠药，天天锻炼最见效。不靠天，不靠地，保健养生靠自己。

饥不暴食，渴不狂饮。饮食有节，营养平衡。气大伤神，食多伤身。暴食暴饮要生病，定时定量保安宁。

五谷杂粮身体健，青菜萝卜保平安。少吃荤腥多吃素，不用看病上药铺。

雨（小雨）中走，雪中行。撑把伞，遮雨风，负离子，空气净，炼身体，好环境。滋润肺，血脉通，健心脏，养神经。心情好，一身松。

欲得长生，肠中常清。欲得安宁，胃中常空。欲得不死，肠胃无滓。欲得身健，经常锻炼。

天天走步，青春常驻。烟酒不尝，身体必强。少吃多餐，益寿延年。经常锻炼，疾病不沾。一顿吃伤，十顿喝汤。多愁寡欢，疾病来缠。

吃馍喝凉水，瘦成干棒槌。一勤百巧生，一懒百病生。贪吃又贪睡，添病又减岁。有病早医治，无病早防预。枪不擦不亮，身不炼不壮。

鲜艳的花朵赖以粗壮的根茎，聪明的头脑寓于健全的体形。

吃饭莫饱，饭后莫跑。说话要少，睡觉要早。遇事莫恼，经常洗澡。做事动脑，窍门要找。面带微笑，待人要好。

欢乐就是健康，忧郁就是病魔。

老人膳食十二点：数量少一点，质量精一点，饭菜香一点，蔬菜多一点，菜要淡一点，品种杂一点，饭菜热一点，粥要稀一点，饭菜烂一点，吃得慢一点，早餐好一点，晚餐早一点。

保健养生歌：勤活动，多锻炼，起居饮食重保健，睡觉香，吃饭甜，耳不聋，腰不弯。能游泳，能登山，身体灵活赛青年。荤素搭配讲营养，食用水果在饭前。每日喝奶半头蒜，多食醋来少吃盐。烹调多蒸少炸煎，五谷杂粮要全面。每饭只吃八成饱，衣服少穿耐点寒。重养生，重保健，欢欢乐乐度晚年。

晚餐不当招病患，四个不宜记心间：不宜过荤，不宜过饱，不宜过甜，不宜过晚。晚餐过荤易患癌，晚餐过饱易失眠，晚餐过甜易发福，晚餐过晚易结石。

要想身体好，三餐安排巧：早餐如皇帝，中餐似平民，晚餐像乞丐。

饭前喝汤，护胃通肠。饭前喝汤，胜似药方。饭前喝汤，心情舒畅。饭前喝汤，苗条健康。

保健粥谣：要使皮肤好，粥里加红枣。若要治失眠，煮粥加白莲。贫血气不足，粥加桂圆肉。润肺止咳嗽，百合粥能克，防暑清热毒，多喝绿豆粥。乌发且补肾，粥加核桃仁。若要降血压，粥里荷叶加。滋阴润肺好，粥放银耳巧。健脾助消化，楂粥顶呱呱。多梦又健忘，煮粥加蛋黄。

两句话，比药好，健康长寿之瑰宝：吃饭七八分饱，爬楼快走慢跑。

关东省，三件宝：人参貂皮乌拉草。七两参，八两宝，身体虚弱离不了；肥貂皮，乌拉草，冰天雪地御寒好。

天有三宝日月星，地有三宝水火风，物有三宝阴阳灵，人有三宝神气精。要想身体好，保养好三宝。

养身长寿，养神为先。德靠自修，神靠自养，乐靠自得，趣靠自寻，忧靠自排，怒靠自制，喜靠自节，恐靠自息。养神得神，得神健体。

生活就是理解，生活就是理智，生活就是希望，生活就是幸福。生活要乐观，乐观能长寿。

饭后百步走，一天精神抖。饭后宜制怒，五脏六腑舒。饭后手旋腹，化食易吸收。饭后当漱口，牙齿终生固。

少食多餐，益寿延年。饮食有度，少病添寿。欲得长生，讲究卫生。指甲常剪，疾病不染。春捂秋冻，不生杂病。烟酒不沾，身体康健。锻炼有素，青春长驻。

心情乐观看世界，世界处处都美好，多康乐，少烦恼，少忧愁多欢笑。少从横向去攀比，别给自己过不去。多从纵向去观看，心中快乐似神仙。

仁可长寿，德可延年，圣可神足，贤可体健。追其原因，究其根源：心胸宽阔，善养保健。

咸少促人寿，甜多疾病多，食之不厌杂，精细营养缺，吃面带点麸，全家都平和，清淡为上乘，肥腻招病祸。

春日踏青远足，夏日陶醉江湖，秋日登高望远，冬日光浴负暄。一日三餐一倒，乐比神仙还好。

锻炼心宜恒，强身少疾病，活上百余岁，一人两人命。休闲常静坐，一日是两日，若活七十岁，便是百四十。

富贵贫贱总难称意，知足即为称意。山水花竹无恒主人，得闲便是主人。

牙不刷不稀，耳不挖不聋，鼻不掏不破，眼不揉不红。

吃了马齿菜，一年无病害。吃了十月茄，饿死郎中爷。吃肉不吃蒜，营养减一半。吃点萝卜喝点茶，寒冬养生好办法。

大怒不怒，大喜不喜。德者之为，仁者之举。可以养心，可以健身。祛病延年，长寿百春。

不求名，不贪利，不跟自己过不去。不钻营，不投巧，不跟别人去计较。活到老，笑到老，欢欢笑笑病没了。

避暑有妙法，不在泉石间，宁心无一事，便是清凉山。良言一句三九暖，恶语半句中伏寒。

人人都有人参果，何必迷信找活佛。养生做到四要点，平地就成长寿仙：节饮食，慎风寒，惜精神，戒心贪。

肥人湿多，瘦人火多，圣人乐多，庸人忧多，勤人福多，懒人病多，善人寿多，恶人罪多。

脾胃乃后天之本。胃者，人之根本也，胃气壮，五脏六腑皆壮。有胃气则生，无胃气则亡。

与其病后去求医，不如病前早防预。与其得病住医院，不如提前早锻炼。

冷水洗脸，预防伤寒。温水刷牙，牙齿喜欢。凉白开水，复活神水，滋润脏腑，清肠排毒。凉水沐浴，促进循环，血流畅通，身体康健。

男儿有泪不轻弹，这种做法结果惨。弹出泪来心放松，憋在肚里要生病。健康之人眼泪咸，糖尿病人眼泪甜，悲伤之人眼泪苦，惊恐之人眼泪酸。四味咸甜与酸苦，恰是往外排毒素。

心血管病人，谨防脑中风。三个一分钟，温开水三盅（杯）。虽是平常事，身体保安宁。晨醒一分钟，手脚慢慢动。坐起一分钟，旋腹按摩胸。站起一分钟，两脚慢慢行。摆头转转腰，然后再活动。睡前一杯水，舒心易入睡，午夜喝一杯，预防血栓水，早晨一杯水，活血润肠胃。心态得平静，一天身轻松。

有病不瞒医，瞒医害自己。有病去烧香，死得更快当。感冒不喝水，发烧没法退。两眼圈发黑，可能患肾亏。指甲颜色怪，小心得病害。

避风如避箭，防病如防难。不

饿拿干粮，不冷拿衣裳。

保健养生之诀窍，锻炼身体先练脑。活动左肢健右脑，脚灵手巧身体好。活动右肢（左撇子）健右脑，四肢灵巧寿域高。

饭后百步走，活到九十九。睡觉像个狗，活到九十九。吃饭少一口，活到九十九。多素少吃肉，活到九十九。戒烟不沾酒，活到九十九。坦荡乐悠悠，活到九十九。善交知心友，活到九十九。宽厚少忧愁，活到九十九。

养我心，静我性，养心静性自安宁，清心寡欲是良药，身心健康是荣幸。富贵名利皆朝露，何苦奔波去钻营。知朝露，即知命，合家安康胜金锄。

聪明难，糊涂难，聪明变糊涂更难。只要肯登攀，难事也不难。只要肯锻炼，体弱变体健。

有病的皇帝，不如无病的乞丐。家有财产万贯，不如身体康健。

身怕不动，脑怕不用。树怕皮薄，人怕有病。树老怕空，人老怕松。

夜饱损一日之寿，夜醉损一月之寿。

运动不负有心人，坚持经常健身心。松柏雨露长年青，暮年练身夕阳红。

疾病苦，健康甜。只要苦锻炼，身体就康健。吃得苦中苦，方得甜上甜。

积德成福，积善成寿。福不期求而自得也，寿不期长而自长也。人到无求，心必自安，淡泊明志，宁静致远。

天天笑，尽量笑。笑是治病之良药，笑是健康之瑰宝。微笑固然好，大笑无穷妙。欢欢笑笑笑无病，欢欢笑笑笑长命。

血精气神四瑰宝，生理功能离不了。只要我们保养好，身体健康寿命高。

戒嗔怒以养血，节情欲以养精，省言语以养气，少思虑以养神。

整书拂几当闲嬉，时与儿孙竹马骑，故而小劳能健体，流水户枢即吾师。

粗细食，配搭当；主副食，重营养；淀粉糖，盐脂肪；低摄入，控总量；调体重，防肥胖；身苗条，体健壮。

3. 医药谚语

腰痛吃杜仲，头痛吃川芎。

家有刘寄奴，不怕刀斧刹。

若要睡得好，常服灵芝草。

家有地榆炭，不怕皮烧烂。

身患溃疡，死期不远；沐浴温泉水，反得痛风病。

病时想，愈时忘，死时怨。

长时患病，不如短寿。

久病成医生。

六种良药无效果，就是病人想喝酒。

临睡勿多饮，临死勿多言。

伤疤虽愈，疼痛不忘。

箭头唐松草能医上身鼻炎，冬虫夏草药能治下身淋病。

身患胆病，见雪是黄。

该死，医生的母亲也会死；该丢，小偷的奶牛也会丢。

病狗不可理。

利病之药不必多，疼爱之语不必长。

病人发火离死近。

乱吃乱喝，疼痛不断。

有人识得半边莲，夜半可伴毒蛇眠。

有人识得千里光，全家一世不生疮。

马齿苋，地绵草，痢疾腹痛疗效好。

甘草外号叫国老，解毒和药本领高。

屋有七叶一枝花，毒蛇不敢进我家。

知母贝母款冬花，专治咳嗽一把抓。

不怕到处痛得凶，吃了元胡就轻松。

冬吃萝卜夏吃姜，体强力壮病不生。

管你伤风不伤风，三片生姜一根葱。

夏天常喝绿豆汤，防暑解毒保安康。

生吃瓜果要洗净，吃得卫生少生病。

暴饮暴食易生病，定时定量保安宁。

不喝酒，不吸烟，病魔见了都靠边。

若要不失眠，煮粥加白莲。若要皮肤好，米粥加红枣。

若要双目明，粥中加旱芹。若要肝功好，枸杞煮粥妙。

血压高头昏，红萝卜粥灵。便秘补中气，藕粥很相宜。

夏令防中暑，荷叶同粥煮。欲得水肿消，赤豆煮粥好。

欲增血小板，花生衣煮饭。若要补虚损，骨头与粥炖。

口渴心烦躁，猕猴桃粥好。血虚夜不眠，米粥煨桂圆。

盐醋防毒消炎好，韭菜补肾暖膝腰。

吃芹菜，降血压，萝卜消胀又化痰。

驱寒除湿数胡椒，葱辣姜汤治感冒。

吃大蒜，治肠炎，绿豆解暑功效显。

胃炎通便吃香蕉，健胃补脾食红枣。

番茄补血美容颜，益智强身吃鸡蛋。

润肺乌发食核桃，生津安神乌梅好。

蜂蜜益寿又润燥，葡萄悦色令年少。

瓜豆消肿又利尿，降胆固醇花生好。

白菊明目又平肝，黄花泡茶把热散。

热药冷吃，凉药热食；泻药轻熬，补药浓淆。

十个大夫九当归，你不当归我当归。

喝上一碗绿豆汤，清热解毒赛秘方。

有病心情要开朗，三分治疗七分养。

天怕乌云地怕荒，人怕有病草怕霜。

有病只怕乱投医，名医难治心头病。

烫茶伤人，姜茶治痢。

蒜有百利，独不利眼。

有病早治，无病早防。

小病不看，必成大患。

慢病在养，急病在治。

大病要养，小病莫抗。

病来如箭，病去如丝。

一脉不合，全身不适。

小孩不蹦，必定有病。

红肿高大，大夫不怕。

男怕穿靴，女怕戴帽。

庸医治表，名医除根。

药方无贵贱，病除是灵丹。

针灸拔罐子，病去一半子。

炕上有病人，家里有愁人。

牙痛不算病，疼起要人命。

疥是一条龙，先从手上行；腰里缠三匝，屁股扎老营。

女怕胭脂疗，男怕夹肘痈。

雨落怕天亮，病人怕肚胀。

无积不成病，无痰不成症。

饿好的伤寒，憋好的痢疾。

要得小儿安，三分饥与寒。

治风先去热，热去风自灭。

大夫不治癣，治癣不露脸。

不治成痼疾，久病成良医。

4.　关于饮食与睡眠的谚语

开水常喝，强似吃药。

好茶不怕细品。

茶吃后来酽。

好茶一杯，精神百倍。

吃生萝卜喝热茶，大夫改行拿钉耙。

常喝茶，少烂牙。

克茶苦，夏茶涩；要好喝，秋露白。

隔夜茶，毒如蛇。

早茶晚酒。

吃酒不吃菜，必定醉得快。

喝了粥，尿多；喝了酒，话多。

酒在口头，事在心头。

无酒不成席，无烟没话题。

一醉解千愁，酒醒愁还在。

酒坏身子水坏路。

戒酒戒头一盅，戒烟戒头一口。

烟酒不分家。

早睡早起，赛过人参补身体。

吃洋参，不如睡五更。

早睡早起，清爽欢喜；迟睡迟起，强拉眼皮。

早早睡，早早起，眼睛鼻子都欢喜；晚晚睡，晚晚起，浑身上下无力气。

早睡早起，没病惹你。

能吃能睡，长命百岁。

吃罢中饭睡一觉，健健康康活到老。

食不多言，寝不多语。

晚餐少喝水，睡前不饮茶。

要想身体好，吃饭别太饱；要想身体好，天天要起早；要想身体好，睡觉不蒙脑。

睡觉不蒙头，活到九十九。

夏不睡石，冬不困板。

吃药十副，不如独宿一夜。

瞌睡没根，越睡越深。

贪吃贪睡，添病减岁。

无病天天困，没病困成病。

坐成的黄肿，睡成的病。

觉多腿软，酒多脑袋沉。

药补不如食补，药养不如食养。

人是铁，饭是钢，几碗吃下硬邦邦。

人是铁，饭是钢，一顿不吃饿得慌。

粗菜淡饭能养人。

吃米带点糠，一家老小都安康。

吃全杂粮不生病。

粗粮杂粮营养全，既保身体又省钱。

盐筋醋力。饮食知节。

莫饮卯时酒，莫食酉时饭。

少吃一口，安稳一宿；少吃一碗，安稳一天。

滚粥三碗，遍身都暖。

稀饭烂粥不伤人。

宁吃开胃粥，不吃皱眉饭。

焦饼烂面不伤人。

健胃怕烂饭。

若要身体壮，饭菜嚼成浆。

吃饭慢慢吞，赛过吃人参。

汤泡饭，嚼不烂。

吃饭不要闹，吃饱不要跳。

早上的盐汤是参汤。

吃饭先喝汤，到老不受伤。

吃面多喝汤，免得开药方。

白菜萝卜汤，益寿保健康。

鱼生火，肉生痰，棒子面饽饽保平安。

到了三月三，芥菜可以当灵丹。

吃得马齿苋，一年无病害。

大蒜是个宝，常吃身体好。

葱辣鼻子蒜辣心，青椒专辣前嘴唇。

吃了省钱瓜，害了绞肠痧。

饭后一袋烟，赛过活神仙。

一生身体强，烟酒不要尝。

饮酒不节，杀人顷刻。

一尺布，不遮风；一碗酒，暖烘烘。

5.　关于健康与疾病的谚语

英雄只怕病来磨。

天怕乌云地怕荒，人怕疾病草怕霜。

百病从口入。病从虚处发。百病乘虚而入。

小孩无假病。

阴来阴去阴下雨，病来病去病倒身。

得病想亲人。

干痨、气鼓、噎，阎王下请帖。

有病早治，无病早心。

大水不到先垒坝，疾病没来早预防。

三分医，七分养，十分防。

百病不如一防。

以财为草，以身为宝。

生命的幸福在身体，身体的强壮在健康。

瓜好吃不在大小，人健康不在胖瘦。

看病方知健是仙。

有才万事足，无病一身轻。

不要虚胖，但求实壮。

表壮不如里壮。

肥胖肥胖，身体不壮。

健康值千金。

身子是干活的本钱。

好话怕的冷水浇，好汉怕的病缠倒。

什么风都下雨，什么病都死人。

一份预防方，胜过百份药。

只忙治病不忙防，没有忙到点子上。

与其病后去求医，不如病前早预防。

大病要养，小病要抗，无病要防。

预防伤风和感冒，增强体质最重要。

预防伤风和感冒，当心着凉最重要。

大汗后，莫当风，当风容易得伤风。

汗水没有落，莫浇冷水澡。

头对风，暖烘烘；脚对风，请郎中。

白露切勿露，免得着凉又泻肚。

多衣多寒，少衣少寒。

即脱即着，胜过服药。

勤穿勤脱，胜过吃药。

新生孩儿无六月。

丰收要靠劳动，强身要靠卫生。

预防肠胃病，饮食要干净。

卫生搞得好，疾病不来找。

卫生搞得好，疾病不缠绕。

卫生好，病人少；饮食净，少生病。

卫生好，病人少；锅灶净，少生病。

吃瓜果，要洗净，吃得卫生少生病。

饮食要卫生，一热二鲜三干净。

吃瓜果，要洗净，吃得卫生少生病。

喝开水，吃熟菜，身体健康少病害。

鱼吃新鲜米吃熟。

东西要吃暖，衣服要穿宽。

鱼过千滚，吃肚自稳。

饭前一碗汤，气死好药方；饭后一百步，强如上药铺。

洗脸洗鼻窝，扫地扫墙角。

扫地如清心。

无事勤扫屋，强如上药铺。

屋内屋外勤打扫，开窗通气精神好。

清爽的空气，百病的良药。

强光底下无毒虫。

常常晒太阳，身体健如钢。

常开窗，透阳光；通空气，保健康。

入厨先洗手，上灶莫多言。

饮前洗手，饭后漱口。

要离药罐，洗手吃饭。

勤吃药，不如勤洗脚。

剃头洗脚，赛过吃药。

剃头常洗澡，身体自然好。

焚香不如扫地，吃肉不如剃头。

害眼洗脚，强似吃药；害眼剃头，火上加油。

衣服常洗常换，强如上医院。

灭虱没有巧，换衣常洗澡。

常洗衣，常洗澡，常晒被服疾病少。

常常洗澡，虱子不咬。

饱剃头，饿洗澡。

饱不洗澡，饿不剃头。

牙不剔不稀，耳不掏不聋。

苍蝇嗡嗡叫，疾病快来到。

臭虫满墙爬，药罐手中拿。

一只苍蝇一只虎，飞到谁家谁家苦。

苍蝇消灭光，肠胃得安康。

除了苍蝇灭了蚊，夏令毛病去七分。

预防肠道传染病，要把苍蝇消灭尽。

药方无贵贱，效者是灵丹。

话传三遍假成真，药方子抄三遍吃死人。

毒病毒药医。

针灸拔罐，病去了一半。

痘要结，麻要泄。

感冒不是病，不治要了命。

治风先去热，热去风自灭。

饿不死的伤寒，吃不死的痢疾。

干血痨，不用瞧。

老怕伤寒少怕痨。

好人难得六月泻。

清泻不用医，饿到日沉西。

撑痢疾，饿伤寒。

走好的疖子睡好的眼。

鼻子不通，吃点火葱。

千枝连根，十指连心。

伤筋断骨一百天。

疮大疮小，出头就好。

挤疮不留脓，免受二回痛。

治疮不能怕挖肉。

红肿高大，大夫不怕。

出汗不减病，医生也着急。

三肿三消，预备铁锹。

病人怕肚胀，雨落怕天亮。

治一经，损一经。

不服庸医药，胜请中流医。

丑病不瞒医生。

养病如养虎，不可掉以轻心。

慢病在养，急病在治。

熟读五叔和，不如临症多。

好的医生也得生病，但生了病还是好医生。

不吃黄连，不知药苦。

黄芩无假，阿魏无真。

巴豆救人无功，人参杀人无过。

黄连救人无功，人参杀人无过。

生姜汤，自暖肚。

两脚不会移，要吃五加皮。

用药如用兵。

运动劲出来，歇着病出来。

做做力出，缩缩病出。

冬天动一动，少闹一场病；冬天懒一懒，多喝药一碗。

饮食贵有节，运动贵有恒。

要练功，不放松；要练武，不怕苦。

不怕年老，就怕躺倒。

坐下腰不躬，立起要挺胸。

勒腰束胸坏习惯，影响健康不合算。

心广体胖。

心宽转少年。

心宽体胖，勤劳体壮。

忧愁多病，心康体健。

气恼成病，欢乐长命。

不气不愁，能活白头。

天天不发愁，活到百出头。

人逢喜事精神爽，闷上心来瞌睡多。

心病还须心药医。

心里痛快百病消。

心中有病，心神不定。

一笑值千金。

一天笑一笑，赛似吃好药。

说说笑笑，通了七窍。

笑一笑，百病消。

笑口常开，青春常在。

一日三笑，人生难老；一日三恼，不老也老。

快快活活活了命，气气恼恼恼成病。

笑笑说说散散心，不说不笑要成病。

笑长命，哭生病。

多笑使人延年益寿，多恼催人衰老多病。

锻炼是健康的基础，卫生是健康的保证。

锻炼是灵丹，卫生是妙药。

日光、空气和清水，锻炼身体三件宝。

墙靠基础坚，身强靠锻炼。

活动好比灵芝草，何必苦把仙方找。

树木就怕软藤缠，身体就怕不锻炼。

丰收靠劳动，健身靠运动。

枯坐损身，运动长劲。

身体越炼越壮，脑子越用越灵。

庄稼没肥慢长，人不锻炼不壮。

运动使人健康长寿，静止使人衰弱短寿。

静而少动，眼花耳聋；有静有动，无病无痛。

劳动使人长寿。懒惰催人老，勤劳能延年。

常洗手，病少有；常练拳，寿延年。

常洗澡，身体好；常运动，骨头硬。

多练多乖，不练就呆。

运动运动，疾病难碰。

石闲生苔，人闲生病，病人老睡成死人。

一个教师一路拳，各人身体各人炼。

准备活动要做好，整理活动不可少。

早起早睡，精神百倍。

若要身体好，天天要做操。

早起活活腰，一天精神好。

早晨动一动，少闹一场病。

蹦蹦跳跳，灵丹妙药。

天天练长跑，年老变年少。

练出一身汗，小病不用看。

刀越磨越亮，劲越练越强。

出劲长劲，歇着没劲。

粥越煮越烂，力越练越强。

懒懒散散好生病，蹦蹦跳跳增健康。

跑跑跳跳浑身轻，不走不动多生病。

打套太极拳，赛过活神仙。

打拳炼身，打坐养性。

要想身体壮，打拳不可忘。

常打太极拳，益寿又延年。

打拳跑步舞剑，健康要靠锻炼。

仙丹妙药灵芝草，不如天天练长跑。

夏游泳，冬长跑，一年四季广播操。

6.　武术谚语

未曾学艺先学礼，未曾习武先习德。

武德比山重，名利草芥轻。

拳以德立，无德无拳。

心正则拳正，心邪则拳邪。

拳禅如下，力爱不二，主守从攻，戒除杀念。

理字不多重，万人担不动，武夫不讲理，艺高难服众。

习武者当立志，人无志事不成。

三军可以夺帅，匹夫不可以夺志。

武人相敬相倾。

手足原无异态，拳术可必分门，少林武当终归于拳，内家外家总是一家。

同是江湖客，不识也相亲。

行遍天下路，把式是一家。

打得宽不如交得宽。

小心天下去得，莽撞寸步难行。

强中自有强中手，莫在人前自夸口。

真人不露相，露相不真人。

十个把九个吹，剩下一个还胡勒。

经不起风吹雨打，算不得英雄好汉。

火大没湿柴，功到事不难。

好汉做事做到头，好马登程跑前头。

一个篱笆三个桩，一个好汉三个帮。

一寸长，一寸强；一寸短，一寸险。

势断劲不断，劲断意相连。

形断意连，势断气连。

前俯后仰，其势不劲；左侧右依，皆身之病。

打拳不怕，怕拳不打；拳来闪避，拳去追踪。

对方打来身如球，拧走转身莫停留，进如盘蛇吸食走，刚柔相济着意求。

退是假退，真退是败。步步向前，天下无敌。

出手大多对上身，手足到时方为真。

一势三手才称妙，手肘膝腿鬼神惊。

远则手足上中下，近则肩肘背胯膝。

远则拳打脚踢，近则擒拿抱就摔。

远用手，近用肘。

宁换十手，不换一肘。

三拳难挡一掌，三掌难挡一肘，三肘难挡一尖，三尖难挡一指。

久练自化，熟能自神。

操练不按体中用，修到终期艺难精。

要想散手会，还得二人喂。

先以心使身，后乃身从心。

能动能静，拳道之圣；动
而不静，拳道之病。

打中寓跌，跌中寓打。

手从脚边起，侧身步轻
移，藏势微弯膝。

脚到手勾，拳来臂格。

拳打不空回，空回不为能。

遇敌犹如火烧身，硬打硬进无遮拦。

脚踏中门去夺位，就是神仙也难防。

有力当头上，无力踩两旁。

打人不露相，打人不见手。

顺人之势，就人之力。

彼来吾就，彼去吾随。

彼斜我正，彼正我斜。

以静制动，后发制人。

知己知彼，百战百胜。

拳怕少壮，棍怕老练。

一打力，二打巧，三打分寸，四打眼滑手快。

手起如箭落如风，追风赶月莫放松。

一狠二毒三要命，见空就打莫留情；容情不动手，动手不留情。

狠打善，快打慢，长打短，硬打软。

过手放对莫疏忽，一胆二力三功夫。

八打八不打，过手要得法；对敌莫容情，会友莫轻发。

学会十字战，天下英雄打一半；站稳如磐石，根因敌难摧。

心是主帅，眼为先锋，活步做战马，脚手是刀兵。

眼要明，心要毒，只要平时练得熟。

技法不熟，战不能胜。

手敏步快，放长击远。

在劲不在力，在巧不在勇。

谙熟百家，博采众长。

三年把式打不过当年跤，好把式打不过滥"戏子"。

一日练一日功，一日不练十日松，久练为功，搁下稀松。

一日不练自己知道，两日不练行家知道，三日不练利巴知道。

冰冻三尺非一日之寒，绳锯木断，水滴石穿。

若要功夫好，一年三百六十早。

鼓越敲越响，拳越练越精。

进功如同春蚕吐丝，退功如同流水即逝；学拳三年，丢拳三天。

有功夫的像拨拉，脚常踢打。

舍本求末瞎胡闹，循序渐进最为高。

正楷未精，休要骤学草书；拳路没熟，休想迅速神化。

积土成山，积水成渊，积艺成才，苦练成功。

少年习武正当时，老年习武未为迟。

活到老，学到老，还有三分没学好。

名师出高徒。

学无老少，达者为师。

井淘三遍吃好水，人从三师武艺高，不经一师，不长一艺。

师父领进门，修行靠个人；教艺在师，学艺在徒。

师父不过领路人，巧妙全在自用心，入门引路须口授，功夫无息法自修。

教不严，拳必歪；学不专，拳必滥。

河深静无声，艺高不压身。

艺高人胆大，胆大艺更高。

平时练，急时用；平时松，急时空。

久练为熟，久熟为巧；熟能生巧，巧能生精。

千拳归一路，一路通，百路通。

初学三年，天下去得；再学三年，寸步难行。

绊三跤，方知天外有天；跌三跌，才晓人后有人。

学到知羞处，方知艺不高。

似我者生，像我者死。

法有万端，理存于一。

千学不如一看，千看不如一练。

取百家之长，补自家之短。

笨鸟先飞早出林，笨人勤练武艺精；勤能补拙是良训，一分辛苦一分才。

若要精，听一听，站得远，望得精。

要想灯不灭，就要常添油。

人贵有志，学贵有恒。

取法于上，得之乎中。

文人不武，武人不文；能文能武是全才，只武不文是莽汉。

南拳北腿，东枪西棍。

枪为百兵之王，又为百兵之贼。

刀为百兵之帅，剑为百兵之秀，棍为百兵之首。

枪打一条线，棍打一大片；或作纵枪横棍。

单刀看手，双刀看走，大刀看口。

手似流星眼似电，身似游龙腿似箭。

花拳绣腿，好看无用。

不能因辞害其意，不能因名忌其拳。

架子天天盘，功夫日日增。

遍访师和友，所求是真传。

内练精气神，外练手眼身。

内六合，外六合，内外相合益处多。

练劲不练力，劲力打拙力。

拳讲三术：技、医、艺术。

打拳不遛腿，必是冒失鬼；练武不活腰，终究艺不高。

抬腿轻，落地松，踢起腿来一阵风。

练拳无桩步，房屋无立柱。

未学功夫，先学跌打。

拳打千遍，身法自现。

读书要讲，种地要耪，练拳要想。

打拳不练功，到老一场空。

不怕千招会，就怕一招精。

练拳千招，一熟为先。练势多年，一快为主。

打拳容易走步难。

步不活则拳乱，步不快则拳慢。

先看一步走，后看一出手。

一步练错百步歪。

动则法，静则型。

打法各家各不同，静如处女瞥如鸿。

行礼文静如处女，开拳一动如脱兔。闪展敏捷若雄鹰，进击迅猛像老虎。

行家一落眼，便知深和浅。行家一出手，便知有没有。

文有太极安天下，武有八极定乾坤。

稳如泰山，静如处女。

心乱则意乱，意乱则拳乱。

力如千斤压顶，劲似利箭穿革。

一力降十会，一力压十技。

死力不足贵，活劲最为高。力不打拳。

蛮拳打死老师父。

一巧破千斤，四两拨千斤。

运动在身，用意在心。

打拳要长，发劲要短。

动如涛，静如岳，起如猿，落如鹊，立如鸡，站如松，转如轮，折如弓，轻如叶，重如铁，缓如鹰，快如风。

头顶青天，脚抓地；怀抱婴儿，手托腮。

前手齐眉三尖对，鼻尖手尖与足尖。

形美感目，意美感心。

意发神传，心动形随。

根于脚，发于腿，主宰于腰。

手是两扇门，全凭腿踢人。

手去腿不动，打人不能胜；脚踢手不出，打人必负输。

有拳无腿难取胜，有腿无拳难占先。身心一动脚手随，手脚齐到方为全。

拳打三分不易，脚踢七分不难。

七分看脚，三分看手。

弹腿四只手，神鬼见了都发愁。

一见屁股掉，便是戳脚到。

拳技以眼为尊，眼为心之苗。

眸子练得明，打人占上风。

拳到眼到，眼到拳到，拳眼齐到，招招有效。

眼观六路，耳听八方。

料敌在心，察机在目。

以静待动，后发制人。

主动抢攻，先发制人。先下手为强，后下手遭殃。

出其不意攻不备，先发制人不容还，动手犹如鹰捉兔，粘衣发劲急似弹。

彼不动，我不动；彼微动，我先到；后人发，先人拳。

后发先至，后发三至，后发后至。

先人发，后人至。

彼静我乱，彼乱我静；静中用乱，乱中用静。

拳打三节不见形，见了形影不为能。

能在一思进，莫在一思存。

有意莫带形，带形必不赢。

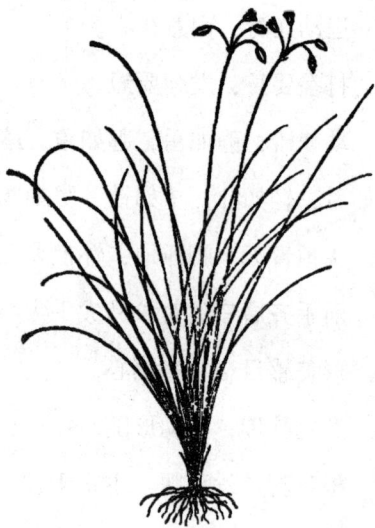

肘不离肋，手不离心；起如钢锉，落如钩竿。

迈步如行犁，落脚如生根。

转身回打，其机在头。

兵贵神变，势势相连。

打人如走路，看人如蒿草。

有人似无人，无人似有人。

神以知来，智以藏往；人不知我，我独知人。

拳无拳，意无意，无拳无意是真意。

不招不架，只是一下；犯了招架，十下八下。

你打你的，我打我的，打得赢就打，打不赢就走。

上步六合手，打不赢就走；上手五花炮，打不着就跑。

虚则实之，实则虚之，虚实互用，刚柔相济：交手过招，不能实心眼。

柔中有刚攻不破，刚中有柔力无边。

以短逼长，以闪为进，以活为主，以速治慢。

天天走太极，治病子防身，三极百利无一害。

少时练得一身劲，老来健壮少生病。

手舞足蹈，九十不老；手闲脚懒，十九入板。

人老先由腿上见，步履维艰手杖添。

每天百步君须记，腰腿转动寿延年。

走为百拳之长。

药补不如食补，靠补不如练武。

朝练寅，夕练酉。

劳心者，不可不劳手足。

坚持练功，百病不生；中途歇功，百病丛生。

拳后百步，精神爽铄。

拳后满身汗，避风如避箭。

坐如钟，立如松，行如风，卧如弓。

酸多练，痛少练，麻不练。

金津玉液莫轻抛。

敌欲动，我先动。

肘不离肋，拳不离心。

闪即是进，进即是闪。

逢强智取，遇弱活拿。

拳打三分，脚踢七分。

拳打人不知，巧变敌莫测。

有意莫带形，带形必不赢。

来是一大片，去是一条线。

趋避须眼快，左右见机行。

近人先进身，手脚齐到方为真。

不画圆不成拳，敌人手来无法拦。

足来提膝，近便用膝，人退加踢。

不必远求尚美观，只在眼前中间变。

不招不架，只是一下；犯了招架，便有十下。

来得高往上挑，来得矮往下斩，不高不矮左右排。

善圆能走化，抢角占上风；发须循直线，一点见真功。

头打眼，二打胆，三打力，四打巧，五打分寸，六打手脚快与慢。

劲由腰发多根基，贯入两肋四肢躯，发到手脚成一点，丹田叫力山也移。

两臂直如干，力大劲不济。

出手如飘风，收手如狡兔。

出手拳掌打，回手鹰爪抓，双拳密如雨，脆快一挂鞭。

宁挨十手，不挨一肘。

步大不灵，步小不稳。

进步宜低，退步要高。

脚底拔跟，功夫不深。

上步不老，打人不到。

活步做战马，脚手是刀兵。

进步要紧跌，退步要松身。

两脚踏定十字步，抡开两臂似闪电。

步不稳则拳乱，步不快则拳慢，步不实则拳散，步不活则拳乱。

剑为百兵之君。剑走青，刀走黑。剑如飞凤。

棍为百兵之祖。棒齐胸，棍齐眉。锤棍之将，不可力敌。

三尺鞭杆，五尺棍，使用起来真带劲。

甘肃人生得硬，出门不离一条棍。

枪乃百兵之王。枪似游龙，棍若雨。

七尺枪，八尺棍，大枪二丈另八寸。

长兵贵短用，短兵贵长用。

只把钱来帮，不把法来传。

鞭舞一堵墙，拳打一片星。

看戏看压轴，挂棍看压场。

南京到北京，大枪数吴钟。

攻其不备，出其不意。

中土常守，刚柔如意。

先退后进，蓄势察敌。

以遇为直，后发先至。

以一当十，以十当一。

以我为主，攻防得宜。

强外攻内，声东击西。

避锐击惰，以逸待劳。

三十六计，走为上计。

弱以骄其志，强以决其胜。

能舍己从人，才能随心所欲。

勇生于怯，先戒为宝。

魄气足者，能勾人魂魄。

独练时无敌似有敌，应敌时有敌似无敌。

拳后百步，到老不进药铺。

丹田是气海，能销吞百病。

咽下嘀嘀响，百脉自调匀。

气功能祛病，缘由在松静。

拳为武艺之源，功为百艺之基。

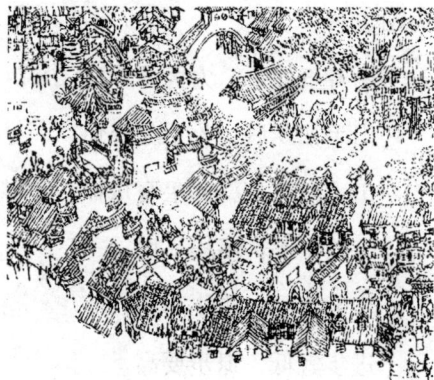

216

无力不能伤人，无势定被人伤。

打拳在劲不在力、在巧不在勇。

百打百破，一快不破，一硬不破。

拳术门门都有道，一门不到一门黑。

一得有功亦可贵，百法无效皆可废。

拳本无法，有法也空；一法不立，万法不容。

练拳千招，一熟为先；练势多年，一快为先。

拳练百遍，身法自然；拳练千遍，其理自见。

练其形必传其神，传其神必达其意，达其意必先其心。

练功容易守功难，打拳容易改拳难，进手容易固手难。

拳之再拳不在拳。

拳弥六合方为能。

拳如流星，眼似电，腹如蛇行，步赛粘。

精要充沛，气宜沉；力要顺达，功宜纯。

久练自化，熟极自神。

只守不攻，再强无用。

力不打拳，拳不打功。

把式把式，全凭架势。

低头猫腰，传授不高。

三年套路不敌一年跤。

招没绝，功夫有绝。

内五行要动，外五形要随。

练拳不练把，等于胡乱打。

拳打力不开，力打劲不开。

死力不足贵，活劲为高尚。

要学拳，须站桩。

先动根，后动梢。

步为架，手为势。

气沉丹田德润身。

七分蹲子，三分过。

早不朝东，晚不朝西。

行走坐卧，不离这个。

运用之妙，存乎一心。

斜撤得横，直退易溃。

三节不明，浑身是空。

手法便利，脚法轻固。

拳要好，三正里面找。

慢拉架子，快打拳，急打招。

入门先找形，练功不忘形。

六合不相连，必是学艺浅。

打拳不遛腿，一拉冒失鬼。

两膀活如扇，法由手中出。

外练筋骨皮，内练一口气。

少练三体式，老来浑圆桩。

长拳即短打，短打即长拳。

出手指中线，打轮不折点。

五心须相印，子午宜相对。

治劲有三策，一导二分三乱堵。

宁练筋长三分，不练肉厚一寸。

压而不溜不中用，溜而不压笨如牛。

肩肘松沉意注掌，气通三关达四梢。

紧了崩，慢了松，不紧不慢才出功。

内外合一，形神兼备。

只求神意足，不求形骸似。

松在出气之中，紧在吸气之上。

不明经络，举手便错。

松者自逸，紧者自掣。

手后一尺，天下无敌。

只有抓得住，才能拿得住。

单擒随手转，双擒捏带擎；单拿手腕肘，双拿肩腾走。

天下神拳数岳家。

圈内招连招，圈外环转步。

枪不扎石拱，镖不喊铜城。

镖不喊沧惰，枪不扎石孔。

八极，八极，脚不离地。

八极加劈挂，神鬼都不怕。

南京到北京，弹腿出在教门中。

弹腿四只手，人鬼见了都发愁。

由着熟而渐悟懂劲，由懂劲而阶及神明。

若言体用何为难，意气君来骨肉臣。

十三总势莫轻视，命意源头在腰隙。

刻意留心在腰间，腹内松静气腾然。

心为令，气为旗，神为主帅，身为驱使。

以心行意，以意导气，以气运身。

行气如九曲珠，无微不到；运劲如百炼钢，何坚不摧？

气宜鼓荡，神宜内敛。

先在心，后在身。

始而意动，继而劲动。

身虽动，心贵静；气须敛，神宜舒。

内固精神，外示安逸；内以修身，外以制敌。

动贵短，意贵远，劲贵长。

拳打万遍，神理自现。

为大于微，图难于易。

练则有，不练则无。

拳为武艺之源，功为百艺之基。

光学不练功难精，光练不学意难通。

有内无外难成拳，有外无内难成术。

自古拳术三大用：防身、健体与防病。

7.　八卦掌谚语

八卦掌练功歌诀

空胸拔顶下塌腰，扭步掰膝抓地牢。沉肩坠肘伸前掌，二目须从虎口瞧。

后肘先叠肘掩心，手在翻塌向前跟。跟到前肘合抱力，前后两手一团神。

步弯脚直向前伸，形如推磨一般真。屈膝随胯腰扭足，眼到三面不摇身。

一势单边不足奇，左右循环乃为宜。左换右兮右换左，抽身倒步自合机。

步既转兮手亦随，后掌穿出前掌回。去来来去无二致，要如弩箭离弦飞。

穿时指掌贴肘行，后肩改做前肩承。莫要距离莫犹疑，步入裆兮是准绳。

胸欲空兮气欲沉，背紧肩垂意前伸。气到丹田缩谷道，直拔颠顶贯精神。

走时周身莫动摇，全凭膝下两相交。底盘虽讲平膝胯，中盘也要下腿腰。

抿唇闭口舌顶腭，呼吸全凭鼻口过。力用极处哼哈泄，浑元一气此为得。

掌形虎口要挣圆，中指无名缝开展。先戳后打施腕骨，松膀长腰跟步蹿。

上步合胯倒步掰，换掌换式矮身骸。进退退进随机势，只要腰腿巧安排。

此掌与人大不同，进步抬前乃有功。退步还先退后足，跨步尽外要离中。

此掌与人大不同，手未动兮膀先攻。未从前伸先后缩，吸足再吐力独丰。

此掌与人大不同，前手后手力相通。欲使梢兮先动根，招招如是不得松。

此掌与人大不同，未击西兮先声东。指上打下孰得知，卷珠倒流更神通。

天然精术怕三穿，不走外门是枉然。他走外兮我走内，伸手而得不费难。

掌使一面不为功，至少仍须两面攻。一横一直三角手，使人如在我怀中。

高欲低兮矮欲扬，斜身绕步不需忙。斜翻倒翻腰着力，翻到极处力要刚。

人道掌法胜在刚，郭老曾言柔内藏。个中也有人知味，刚柔相济是所长。

刚在先兮柔后藏，柔在先兮刚后张。他人之柔腰与手，我则吸腰步稳扬。

用到极处须转身，脱身化影不留痕。如何变换端在步，出入进退腰先伸。

转掌之神颈骨传，转项扭项手当先。变时缩颈发时伸，要如神龙首尾连。

打人凭手膀为根，膀在肩端不会伸。故欲进时进前步，若进后步枉劳神。

力足发自筋与骨，骨中出硬筋须随。足跟大筋通脑脊，发招跟步力能摧。

跟到手到腰腿到，心真神真力又真。三真四到合一处，防己有余能制人。

力要刚兮更要柔，刚柔偏重功难收。过刚必折真物理，优柔太盛等于休。

刚柔相济是何言，刚柔相辅总无难。刚柔当用乾坤手，掀天揭地海波澜。

人刚我柔是正方，我刚人柔法亦良。刚柔相遇腰求胜，解此纠纷步法强。

步法动时腰先提，收缩合宜显神奇。足欲动兮腰不动，跟跄迈去误时机。

转身变法步莫长，擦地而行莫要慌。看准来路方伸手，巧女穿针稳柔刚。

人持利器我不忙，飞剑遥遥到身旁。看他来路哼哈避，邪不胜正语颇良。

短兵相接似难防，哪怕锋利似鱼肠。伸手来接囊中物，指山打磨妙中藏。

人众我寡力难挡，巧破千钧莫要忙。一手不劳凭指力，犁牛犹怕反弓张。

伸手不见前掌伸，又无油松照彼身，收缩眼皮努睛看，底盘掌使显神奇。

冰天雪地雨泞滑，前脚横使切莫差，翻身切忌螺丝转，高低紧避乃为佳。

用时最要是精神，精神焕发耳目真，任凭他人飞燕手，蚁鸣我听虎龙吟。

董公海川赞三十六歌诀：掌法拳法与岳议，传出日久或忘记。我歌我歌三十六，字字句句有真意。

梁式八卦掌转掌练功

八卦掌，走为先，变化虚实步中参。

收即放，去即还，指山打磨游击战。

走如风，站如钉，扣掰穿翻步法清。

腰如轴，气如旗，眼观六路手足先。

行如龙，坐如虎，动似江河静如山。

阴阳手，上下翻，沉肩坠肘气归丹。

抱六合，勿散乱，气血遍身得自然。

扣掰步，仔细盘，转换进退在腰间。

脚打七，手打三，手脚齐到莫迟缓。

胯打走，肩打撞，委身挤靠暗顶肘。

高不扼，低不拦，迎风接进最为先。

数语妙诀掌中要，不用纯功亦枉然。

胸欲空兮气欲沉，背紧肩沉臂前伸。

气到丹田缩谷道，直拔颠顶贯精神。

眼到手到腰腿到，心真神真力要真；三真四到合一处，防身有余能制人。

力足发自筋与骨，骨中出硬筋须随；足根大筋通脑脊，发招跟步力能催。

未曾动梢先动根，手快不如半步跟；出入进退只半步，制手避招而安神。

8.　太极拳谚语

民间太极拳谚语

大道

以武入道，拳道合一。

道以虚通为义。

由虚空寻有力之真实。

往来无穷谓之通。

天得一以清，地得一以宁，人得一以善。天地大宇宙，人身小天地，天地得一而阴阳归位，人身得一而神变无方。

一时之强弱在力，千古之胜负在理。

唯精唯一，乃武乃文。

太极拳者，其静如动，其动如静，动静循环，相连不断，则二气相交，而太极之象成。

无形无象，全体透空。

空而不空，不空而空。

借假修真。

论学拳

学者多于牛毛，成者少于麟角。

功夫不到总是迷，一层不到一层迷，一处不到一处迷，处处不到处处迷。

善学者，必以理为尚。

拳无功，一场空。

做大起于细，做难起于易。

合抱之木，生于毫末，千里之行，始于足下。

总体论

虚静为本，虚无不受，静无不待，知虚静之道，乃能终始。

极柔即刚极虚灵，运若抽丝处处明；开展紧凑乃缜密，待机而动如猫行。

太极拳，缠法也。

缠丝者，运中气之法门也。

沿路缠绵，静运无慌。

螺旋中开，螺旋中合。

目平视前，光兼四射。

不善松活，就谈不上弹抖。

收之，气归丹田；发之，气贯四梢。

一节动，节节动，节节贯串。一处不对，全身不对。

一身之劲练成一家。

合则太极，分则阴阳，动则螺旋。慢中求功。

练拳能得法，功效自不差。

先求开展，后求紧凑。

有准顶头悬，腰之根下株。

上下一条线，全凭两手转。

空空地摸，空空地练。

呼吸通灵，周身无间。

主腰裆

神仙留下健身方，开裆下跨最为良。

腰裆膝，发动机。

内不动，外不动，腰不动，手不发。

腰胯微转鸟难飞。

意领形，腰走劲。

发劲要主宰于腰，结合丹田带动。

沉左臀翻右臀，沉右臀翻左臀。

左发右塌，右发左塌。

裆内自有弹簧力，灵机一转鸟难飞。

主手脚

五指撑开，似刚似柔，力须到指，不可强求。

两臂弯曲如半圆则力实。

两膝常常里合，两脚常常里扣。

上节不明满腹是空，下节不明颠覆必生。

主技击

太极无手处处手，浑身无处不丹田。

欲要打得险，还须脸对脸；欲要打得美，还须嘴对嘴。

不引不能空，不空不能击。

来，则顺势捋；去，则顺势去。

处处是蓄劲，处处能放劲。

能吞方能吐，能卷方能放。

静若处女，动如脱兔。

欲要先给，欲顺先逆，欲逆先顺。要多少给多少，半点也不多给；给多少要多少，半点也不多要。要哪儿给哪儿，得哪儿打哪儿。

随人所动，随屈就伸。能引进落空，才能四两拨千斤。

周身柔软似无骨，忽然放出都是手。

善用刚柔者，到达落点时用刚，如蜻蜓点水，一沾即起，这是表现刚点的正确形象；在一切行气运动时用柔，如车轮旋转滚走不停，这是表现柔点的正确形象。故曰：行气用柔，落点用刚，这是划分刚柔的界限。

远拳、近肘、贴身靠。

得实不发艺难精。

不占人先，不落人后。

遇虚当守，得实即发。虚极实生，初实可摧。

巧拿不如痴打。

人无钢骨，安身不牢；拳无刚柔，出手无效。

顺人之势，借人之力。

打实不打虚。

手起如箭落如风，追风赶月不放松。

接手半边空。四梢空接手，一接点中求。肘空一大片。

主推手

夫圆者出入，方者进退，随方就圆之往来也。

"要点不要面，要面两不便，偶尔面碰面，即刻松开变。"推手的诀窍，一顺一逆而已。

柔化自当知斜闪。引则动、动则隙、隙则击。

走架是知己功夫，推手是知人功夫。

拳打拢，棍打开。关节不松、处处被动。松透棚圆。

吃啥还啥，吃啥吐啥。

有人若无人，无人若有人。有人如无人，无人人打影。

被打欲跌须雀跃。侧翼抢攻，一臂双功。跟身到腋是良方。

动之至微，化之至顺；引之至长，发之至骤。

沉着为拳艺之本。

克敌制胜，全在用粘。不谙柔化，何来用粘。

发人不远，自跌路遥。似松非松，将展未展。

故五行无常胜，四时无常位，日有短长，月有死生。

摸得着，打不到，离不开，走不了。

能如水磨动急缓。

发前必拿。拿前不知觉，知时已发出。拿人不过膝，过膝不拿人。

拿人如入笋，一对准、二落实、三吃牢。

方圆结合，方在圆中化与发。蓄势宜长，发劲宜短。

蓄之既久，其发必速。以走制敌。

形不外露，劲蓄与内。是故善战者，其势险，其节短，势如张弓，节如发机。

形圆而不可败。劲走圆，力走直。

呆力越大，巧力越小。敏钝决胜败。运化要柔，落点要刚。有

备能制人，无备则制于人。讲解千遍，不如推手一遍。

棚捋相通，捋挤相通，提挤相通，棚劲不丢，肘不贴肋，腕不贴胸。

捋在尺中，捋要柔顺，捋抱顺且韧。

挤靠破捋，以挤破靠，挤要横排，挤排化在先，轻挤得虚实。

拘意莫松，先戒为宝，联合底盘，跟身到腋，得横既得势，机势并得。

人高我高，我攻在先；人低我低，我攻在后。

未习拳，先学步。步不稳，则拳乱。腰如蛇行，步如粘。

发劲要直，化劲要圆；化之不尽，发之不远。

心意论

有心有意皆是假，拳到无心始见奇。

拳无拳，意无意，拳到无意是真意。

一志凝神，洗心涤虑。

收心猿，拴意马。

收心离境。

内外均整，心力合一。

有动之动，出于无动。

行乎其不得不止，而不可或止；止乎其不得不行，而不可或行之拳意。

至虚中生神，至静中生气。

心安则虚则道自来。体静心闲，方能观见真理。

陈氏太极拳谚语

金刚捣碓

金刚捣碓敛精神，太极浑然聚我身；变化无方皆元气，股肱外露寓屈伸；练就金刚太极尊，浑身合下力千斤；劝君智力休使尽，留下余力扫千军。

懒扎衣

世人不识懒扎衣，左屈右伸抖神威；伸中寓屈何人晓，屈中藏伸识者稀；裆中分峙如剑阁，头上中气似旋机；千变万化由我运，下体两足定根基。

单鞭

单鞭一势最为雄，一字长蛇画东西；击首尾动精神贯，击尾首动脉络通；中间一击首尾动，上下四旁扣如弓；若问此势妙何处，去寻脊背骨节中。

白鹤亮翅

元气何从识太和，两手犹如弄丝罗；沿路绵绵神机足，亮翅由来见白鹤。

斜形

一气旋转自无停，乾坤正气运鸿蒙；学到有形归无极，方知玄妙在天工。

搂膝

处收转圈自然好，未若此圈十分巧；前所转圈犹嫌大，此圈转来愈觉小；越小小到无圈时，方知太极真神妙；人言此艺甚无奇，自幼难以练到老；练到老年自然悟，豁然贯通神理现。

掩手肱拳

上打咽喉下打阴，左右两肋并中心；上鼻下臁兼两眼，脑后一击要人魂。

撇身捶

撇身拳势最难转，两足舒开三尺宽；两手分开皆倒转，两腿合劲尽斜缠；右拳落在神庭上，左手叉在左腰间；身似侧卧微带扭，眼神觑定左足尖；顶劲领起斜寓正，裆间撑开月半圆；右肩下打七寸靠，背折一靠更无偏；右手撇回又一捶，此是太极变中拳。

底看拳肘

左肘在上，右拳在下；胸有含蓄，侧首俯察；左足点地，右足平踏；两膝屈住，胸中宽大；神灵气足，有真无假；承上启下，形象古雅。

闪通背

自从闪通大转身，一波三折妙如神；禹门流水三汲浪，讵（岂、怎）少渔人来向津；东来东打原无定，只此一击定乾坤；人说此中多妙术，浩然一气运天真。

云手

两手转环东复西，两足横行步法奇；来回运气恒不已，双悬日月照乾坤。

高探马

上下手足各相随，后往前转莫迟疑；只分身法转不转，击搏各有各新奇。

击地捶

放开脚步往前贪，已罢东蹬左足悬；下击一捶光致命，然后回身欲飞天。

踢二起

二足连环起，全身跃半空；不从口下踢，何自血流红。

护心拳

两拳上下似兽头，左足西往
又东收；护心拳里无限意，欲用刚强先示柔。

右蹬一根

再将右足上蹬天，顺住右腿蹉无偏；事到难时皆有法，谁知身
体倒解悬。

小擒打

后脚跟随左足前，左脚抬起再往前；左手拦起似遮架，右手一
掌直攻坚。

又云：捆肚一掌苦连天，偷以右手肘下穿；神仙自是防不住，
何况中锋尽浩然。

抱头推山

推山何必上抱头，惧有劈顶据上游；转身抱首往前进，推倒蓬
瀛盖九州。

又云：两手托胸似推山，恨不一下即推翻；此身有力须合并，
更得留心脊背间。

前招

眼顾右手是前招，上领下打把客邀；任他四面来侵侮，陡然一
势逞英豪。

后招

陡然一转面向东，无数敌来无数攻；不是此身灵敏极，几乎脑后彼人穷。

野马分鬃

一身独入万人中，将用何法御英雄；唯有飞风披左右，庶几可以建奇功。

玉女穿梭

转引转击出重围，宛如织女弄梭机；此身直进谁比速，一片神行自古稀。

又云：天上玉女弄金梭，一来一往织绫罗；谁知太极拳中象，兔走乌飞拟如何。

摆脚跌岔

上惊下取君须记，左足擦地蹬自利；右股屈住膝挨地，盘根之中伏下意。

金鸡独立

纵身直上手擎天，左手下垂似碧莲；金鸡宛然同独立，不防右膝暗中悬。

又云：右膝撞裆人不服，不料左股又重出；不到直难休使用，此着不但令人哭。

十字脚

两面交手较短长，上下四旁皆可防；唯有拴横困我手，兵困垓心势难张；岂知太极运无方，无数法门胸内藏；山穷水复疑无路，俯肩一靠破铜墙；不到身与身相靠，虽有珠宝难放光。

上步七星

曩（从前的）时跌岔甚无情，此又落尘令人警；人知扫腿防不住，岂料七星耀玉衡。

转身双摆莲

右手上托倒转躬，先卸右肱让英雄；再将两手向左击，右脚横摆夺天工。

收势

开合刚柔顺自然，一扬一抑理循环；一足收势气归原，动静形消太极拳。

太极拳手足实用要诀

拳由心头起，掌随意中发；掌拳头脚脸，肩肘腕膝胯；上下九节劲，节节腰内发；粘着要松劲，轻灵圆活滑；手慢让手快，其能先天

扎；出手斜竖撑，竖撑活变灵；外关接来臂，螺旋走化精；堵其臂中节，吞吐开合劲；从人莫由己，相触意先行；有隙乘机进，怀速如泉涌。

足前足踏出去，脚尖稍里偏；扣足步稳健，拔脚不为撼；后腿要坐实，尾闾对其间；裹裆肘护肫，动静身勿偏；进退顾盼定，往复折叠鲜；动转腰为主，虚实要相连；进之则愈长，退之则无缓；妙在暗步进，进身贴为先；发劲身摧手，支撑八面关；屹然身不动，犹如磐石坚；手足诀四十，句句是真言，默识多揣摩，运用乐自然。

9.　形意拳谚语

崩拳

崩拳属木似箭穿，生炮克横紧连环；舒肝明目腰蓄劲，前跃后蹬是关键。

钻拳

钻拳属水似闪电，生崩克炮顺势变；起钻落翻阴阳转，强身却病保君健。

劈拳

劈拳似斧性属金，生钻克崩妙绝伦；润肺通鼻气须圆，起钻落翻劲要拧。

炮拳

炮拳似炮性属火，生横克劈内外合；斜行架冲顾兼打，互拳精义十三格。

横拳

横拳似弹性属土，生劈克钻用自如；起横落顺不露横，搭手能打又能顾。

龙形

搜骨伸缩是其能，升降之形性属阴；拳顺能使心火降，肾水上升劲自横。

虎形

猛虎扑食势雄勇，性属阳刚坐窝能；拳顺清气能上升，力达两掌显威风。

猴形

舒臂纵跳势轻灵，性属阳刚缩力精；拳顺能使心宁静，力达指端爪为锋。

马形

奔腾迅奋在疾蹄，性烈垂缰重取义；意气合一须催劲，拧转冲撞世间稀。

鼍形

翻江倒海胜蛟龙，两臂拨转在腰功；浮力漫游曲折进，两手连环胯须冲。

鸡形

鸡有奇斗振翼威，拳中鸡腿怠不离；司晨报晓催人勤，独立食未两功奇。

鹞形

翻身束翅显威风，入林钻天是其能；拳顺贵在形连意，劲力圆整体自横。

燕形

抄水轻捷回旋灵，性属阴阳刚柔劲；扶摇试看燕取水，动静都在意中空。

鹰形

盘旋觅食目似箭，坠落抓物爪如钩；精神气力功居首，动静虚实更灵通。

熊形任凭饥鹰盘旋飞，竖项御守显神威；横胯撞肘能致命，追风赶月反背垂。

蛇形

拨草收精贵屈伸，盘旋吞吐性属阴；束展收发须柔韧，劲意连绵见腰功。

四　行业谚语

1.　农业谚语

三百六十行，种田第一行。

种在田里，收在天里。

买屋买走路，买田买水路。

田要买整畈，屋要买四散。

一年土地勿脱空，拔出萝卜就种葱。

春雨贵似油，多下农民愁。

立春三场雨，遍地都是米。

春雨漫了垅，麦子豌豆丢了种。

雨洒清明节，麦子豌豆满地结。

麦怕清明连夜雨。

夏雨稻命，春雨麦病。

生意财主年管年，衙门财主一蓬烟，种田财主万万年。

田荒穷一年，山荒穷一世。

种田靠三生，后生家生加众生。

人勿欺地皮，地勿欺肚皮，人勤田丰。

宁可找大脚嫂，不可种大脚稻。

四月吭太婆，八月吭破箩。

三月雨，贵似油；四月雨，好动锄。

春天三场雨，秋后不缺米。

清明前后一场雨，豌豆麦子中了举。

有钱难买五月旱，六月连阴吃饱饭。

春得一犁雨，秋收万担粮。

春雨满街流，收麦累死牛。

六月天连阴，遍地出黄金。

黑夜下雨白天晴，打的粮食没处盛。

一阵太阳一阵雨，栽下黄秧吃白米。

伏里无雨，谷里无米；伏里雨多，谷里米多。

三伏要把透雨下，丘丘谷子压弯丫。

伏里一天一暴，坐在家里收稻。

秋禾夜雨强似粪，一场夜雨一场肥。

立了秋，哪里下雨哪里收。

立秋下雨万物收，处暑下雨万物丢。

处暑里的雨，谷仓里的米。

处暑下雨烂谷箩。

腊月大雪半尺厚，麦子还嫌"被"不够。

麦苗盖上雪花被，来年枕着馍馍睡。

大雪飞满天，来岁是丰年。

大雪下成堆，小麦装满屋。

今冬大雪飘，明年收成好。

一场冬雪一场财，一场春雪一场灾。

六月盖被，有谷无米。

铺上热得不能躺，田里只见庄稼长。

春耕如翻饼，秋耕如掘井。

春耕深一寸，可顶一遍粪。

遭了寒露风，收成一场空。

晚稻全靠伏天长。

秋热收晚田。

麦里苦虫，不冻不行。

冻断麦根，挑断麻绳。

冷收麦，热收秋。

因地制宜，合理密植。

想要苞米结，除非叶搭叶。

间苗要早，定苗要小。

灌水有三看：看天、看地、看庄稼。

九月杨花开，农活一齐来。

杨叶拍巴掌，老头压瓜秧。

杨树叶拍巴掌，遍地种高粱。

杨叶钱大，快种甜瓜；杨叶哗啦，快种西瓜。

杨叶如钱大，遍地种棉花。

杨叶钱大，要种黄瓜。

飞杨花，种棉花；柳絮扬，种高粱。

柳毛开花，种豆点瓜。

柳絮乱攘攘，家家下稻秧。

柳芽拧嘴儿，山药入土儿。

柳絮落，栽山药。

柳絮落地，棉花出世。

桐叶马蹄大，稻种下泥无牵挂。

桐树开花，正种芝麻。

桐花落地，谷种下泥。

桐树花落地，花生种不及。

椿芽鼓，种秫秫；椿芽发，种棉花。

椿树头，一把抓，家家户户种棉花。

椿树盘儿大，就把秧来下。

枣芽发，种棉花。

枣芽发，芝麻瓜。

枣儿塞住鼻窟窿，提着耧腿耩豆种。

枣儿红肚，磨镰割谷。

榆挂钱，好种棉；榆钱鼓，种红薯。

榆钱唰唰响，种子耩高粱。

榆钱黄，种谷忙；杨絮落，种山药。

桃花开，李花落，种子苞谷没有错；桃花开，杏花败，李子开花卖薹菜。

桃树开花，地里种瓜；桃花落地，豆子落泥。

梨花香，早下秧。

揪花开，谷出来。揪花开，麻出来。

七里花香，回家撒秧；大麦上浆，赶快下秧。

柿芽发，种棉花；麦扬花，排黄瓜；秧摆风，种花生。

竹笋秤杆长，孵蚕勿问娘。

四月八，苋菜掐，四乡人家把秧插。

四月南风大麦黄，才了蚕桑又插秧。

荷叶如钱大，遍地种棉花。

荷花菡，犁耙乱；荷花开，秧正栽。

菊花黄，种麦忙；葚子黑，割大麦。

布谷布谷，赶快种谷。斑鸠咕咕，该种秫秫。

蛤蟆叫咚咚，家家浸谷种；青蛙呱呱叫，正好种早稻。

青蛙打鼓，豆子入土。

蚕做茧，快插秧。

蚕老葚子黑，准备割大麦。

蚊子见血，麦子见铁。黄鹂唱歌，麦子要割。

知了叫，割早稻；知了喊，种豆晚。

蚱蝉呼，荔枝熟；燕子来，种苋菜。

黄鹂来，拔蒜薹；黄鹂走，出红薯。

小燕来，催撒秧；小燕来，抽蒜薹；小燕去，米汤香。

大雁来，拔棉柴；大雁来，种小麦。

哈气种麦，不要人说。

嘴哈气，麦下地。

庄稼一枝花，全靠肥当家。

粪是农家宝，庄稼离它长不好。

种田无它巧，粪是庄稼宝。

粪是土里虎，能增一石五；粪是庄稼宝，缺它长不好。

种地无巧，粪水灌饱；庄稼要好，肥料要饱。

庄户地里不要问，除了雨水就是粪。

庄稼活，不要问，除了工夫就是粪。

种田不要问，深耕多上粪；种田粪肥多，谷子箩搭箩。

水多成河，粪多成禾。

人凭饭食长，地凭粪打粮。

人靠饭养，地凭粪壮；人靠饭饱，田靠肥料。

人要饭养，稻要肥长；人是饭力，地是肥力。

人补桂圆和蜜枣，地补河泥和粪草。

地靠人来养，苗靠粪来长。

鸟靠树，鱼靠河，庄稼望好靠肥多。

灯里有油多发光，地里有粪多打粮。

柴多火焰高，粪足禾苗好。

长嘴的要吃，长根的要肥。

油是粮食盐是劲，庄稼全靠工夫粪。

粮食本是土中生，土肥才有好收成。

谷子粪大赛黄金，高粱粪大赛珍珠。

地里上满粪，粮食堆满囤。

人不亏地皮，地不亏肚皮。

庄稼老汉不要犟，一个粪底一个样。

千担粪下地，万担粮归仓。

一分肥，一分粮；十分肥，粮满仓。

有了粪堆山，不悉米粮川。

春肥满筐，秋谷满仓。

春天粪堆密，秋后粮铺地。

春施千担肥，秋收万担粮。

能耕巧种，不如懒汉上粪。

肥多急坏禾，柴多压死火。

惯养出娇子，肥田出瘪稻。

白地不下种，白水不栽秧。

无肥难耕种，无粮难行兵。

种地不上粪，好比瞎胡混；种地不上粪，一年白费劲。

好田隔年不上粪，庄稼长得也差劲。

肥田长稻，瘦田长草。

肥料不下，稻子不大。

谷子没粪穗头小，黍子没粪一把草。

糜谷不上粪，枉把天爷恨。

锅底无柴难烧饭，田里无粪难增产。

缸里无米空起早，田里无肥空种稻。

人不吃饭饿肚肠，地不上粪少打粮。

灯无油不亮，稻无肥不长。

人黄有病，苗黄缺粪。

种地没粪，瞎子没棍。

要想庄稼收成好，罱泥捞渣绞湖草。

肥料到处有，就怕不动手。

青草沤成粪，越长越有劲。

要想多打粮，积肥要经常。

积肥如积粮，肥多粮满仓。

草无泥不烂，泥无草不肥。

冬草肥田，春草肥禾。

塘泥泥豆红花草，农家做田三件宝。

猪粪红花草，农家两件宝。

草子三坐头，肥料就不愁。

上粪不浇水，庄稼撅着嘴。

有水即有肥，无水肥无力。

河泥打底，猪粪润根；灰粪打底，水粪滴掩。

分层上粪，粮食满囤。

上粪不要多，只要浇上棵。

人怕胎里瘦，苗怕根不肥。

上粪一大片，不如秧根沾一沾。

施肥一大片，不如点和线。

粪劲集中，力大无穷。

土壤要变好，底肥要上饱。

撒粪养地，捋粪现得利。

粪不臭不壮，庄稼不黑不旺。

粪要入了土，一亩顶两亩。

水肥要到月，堆肥要发热。

粪生长，没希望；粪熟上，粮满仓。

人忌生长，菜忌生肥。

冷粪果木热粪菜，生粪上地连根坏。

鸡粪肥效高，不发烧死苗。

羊粪当年富，猪粪年年强。

猪粪肥，羊粪壮，牛马粪肥跟着逛。

塘泥上了田，要管两三年。

肥效有迟速，分层要用足。

牛粪凉，马粪热，羊粪啥地都不劣。

上粪上在劲头，锄地锄到地头。

各肥混合用，不要胡乱壅。

底肥不足苗不长，追肥不足苗不旺。

底肥金，追肥银，肥多不如巧上粪。

若要庄稼旺，适时把粪上。

合理上粪，粮食满囤。

种田没有巧，只要肥料配得好。

要想庄稼旺，合理把粪上。

肥是庄稼宝，施足又施巧。

庄稼要好，施肥要巧。

流不尽的长江水，积不完的农家肥。

舀不尽的海水，挖不尽的肥源。

稻田铺上三层秆，赛过猪油碗。

麻饼豆，豆饼花，灶灰地灰种地瓜。

饼肥麦子羊粪谷，大粪高粱长得粗。

驴粪谷子羊粪麦，大粪揽玉米，炕土上山药。

骨灰上棉花，狗粪上菜瓜。

麦浇芽子菜浇花。

苞谷抓把粪，越长越来劲。

肥料不得早，谷子长得好。

底粪麦子苗粪谷，铺粪麦子耩粪谷。

麦里胎里富，粪少靠不住。

麦在灰里滚，收成靠得稳。

三追不如一底，年外不如年里。

年外不如年里，年里不如掩底。

小麦年前施一盏，顶过年后施一担。

要想韭菜好，只要灰里找。

土豆上灰好，块大质量高。

蚕豆不要粪，只要灰里困。

蚕豆一把灰，角角起堆堆。

做瓦靠坯，种红薯靠灰。

种麻没有巧，勤上水粪多锄草。

种麻本无巧，只要冬吃饱。

草子开上两棚花，正好下田去耕耙。

好花结好果，好种长好稻；好种出好苗，好花结好桃。

好种出好苗，好葫芦锯好瓢。

什么种子什么苗，什么葫芦什么瓢。

种不好，苗不正，结个葫芦歪歪腚。

良种种三年，不选就要变。

一粒杂谷不算少，再过三年挑不了。

三年不选种，增产要落空。

种地不选种，累死落个空。

种子不纯，坑死活人；种子不好，丰收难保。

种子买得贱，空地一大片。

好种长好苗，坏种长稗草。

种子不选好，满田长稗草。

千算万算，不如良种合算。

谷种不调，收成不好。

种子年年选，产量节节高。

火越扇越旺，种越选越强。

谷种要常选，磨子要常锻。

稻种换一换，稻谷多一担。

麦种调一调，好比上遍料。

一要质，二要量，田间选种不上当。

地里挑，场上选，忙半天，甜一年。

种怕水上漂，禾怕折断腰。

家选不如场选，场选不如地选。

场选不如地选，地选还要粒选。

种子经风扇，劣种容易见；种子经过筛，幼苗长得乖。

种子粒粒圆，禾苗根根壮。

宁愿饿坏肚肠，不叫断了种粮。

选种没有巧，棵大穗圆粒子饱。

选种要巧，穗大粒饱。

谷三千，麦六十，高粱八百是好的。谷三千，麦六十，好豌豆，八个籽。

麦打短秆，豆打长秸。麦收短秆，豆收长穗。

苞谷种不晒，一冬必得坏。

宁要一斗种，不要一斗金。

麦要浇芽，菜要浇花。

处暑根头白，农夫吃一赫。

稻如莺色红，全得水来供。

寸麦不怕尺水，尺麦但怕寸水。

樟树落叶桃花红，白豆种子好出瓮。

立冬蚕豆小雪麦，一生一世赶勿着。

旱插，早活；快长，快大。

不怕天旱，只怕锄头断。

六月到，卖棉被，买灰料。

会插不会插，瞅你两只脚。

买种百斤，不如留种一斤。

七月秋，里里外外施到抽。

一季草，两季稻，草好稻好。

夏至后压，一担苗，一担薯。

会种种一丘，不会种种千丘。

花草田种白稻，丘丘有谷挑。

千处粪田，不如一处来粪秧。

立秋前早一天种，早一天收。

破粪缸，不用甩，壅田多餐饭。

种田不施肥，你骗它，它骗你。

荞不见霜不老，麦不吃风不黄。

要想多打粮，苞谷绿豆种两样。

种种甘薯种种稻，产量年年高。

头麻见秧，二麻见糠，三麻见霜。

春插时，夏插刻；春争日，夏争时。

养了三年蚀本猪，田里好来勿得知。

吃了寒露饭，单衣汉少见。

吃了重阳饭，不见单衣汉。

吃了重阳糕，单衫打成包。

重阳无雨一冬干。

大雁不过九月九，小燕不过三月三。

寒露时节人人忙，种麦、摘花、打豆场。

上午忙麦茬，下午摘棉花。

寒露到霜降，种麦就慌张。

品种更换，气候转暖，寒露种上，也不算晚。

早麦补，晚麦耩，最好不要过霜降。

秋分早，霜降迟，寒露种麦正当时。

豆子寒露使镰钩，地瓜待到霜降收。

豆子寒露动镰钩，骑着霜降收芋头。

寒露到，割晚稻；霜降到，割糯稻。

棉怕八月连阴雨，稻怕寒露一朝霜。

留种地瓜早收藏，着霜瓜块受冻伤。

零星时间莫白过，有空就把饲草割。

劳动间隙把草割，不愁攒个大草垛。

九月树种已成熟，抓紧采集莫延误。

一月小寒接大寒，备肥完了心里安。

二月立春雨水连，积肥选种莫迟延。

大暑小暑七月间，及时中耕莫放松。

十月寒露和霜降，各种作物齐登场。

七月大暑小暑边，夏收夏种双抢时。

清明谷雨农事忙，采茶养蚕栽薯秧。

五月立夏小满来，中稻插秧薯苗栽。

合理密植真正好，光长禾苗不长草。

密植好，密植强，合理密植多打粮。

谷宜稀，麦宜稠，高粱地里卧下牛。

行船防滩，作田防旱。

春旱不算早，秋田旱一半。

宁荒一条，不荒一块。

春荒不要懒，防荒多生产。

孩儿不教不成人，庄稼不管无收成。

书要精读，田要细管。

光栽不护，白费工夫。

三分在于种，七分在于管。

有收无收在于种，多收少收在于管。

田间管理如绣花，一针一线不能差。

田有四只角，全靠人来作。

若要庄稼好，天天起个早。

田里一天走三次不算多，亲戚三年走一次不为疏。

人不勤，地不灵。

人养地，地养人，锄头底下出黄金。

锄头底下三分水。

涝助田，旱锄田。

麦锄三遍面满斗。

春天多锄一遍，秋天多打一面。

锄头底下减旱情，锄头口上出黄金。

过锄无荒田，锄下三分水，犁上一层粪。

春天栽树要早，夏天灭虫要了。

治虫没巧，治早，治少，治了。

开春杀一虫，强于秋后杀百虫。

除虫如除草，一定要趁早。

一亩不治，百亩遭殃。

耕地过冬，虫死土松。

寒露到立冬，翻地冻死虫。

若要来年害虫少，今年铲尽田边草。

田塍三面光，害虫无处藏。

一人一把火，螟虫无处躲。

烟叶肥皂，治虫良药。

别看蛤蟆这么丑，却是种田人的好帮手。

一粒粮食一粒金，颗粒还家要当心。

拿到场里算庄稼，收到家里算粮食。

一年劳动在于收，谷不到家不算收。

缺口不管好，有水也跑掉。

水养一条线，旱荒一大片。

百物土中生，土能生万物。

万物生于土，万物归于土。

保土必先保水，治土必先治山。

不下百籽，不打百担。

宁愿饿死老娘，不要吃了种粮。

吃了十粒种，失了十日粮。

种子年年选，产量年年高。

选种忙几天，增产一年甜。

三年不选种，增产要落空。

作田不换种，累得背打拱。

要想来年长好棉，今年白露田边选。

一要质，二要量，田间选种不上当。

盐水选了种，收获多几桶。

筛选水选籽粒好，泥水选种苗子旺。

片选不如穗选好，穗选种子质量高。

三十五天晚稻秧不老，二十五天早稻老了秧。

耕地没巧，粪要上饱。

粪肥土，土肥苗。

七十二行农为首，百亩之田肥当先。

大海不嫌水多，庄稼不嫌肥多。

庄稼行里不用问，除了人力就是粪。

鱼靠水活，苗靠肥长。

油足灯亮，肥足苗壮。

一堆粪，一堆粮；一个粪蛋蛋，一碗米饭饭。

春天比肥堆，秋天比谷堆。

庄稼要好，犁深肥饱。

菜没盐无味，田没肥无谷。

做买卖比本钱，种庄稼比上粪。

黄八成，收十成；干十成，收八成。

椿树开花，麦子到家。

麦熟一晌，蚕老一时。

大麦上场，小麦发黄。

夏收秋忙，绣女出房。

麦熟不宜留，留下掉光头。

谷收九成熟，不收九成丢。

麦黄不要风，久风没收成。

出土到开花，八九就到家。

要有红苕吃，地要挖一尺。

谷子上了场，豆子着了忙。

及时不过场，麦子土里扬。

先收低田后高田，收了阳山收阴山。

麦捆根，谷捆稍，芝麻捆在正当腰。

摘不尽的棉花，磕不尽的芝麻。

会扬场，一条线，不会扬场满场散。

259

麦碾节，豆碾蔓，菜籽碾得稀巴烂。

不怕庄稼长得差，就怕收获不细法。

一年辛苦在于秋，谷不入仓不算收。

运到场里算庄稼，收到囤里算粮食。

2. 林业谚语

一年富，拾粪土；十年富，栽果树。

不栽树，是荒山；栽上树，是宝山。

山光光，年年荒；光光山，年年干。

人活脸，树活皮；树剥皮，死无疑。

树多水多，水多粮多。

十年栽树，百年受益；前人栽树，后人歇凉。

要想除灾，多栽果树；造林植树，穷能变富。

深栽实砸，扁担发芽。

条子要青，苗子要新。

造林一时，管护一世。

只栽不管，打破金碗。

树成林，粮棉丰。

山上披绿装，粮食堆满仓。

家有十亩园，能抵百亩田。

家有百棵桐,全家不受穷。

荒山变绿山,不愁吃和穿。

绿了荒山头,干沟清水流。

农田林网化,防风又固沙。

要叫风沙固,山川得有树。

要保河堤固,莫砍堤边树。

立春好栽树,立夏好剪技。

岁首交春时,栽树刚合适。

秋栽树宜晚,要等叶落完。

杨柳下河滩,榆杏上高山。

沙里多栽杨,泥里多插柳。

核桃避风山,刺槐向阳弯。

椿树守崖头,桑树栽堤边。

栽树如种田,管树如管棉。

常除病虫害,树木长得快。

牛羊不入山,树木长得欢。

树满沟,树满坡,生财之道门路多。

一栽苹果二栽杨,又娶媳妇又盖房。

谁家能有十亩果,不愁没有好老婆;谁家能有十亩林,媳妇就会寻上门。

治理荒山不栽树,有水有土保不住。

林上多栽杨柳桑,不怕夏天出太阳。

井成群,树成林,黄沙窝里不起尘。

人留子孙草留根，山里没树不养人。

山前向阳地温暖，春栽宜早秋宜晚。

冬栽松，夏栽柏，栽一百，活一百。

松树渴死不下水，杨柳淹死不上山。

杨柳栽到盐碱窝，活的没有死的多。

沙土枣树黄土柳，风吹树挡沙不走。

沙地枣树河边柳，百棵能活九十九。

杨栽小，榆栽老，桑栽骨朵成活好。

疏栽桐，密栽松，不懂特性白费工。

栽树要记原方向，向阳肯活又肯长。

花椒下种牛粪拌，出苗又壮又齐全。

一年之计莫如种谷，十年之计莫如种树。

春季造林成活多，大好时机莫错过。

春天一刻值千金，植树季节不等人。

眼前富，挑粪土；长远富，多栽树。

干劲足，荒山发；干劲大，顽石怕。

多植树，广造林；现在人养树，日后树养人。

要得聚宝盆，荒山变绿林。

无灾人养树，有灾树养人。

若要地增产，山山撑绿伞。

山上没有树，庄稼保不住。

村有千棵杨，不用打柴郎。

栽树忙一天，利益得百年。

村上无树锅不开，四方绿化沙不来。

山区平原搞绿化，风沙旱涝都不怕。

四处栽树绿化，风沙旱涝不怕。

植树把林造，抗旱又防涝。

要想风沙住，地上多栽树。

绿了荒山头，山谷清水流。

山坡把树抚，好比修水库。

治水先治山，治山先栽树。

山岗多栽树，水土不下流。

山上绿幽幽，泉水不断流。

圩堤多栽树，汛期挡浪头。

河边树成排，不怕洪水来。

树木连成片，不怕涝和旱。

城镇变绿海，除尘少公害。

林带林网，赛过铁壁铜墙。

葡萄斗地能顶粮，枣柿顶粮度饥荒。

多栽花来广种草，延年益寿增产富。

植树种草两件宝，农业生产离不了。

不种树不种草，人无粮吃畜无草。

年年植树不断线，万里江山变乐园。

种下千棵树，代代子孙富。

家有百株树，不愁吃穿住。

旱地栽枣树，强似喂母猪。

若想田增产，山上撑把伞。

泡桐像把伞，五年好锯板。

栽个花果山，强似米粮川。

荒山变林山，不愁吃和穿。

房前屋后种满竹，三年以后换新屋。

人人护林又栽树，国富家富代代富。

黄土高原不栽树，水土永远保不住。

气候干燥雨量少，下游断流少不了。

山上毁林开了荒，山下农田必遭殃。

沿山沿水不栽树，有水有土保不住。

山上毁林开荒，山下必然遭殃。

桃三杏四梨五年，枣树当年还本钱。

桃三年杏四年，李子核桃各五年。

枣子当年见现钱，香蕉明年把本还。

柑橘最迟八九年，硕果累累酸又甜。

鸡年栽下速生杨，兔年娶回大姑娘。

荒地不开年年荒，栽树像办小银行。

清明前后多栽树，大好时光莫忘记。

一年四季可栽柳，看你动手不动手。

春栽杨柳夏栽桑，正月种松好时光。

立春雨水到，早起晚睡觉；栽上百棵树，添个打柴郎。

立春好栽树，夏季好接枝；立春接桃李，惊蛰接梨柿。

冬天栽树树正眠，开春发芽长得欢。

清明时节雨纷纷，植树造林正当劲。

竹子无皮，四季能移。

杨柳下河滩，榆杏上半山。

干榆湿柳水白杨，桃杏栽在山坡上。

山脚板栗河边柳，荒岗滩上植乌桕。

高山松树核桃沟，溪河两岸栽杨柳。

背风向阳栽干果，沙杨土柳石头松。

涝梨旱枣水栗子，不涝不干宜柿子。

向阳石榴红似火，背阴李子酸透心。

向阳好种茶，背阳好插杉。

三九四九，栽杨种柳。

正月中，好栽松；正月尾，好栽桂。

植树造林要适宜，季节土壤要调剂。

过河要搭桥，栽树要育苗。

要想栽好树，先得育好苗。

条儿要青，苗儿要新。

苗要种好，树要根好。

植树苗放正，深埋土上紧。

种树有诀窍，深埋又实捣。

移苗有诀窍，莫让苗知道。

起苗不伤根，土要踏得紧。

移苗带老土，活棵就发粗。

三分种树七分管，十分成活才保险。

要叫树成林，把好护林关。

光栽不护，白费功夫。

人怕伤心，树怕伤根。

生儿生女靠教养，植树造林靠抚育。

三分造，七分管。

树不樵不长（樵：剪枝），苗不锄不齐。

儿不抚养不成人，树不抚育不成材。

养儿不育不成人，栽树不管不成荫。

集体栽树不上心，只栽不管怎成林。

自家栽树心意诚，看管精细成材林。

造林必护林，国强民也富。

农家富不富，先看宅旁树。

为了河堤久，多栽垂杨柳。

一道林木墙，绿化又增粮。

要想把沙固，莫砍河岸树。

造林即造福，栽树即栽富。

只有多栽树，农业迈大步。

好树结好籽，好籽长好苗，好苗成良材。

三分栽，七分管，一栽就管活得快。

要得树长大，三年不离锄头把。

今年栽下一棵桃，他年果子吃不了。

今年种下一株槐，来年柴火不用买。

栽桑植桐，子孙不穷。

门前屋后多种枣，年年小孩肚皮饱。

山脚板栗长，屋里米饭香。

若要树苗长，隔山听锄响。

种竹无时，雨后就宜。

正月种竹，二月种木。

山坞好插杉，山顶好栽松。

种竹怕春知，插杉怕雨来。

三九四九，沿河插柳；七九八九，种花栽果。

造林不育林，等于白费劲。

苗不护不青，林不护不盛。

桐油桐，年年要动，一年不动，产量落空。

林整地，当得施肥。

小孩要养，小树要修。

娶亲看娘，禾好靠秧。

苗多欺草，草多欺苗。

杨树长了三年不必喜，柳树枯了三年不必忧。

故乡在工布，所耀唯松树。

若想地上吃桃子，就要地下栽桃树。

砍伐多了要断柴，种植多了才能砍。

繁茂的柳条虽多，能作直天的很少。

柴房虽是空空，后山却有树林。

不栽果树，哪来果子。

根儿不烂叶不干。

树尖未干枯，树根未腐烂。

栽树要早，莫让春晓。

造林不整地，如同做游戏。

造林先炼山，如同肥上山。

山坞，背阳好播杉；山顶，向阳种松茶。

冬天栽树树正眠，开春发芽长得欢。

树木成林，风调雨顺。

林满坡，谷满仓，乐得人人笑呵呵。

采什么种，育什么苗，造什么林。

栽杨插柳，十年就有。

荒山成了林，得了聚宝盆。

多栽树，风沙住。

造林封山，防涝防旱。

山上树木光，山下走泥浆。

增产不离猪，防灾不离树。

西北风，莫栽松，栽松不成功。

树大根深，山高谷深。

春栽树，夏管树，秋冬护理别马虎。

杨要稀，松要稠，泡桐地里卧群牛。

槐栽骨朵柳栽棍，杨条入地就生根。

城镇遍植树花草，空气清新公害少。

林带用地一条线，农田受益一大片。

水是农业的命脉，林是雨水的源泉。

山上郁郁葱葱，山下畜壮粮丰。

筑堤不栽树，风浪挡不住。

树木成林，雨水调匀。

河边栽柳，河堤长久。

山区要想快变富，发展林果是道路。

宅旁果木长，胜似小粮仓。

书斋无花不成宅，农家无树不成户。

培植一亩林木园，胜种十亩禾粮田。

一年之计要种谷，十年之计要种树。

洼地栽刺槐，棵棵要失败。

松树栎树老对头，柏树柑树难聚首。

洋槐独霸地痞头，千树万树掉头走。

核桃苹果世代仇，生是冤家死对头。

松要齐，杉要剃，桐要稀。

花儿被霜打，无望有果实。

控拔之后再不载，怎能继续有树拔。

树尖未干枯，树根未腐烂。

十年之计，莫如植树。

造林五年，财神来见。

要想富，多种树。

四年椽子，十年檁子。

松林不砍，流水不断。

治穷致富，多多植树。

植树造林，防沙去尘。

荒山戈壁滩，植树造林改容颜。

植树种花草，景美人不老。

城市树要多，防尘减噪声。

树木葱茏，泉水叮咚。

春天栽树，秋天砍柴。

栽树一朵光荣花，砍柴一朵光荣花。

砍林容易栽树难。

修树茬要干，长快不生虫。

树苗发了芽，栽了也白搭。

挖大坑，栽当中，根舒展，踩实成。

荒山变绿山，不愁吃和穿。

山林松柏青，胜过捡黄金。

有林泉有水，天旱树荫山。

绿了荒山头，干沟清水流。

栽树在河畔，防洪保堤岸。

一堵防风墙，十年丰收粮。

无灾人养树，有灾树养人。

牛羊不入山，树木长得欢。

砍了前人树，砸了后人锅。

要栽松杉柏，不让春晓得。

春知柏不活，雨来杉不生。

种竹怕春知，栽杉怕雨来。

立春没断霜，插柳不相当。

北栽四季青，南栽落叶林。

向阳好种茶，背阴好插杉。

洼地栽刺槐，十栽九失败。

要它松树长，隔山听到响。

起苗不伤根，栽树要挖坑。

移苗没得窍，不让苗知道。

移栽不浇水，只当活见鬼。

种桐如种田，管桐如管棉。

大树倒一根，小树倒一槽。

柯杉不留桩，柯松留长桩。

要想桐树结，不让叶打叶。

松树不怕干，柳树不怕淹。

家有一园竹，万事不发愁。

不种今年竹，不吃来年笋。

竹子不上粪，闲土要三寸。

春夏不砍竹，六腊不剐棕。

家有果树园，手头不缺钱。

栽树盼结果，结果防早衰。

造林即造福，栽树即栽富。

保树盖荒山，不愁吃和穿。

穷山恶水，青山绿水。

刀口朝下，切口向上（插枝的方法）。

木对木，皮对皮；皮对皮，骨对骨。

种树无它巧，只要用力敲（根土要实）。

三分造，七分管，成林有保险。

栽一株活一株，树林里面出珍珠。

正月（栽）竹，二月（栽）木。

栽松不松，栽竹不筑（不实）。

一年青，二年紫，三年四年死（指紫竹）。

竹蝗过三趟，毛竹便吃光。

油茶是个宝，吃用不可少。

油茶不刈草，一世枯到老。

若要茶，十月挖（中耕）。

柴刀锄头动得勤（中耕），茶子沉沉满树林。

一年不挖（中耕）地长草，两年不挖树减产。

吉凶无定凭，全仗人去行。

植树造林，富国富民。

家有寸材，不可当柴。

一年之计莫如种谷，十年之计莫如种树。

路是人开，树是人栽。

栽树忙一天，利益得百年。

绿化赛过宝，一宝变百宝。

城镇变绿海，除尘少公害。

角头角脑栽一棵，足够养个老婆婆。

3.　牧业谚语

勿用看我家，只要看我山上花。

家种千株树，一世勿穷苦。

人留子孙草留根，山无树木不养人。

若要富，竹茶兔。

种树造林，莫过清明。

千年针松一根柱，十年檫树好打船。

千年海底松，万年燥搁枫。

养猪勿赚钱，回头看看田。

相相量量，养只猪娘。

要吃饭牵风箱，要钞票看猪娘。

牛有千斤力，勿可一时逼。

水稻是米缸，席草是钱庄。

日里席机头，夜里活猁头。

贝母一袋谷一船。

席背一掼，下饭一篮。

小满不上山，斩斩喂老鸭。

上山一蓬烟，下海一餐鲜。

春发作，夏财主，秋落魄。

三寸板里是娘房，三寸板外是阎王。

上山怕虎，落海怕雾。

潮水涨，晒白鲞；潮水落，偷鸡吃。

会捕捕一万，勿会捕捕一篮。

湿网燥箍笭，老婆眼白多。

老大勿识潮，伙计有得摇。

杀牛不如挤牛奶。

畜棚牛圈面朝南，夏挡热来冬防寒。

牛怕肚底水，马怕满天星。

圈要干，槽要净，防止牲畜传染病。

寸草铡三刀，无料也添膘。

有料无料，四角拌到。

牛怕西北风，有棚过好冬。

庄稼老汉喂牛马，晴天出栏勤晒刮。

草膘料肥水精神，添加食盐更有劲。

牛怕栏里水，水多烂牛腿。

牛喂三九，马喂三伏（指最难喂养的时候）。

不怕使十天，就怕猛三鞭。

渴不急饮，饿不急喂。

不怕千次使，就怕一次累。

牛马要把胎来保，千万莫喂霉烂草。

草水喂到，胜似加料。

马抖毛，牛倒沫，就是有病也不多。

好马不睡，好牛不站。

猪吃百样草，看你找不找。

温食暖圈，一天一夜长斤半。

草喜清，鲢喜绿，肥水里边养胖头鱼。

养鱼如绣花，一针不能差。

鱼长三伏，猪长三秋。

清明到霜降，鱼类生长旺。

养鱼没有窍，饵足水质好。

牧人爱喝酒，羊儿被狼抓。

牧羊老人最辛苦，赶羊鞭子是伴侣。

牧人能够稳坐，羊群自会返回。

夏日要挤奶，冬日得养牛。

春天把羊当病羊赶，赶得太快会害其命。

熟能生巧事事通，牧人擅长抛石子。

马牛羊儿饰山峰，麦斗青稞饰田野。

二头牦牛艺抬杆，瞬间犁翻黑土地。

奶牛不吃是一口，牧人不走是一步。

不养小羊小羔，哪有肥壮大羊。

羊皮长袄虽美丽，许多小羔送性命。

犏牛虽好是黄牛类，牦牛虽劣是野牛类。

黄金骏马是上师坐骑，青灰劣马是魔鬼坐骑。

牧羊老哥打着盹儿，雪白羊群绕山归来。

雨后必会出太阳，牧牛人儿会愉快。

山羊虽爬山，夜间宿岩窟。

放下秋收去牧羊，秋天羊儿多灾难。

一寸草，铡三刀；不喂料，也上膘。

冬拌草，干缕缕；夏拌草，湿溜溜。

要得富，多养猪；人养猪，猪养田。

母猪好，好一个；公猪好，好一窝。

农家要变样，六畜要兴旺。

宁缺一把草，不缺一口水。

牲口使得勤，草料喂均匀。

交九不加料，春天甭想套。

宁让槽等草，不让草占槽。

牲口苦耕田，冬天要喂盐。

畜槽勤洗刷，畜口勤扫刮。

骡马下了套，莫忘溜溜道。

草前不饮水，喂饱不打滚。

小孩打个盹，牲口打个滚。

春季毛眼空，拴牛要背风。

牛怕走冰道，马怕拉沙滩。

牛有千斤力，猛使伤筋皮。

羊赶十里饱，牛赶十里倒。

老牛不倒嚼，肝胃有病灶。

牛鼻不出汗，可能有病患。

老牛尾巴绕，肚里有虫咬。

牛耳不太摇，赶快去治疗。

清明至芒种，乳牛宜配种。

母牛生母牛，四年五头牛。

肚大奶头大，不久就要下。

产前四十天，不要急转弯。

前档能放斗，后档放下手。

上要一层皮，下要四只蹄；前要胸膛宽，后要屁股齐。

嘴形如老虎，牛角如铁锥。

寸骨一寸力，犁地快如飞。

五岁生六牙，六岁出边牙。

七摇八不动，九岁如钉钉；十岁裂开缝，十二牙提升。

马吃过肠草，夜不立空槽。

牛有病便稀，马有病不尿。

鸡是盐罐罐，猪是线串串。

养猪又养羊，好比小银行。

养猪不见钱，地里看一看。

喂饱不喂饱，饮水不能少。

勤耕种五谷丰登，勤饲养六畜兴旺。

牛吃香毛马吃蒿，骡子爱吃四股草。

干草铡成细瓣瓣，牲口喂成肉蛋蛋。

畜棚坐北面向南，夏遮阴凉冬抗寒。

要想猪鸡不得瘟，及时要打防疫针。

配种后，要照管，防止母牛流了产；轻使唤，慢转弯，不套碾磨不驾辕；忌惊吓，莫受寒，千万不敢打冷鞭。

驴嘴弹，牛叫唤，马寻驹时吊线线。

短脖骡子长尾巴，拽犁拉耙力气大。

一岁牙，三岁口，两对牙，四岁有。

五岁六岁边牙现，七咬门龋八咬边。

上山骡子平川马，下山毛驴不用打。

七骡八马牛岁半，要使好驴得二年。

干饲喂，清水饮，不稀不稠喂几顿。

一个猪娃不吃糠，两个猪娃吃得香。

夏天给猪要洗澡，冬天给猪要铺草。

母羊一天三顿饱，一年能下一对羔。

4. 副业谚语

抓好三坊，自有余粮。

要想致富，广开门路。

养兔要快，一年七代。

养鸡养鹅，喜煞公婆。

鸡吃活食，鸭吃死食。

养鸡养蚕，利在眼前。

春蚕宜火，秋蚕宜风。

养蜂养鱼，吃穿有余。

家有鱼塘，来客不忙。

鱼见生水，如子见母。

人冷穿衣，鱼冷穿草。

种桑三年，采桑一世。

今年栽竹，明年吃笋。

正月种竹，二月种木。

清明笋长，谷雨笋长。

栽竹无时，雨过便移。

养鱼要养猫，猫好价值高。

兔窝经常晒，兔娃长得快。

要兔长得好，不喂露水草。

水食不间断，母鸡爱下蛋。

小麦发了黄，农家养蚕忙。

白露不放蚕，放蚕干瞪眼。

惊蛰不放蜂，十箱九箱空。

下雨好捕鱼，刮风莫放蜂。

用兵先囤粮，养蚕先栽桑。

要得家中有，采药不离手。

要想把福享，药筐不离膀。

鸡抱鸡，二十一；鸡抱鸭，二十八；鸡抱鹅，不敢挪。

三月鸡，叽叽叽；三月鹅，背上驮。

百日鸡，正好吃；百日鸭，正好杀。

清明蛾，谷雨蚕。

水太凉，鱼不长。

庄稼户，三件宝，鸡飞猪咬羊娃叫。

鸡鸭鹅兔一大群，吃穿零花不求人。

选兔窝，要记清，既要向阳又背风。

男采桑，女养蚕，四十五天就见钱。

种竹养鱼百倍利，栽桑养蚕当年益。

宁叫蚕老叶不尽，不叫叶尽蚕不老。

两亩瓜田一箱蜂，日常家用花不清。

空闲地，种药材，源源不尽收入来。

闲时麦秆掐帽缏，编张芦席换银钱。

柳编簸箕槐编筐，玉米皮编花样样。

坚诱于饥馑，毷氉降价售。

养猪不只为油盐，积攒猪粪好种田。

养猪没有窍，只要窝干食饱。

养猪不赚钱，可肥屋后一丘田。

要想富，少生孩子多养猪。

囤里有余粮，圈里有银行。

小猪养三口，省了背粪篓。

猪脚底下不是烂泥，不信把它送进田里。

靠田吃不饱，再凭养猪找。

庄稼汉，一年收入两头算，猪一半，粮一半，不养猪，没法算。

零钱凑整钱，吃肉又肥田。

农业牧业连环套，养猪肥田最重要。

羊粪当年劲，猪粪年年劲。

猪粪属冷，肥力长久。

猪多肥多粮食多，福多钱多喜事多。

人养猪，猪养田，田养人。

七十二行，不如喂猪放羊。

若是算计通，养几头猪过冬。

养猪栽桐茶，十年大发家。

养猪栽梧桐，一辈吃不穷。

畜猪养塘，利息到堂。

种地不养猪，必定有一输。

多养鸡鸭多养猪，拆掉旧房盖新屋。

有猪有牛，攒粪不愁。

不养猪，不养牛，田里好比硬石头。

不养猪鸡鸭，肥料无处发。

猪是本钱粪是利，养猪三年加十倍。

大粪三千石，肥猪八百千。

贫不离猪，富不离书。

种田不养猪，好比秀才不读书。

教子不离书，种田不离猪。

喂猪强过喂狗，养花不如养柳。

养猪不费难，零钱凑整钱。

养猪拾不赚钱，小钱变大钱。

猪亏了本，看田不后悔。

家有母猪近百头，何须再当万户侯。

养猪积肥吃肉，还有皮衣皮裤。

猪是满身宝，谁也离不了。

猪毛虽然少，攒多换件袄。

农具下乡，肥猪进城。

有猪不怕没粮，有粮不怕饥荒。

土地是农业的父母，猪羊是致富的帮手。

猪粪高粱羊粪谷，糜黍上炕土。

猪粪如金土，换来满仓谷。

深耕密植上猪粪，多打粮还有剩。

三车草粪，不及一车猪粪。

养猪肥了田，不愁兜没钱。

第一年猪吃人的口份，第二年猪吃猪的本份，第三年人吃猪的利份。

猪靠粮养，粮靠粪长。

猪儿喂得好，地里庄稼差不了。

灶里无柴难煮米，囤里无米难养猪。

肥是奶，地是孩，养猪造粪两周全。

不空猪栏子，不愁粪盘子。

猪多不怕土地薄，不信等到秋到瞧。

为农之道土与肥，富家之策养畜禽。

农业生命线，养猪助一半。

千条路，万条路，养猪是条富裕路。

办赌场，不如办猪场。

赌场一年输个光，猪场一年钱满箱。

光靠种田难致富，带上养猪万元户。

要想富，多修路，养出肥猪好卖肉。

要想富，多植树，少生孩子多养猪。

怀揣老头票，不如买猪圈里闹。

没猪肉的日子，就是没有趣的日子。

种田不养猪，守着瘦苗哭。

若要富，养猪磨豆腐。

若要穷，提鸟笼。

若三年不养猪，穷去不得知，三年不饲牛，穷去不知头。

猪为家中宝，粪是地里金。

大户人家积谷，小户人家养猪。

猪马牛羊，没有白养。

农民种田靠栏头，要得庄稼好，须在猪上找。

种田不养猪，十有九年输。种田不养猪，算账三头输。

农家没养猪，好像人寡居。

栏内无猪，田中无谷。

空在猪栏里，穷在稻田里。

种田有谷，养猪有肉。

猪肥出肉，田肥出谷。

圈里没有猪，守着庄稼哭。

养猪不蚀本，田里有收成。

养猪不赚钱，肥了屋后一块田。

养了三年蚀本猪，田里肥了无人知。

养猪不赚钱，只图灰和粪。

养猪图攒粪，赚钱是枉然。

人活九十九，莫忘养猪狗。

没有家犬猪是犬，天天为你拣剩饭碗。

猪是钱罐，装得下剩菜剩饭。

猪肉十有九人吃，畜牧养猪为中心。

猪多肥多粮多，粮多猪多肉多。

养猪得与失，看看田里知。

种树有柴烧，养猪有钱花。

不养猪没看着攒下粮，养了猪没看着缺着粮。

每亩庄稼一头猪，省得再买化肥催。

肉食用，粪肥田，猪骨猪毛还换钱。

千方百计，不如养猪种地，种田有了米，养猪有了油。

朝里有人好坐官，家里有猪好肥田。零钱拾整钱，卖猪一项钱；养猪零碎钱，冬下好过年。

茶是六月粮，猪是过年饭，猪仔是个积钱柜。

养上肥猪一口，一年油盐不愁；养得一口肥肥猪，抵上一年油盐醋。

五畜兴不兴，全在运筹中。

养兵无法度威风扫地，养猪无制度前功尽弃。

人无远虑，必有近忧；养猪不算，必有苦头。

经度五事讲用兵，养猪之算不可轻。

养猪寻起源，溯到农耕前。

天时地利皆学问，用于养猪省了劲。

魏晋养猪狗，不光满山走。

哈吃憨睡横长：人睡卖屋，猪睡长肉。

催起猪的财气，全凭人的力气。

什么样的人养什么样的猪。

人养猪，猪养人。人勤猪贪长。

猪遇勤人，早出一旬。

地怕起碱，猪怕人懒。

人懒猪如柴。说怪并不怪，人懒猪也癫。人流汗珠子，猪长肉膘子。

流了多少汗，拉出猪来看。

一勤生百巧，猪儿长势好。

勤是摇钱树，催起肥猪肚。

猪好坏，活好赖；猪儿长得好，全靠勤与巧。

猪是聚宝盆，不亏辛勤人。

猪是钱垛，全凭人摞。

一家养猪心无计，三家养猪一台戏。

养猪户多不麻烦，就怕单独自己干。

闲时莫闲，养猪积肥好种田。

大猪要囚，小猪要游。

小猪跑，大猪睡。碗里有饭，别忘猪圈。

饲料多样，定时定量。

养猪无巧，栏杆食饱。

少泼勤添，吃完再添。

每天捎把草，猪狭长势好。

精心饲养，猪儿贪长。

精心饲养细照料，胜过花钱买精料。

不怕猪儿生长缓，就怕不去精心管。

猪是聚宝盆，聚不聚宝全在人。

若要猪无病，必须要四净（水、槽、料、身）。

冬季有温圈，一年两茬半。

肚大奶头大，不久就要下（母猪产兆）。

备圈备在冬天，抓猪抓在春天。

秋搞小秋收，来年好喂猪。

今年粮满仓，明年猪满圈。

冬天起好圈，春来少流汗。

春猪抓个早，到头效果好。

春来早抓一时，秋来早出十天。

春早抓猪早出圈，玉米麸子省一半。

春早抓猪早出圈，天冷之前把账算。

正月猪，五月牛。

春天日光照，省下一月料。

春早一两月，顶过一个冬。

春早三日看不见，算算早出一月半。

新劁猪，不喂糠，喂糠粘肠不生长。

粗料细调喂得热，猪仔爱吃易长膘。

养猪要多算，不会的难堪。

宁让猪价贵，莫嫌猪槽闲。

民猪长不大，引种约克夏。

引种长白，要发大财。

市场开出口，养猪跟着走。

多找信息多学艺，养猪之道有高技。

根据兜的钱，打算养猪盘。

将讲五德全，养猪讲五严（严格的规章制度）。

小猪买进栏，精心饲养是算盘。

猪料加猪底，剩下全归你。

柳条打骨朵，小猪进圈打呼噜。

沃土好种地，春天好育猪。

人心用在猪身上，猪恩用在人身上。

马不吃夜草不肥，猪儿不贪睡不肥。

地有灵气，猪有壮气，人有财气，三气盛大钱挣。

养猪要致富，高科来帮助。

养猪要发财，科技跟上来。

养猪事业要兴起，靠种，靠料，靠管理。

谷靠肥催，猪靠谷催。

养猪要精心，管理要程序。

初生差一两，断奶差一斤，出栏差十斤。

夜并昼不并，留弱不留强，拆多不拆少。

饲料不稳定，旺食也费劲。

宁缺一天料，不缺一天水。

养猪要发展，先过繁殖关。要想繁殖好，人工授精请做好。

牲畜能顶半个家，没有牲畜就抓瞎。

养牛造肥养羊富，养活骡马壮门户。

羊的一身全是宝，点草成金养羊好。

饲养牲畜有一巧，花草花料要记牢。

搭配饲料有一巧，四分之一不可超。

开花草，营养好，一口一个膘。

养羊怕三换：换人、换口和换圈。

草料忌猛变，羊倌怕常换。

饲料突变，饥饱难断。

一惊三不长，三惊久不食。

亡羊赛野马，飞鸟能惊群。

能吃看嘴，能走看腿。

上要一张皮，下买四个蹄。

相媳妇看姨子，要牲畜看蹄子。

羊吃遍地草，全凭四蹄找。

背宽腰平箆子宽，羊不上膝怪人懒。

背宽腰平，留种才行。

牛看犄角羊看嘴。

公羊肚子紧，一配一个准；肚大似个球，可杀不可留。

前看两只腿，后看四个蹄。

头大屁股尖，能吃不长肉；头小屁股圆，长肉还不馋。

乳房大，奶当家；乳头大，羔不差。

母羊肚子宽，奶多胎儿安。

饲料饲料，拣净筛好。（陕西）

圈干槽净，牲口没病。（福建）

暑伏不热，五谷不结；寒冬不冷，六畜不稳。

四蹄不定，必定有病。

上槽不饮水，下槽不打滚。

割草三大好：省料、省钱、牲口饱。

高山没有不长的，大海没有不生鱼的。

先喂一捆草，再饮吃得饱。（河南）

寸草铡三刀，无料也上膘。

高抬猛按，铡草不用好汉。

刮风拾栏，下雨铡草。（甘肃）

青草晒干当饲料，牲口吃了肯起膘。（甘肃）

冬天的料，夏天的力。

食水加盐等于过年。

春放阴坡夏放凉，秋放山洼冬放阳。（四川）

冬放洼塘夏放岗，秋放山阴春放阳。（黑龙江）

牛发情吊线，驴发情嘴拌，猪发情跑圈。

要想牲畜配得准，母畜发情时间要拿稳。

猪叫三天，牛叫就牵。

有架无膘不发育，有膘无架产仔少（指猪）。

老配早，少配晚，不老不少配中间。

母猪两次配，生育可加倍。

马配马，一对牙（二岁就可配种）。（河南）

霜降配羊，清明分娩。

羊无空肚（一年要下几次）。

羊子养羊子，三年一房子。

母牛下母牛，三年五头牛。（华北）

养兔快，一年一代。

农家实在好，样样都是宝。

养猪不上算，请到地里看。

养猪不赚钱，回头望望田。

豆渣喂猪，越吃越粗。

猪吃百样草，煮熟效更高。

弯脚黄牛直脚猪。

前要一个嘴（能吃），后要两条腿（能跑）。

腿短身子大，还要小尾巴。

母猪好，好一窝；公猪好，好一坡。

兔一（怀孕一月生仔），猫二，狗三，猪四，羊五，牛十，马十一，驴一年。

数一数，一百一十五（猪怀孕期）。（华北）

猪（下）四，狗（下）三，猫对担。

牛是农家宝，有勤无牛白起早。

耕牛农家宝，定要照顾好。

寸草切三刀，无料也上膘；牛不吃饱草，拖犁满田跑。

菜不移栽不发，牛无夜草不肥。

牛房牛房，冬暖夏凉。

牛栏通风，牛力无穷。

热天一口塘，冬天一张床。（水牛）

春冷冻死牛。

要想畜生钱，要同畜生眠。

人吃牛饭，不能蛮干。（安徽）

乏牛不卧，卧牛不乏。

三岁黄牛四岁马，岁半水牛田中爬。

宽嘴宽腰，四季满膘；前脚如箭，后脚如弓。

上看一张皮，下看四只蹄，前看胸膛宽，后看屁股齐。

驼腰牛，弓腰驴。（河北）

（尾）长不快，（尾）短不快，不长不短触到膊脚盖。

耕牛有歇不饱，十七八年不老。

田不耕不肥，马无夜草不壮。（四川）

蚕无夜桑不饱，马无夜草不肥。

白天喂误事，黑夜喂长膘。

驴年，马月，猪百天（上膘）。

猫三月，狗半年，猪五羊六马一年（怀孕期）。

千里骡马一处牛（牛不服水土，只能在一地使用）。

长脖骡，长尾马，见了就买下。

先看四条腿，后买一张皮。

蹲蹄（窄蹄）骡子，扒蹄（宽蹄）马。

马看牙板，树看年轮。

驴老牙长，马老牙黄。

腰长腿细，到老不成器。

农家养了羊，多出三月粮。

家喂十只羊，不愁庄稼长不壮。（山西）

养上一群羊，不怕有灾荒。（河南）

羊百跌。

三五一百五，小羊离了母。

羊靠人放，膘靠草长。

放牛得坐，放马得骑，放羊走破脚板皮。

放羊一日三换手。草是羊的命。

羊吃碰头草。

羊儿一天，两饱一干（吃饱、喝饱，雨后毛晒干）。

羊遇下雨天，毛须烘干。

春放阴坡，夏放东西，秋放近坡，冬放高坡。

春不唉（喂盐），夏不饱；冬不唉，不吃草。

九月啖盐顶住风，伏天啖盐顶住雨。

羊喂盐，夏一两，冬五钱。

山羊怕交九，绵羊怕打春。

常年养养兔，穷家能变富。

养兔在养毛，毛好价值高。

养兔无巧，地干不喂露水草。

犬守夜，鸡司晨。

狗无寒，猫无暖。

狗记路，猫记家。

狗记三千，猫记八百。

一猫龙，二猫虎，三猫捉老鼠。

多养鸡鸭多养猪，当得良田一大丘。

每人养得三只鸡，打油买盐就不急。（江西）

家养母鸡三只，不愁油盐开支。（河南）

鸡鸭喂得全，家中有油盐。

养鸡养鹅，零钱最活。

养花不如栽柳，养鸟不如养鸡。

种树胜过栽花，养鸡胜过喂鸭。

多喂虫子多下蛋。

矮脚鸡，蛋起堆。

鸡肥不生蛋。

三月蛋，好当饭。

山林宜养鸡，水乡宜养鸭。

鸡肥鸭壮，多喂杂粮。

斗米斤鸡。

鸡是千日虫，再养就受穷。

鸡寒上树，鸭寒下水。

鸡冷上架，鸭冷下河。

春天鸡易瘟。

三斤鸭子两斤嘴。

五月的麂子六月鹿，七月的熊类八月虎。（青海）

九月的黄羊，十月的狼；九月的野狐，雪天的野鸡盲。（青海）

飞狐走兔，不见面的狼。

野鸡卧草丛，兔子卧场坎，鹌鹑落的泥塘地，黄羊跑的草山尖。

避虎逃下山，避蛇跑转弯。打猎要合作，合作办法多。

飞打嘴，站打腿。

上打脊梁下打腿，瞄准脑袋打得美。

野猪疑心大；狐狸性狡猾；狗熊性直胆子大；虎豹阴毒心虚假。

5.　渔业谚语

种田四月半，柯鱼四月半。

呒没三分真劲道，甭想迟到龙头鲓。

柯鱼人家世世穷，十口棺材九口空。

大麦鱼，鱼汛旺，大麦秆，当鲞床。

宁可荒掉廿亩稻，勿可忘吃鮸鱼脑。

东南风是鱼车，西北风是冤家。

若要富，下海涂；想发财，养紫菜。

柯冬柯春大本钿，港里拖虾赚大钱。

胀胶黄鱼泄了气，春汛小虾随大流。

老蟹还是小蟹乖，小蟹打洞会转弯。

三句话勿离本腔，岱山人常讲渔场。

黄鱼产卵岱衢洋，带鱼胎期在外甩。

风暴后期潮水好，鱼类集中易捕捞。

强人先下手，柯鱼拦上游。

做官要才智，柯鱼识潮水。

柯得来是老大，柯勿来是乱大。

张网人家做客来，勿是挑来就是抬。

四月初水忙又忙，哪有工夫进妹房。

老公张大网，老婆吃得翻大肚；柯勿来连船卖，柯得来连城买。

东风带雨勿拢洋，挫转西风叫爹娘；东风带雨勿拢洋，老大拖来斩肉酱。

上山靠勤，落海靠韧；千网万网，候着一网。

柯着渔场，卖着市场。

呆大捕，死张网，活络要算小对郎。

鱼随潮，蟹随暴。

黄鱼会叫，鲻鱼会跳，文鳐能飞，鲕鱼爱唱。

鲳鱼好缩勿缩，鳓鱼好钻勿钻。

带鱼贪吃容易钓，海蛤蚆顶懒容易柯。

乌贼扮俏肚里墨，花背河豚毒在血。

黄鱼剖鲞眼不闭，青蛙剖肚心不死。

黄鱼吃八卦，鳓鱼吃尾巴，鲳鱼吃下巴，带鱼吃肚皮，鮸鱼吃脑髓。

浮在海面是蛇，沉到海底是鲨。

梅童勿是黄鱼种，鲳鱼不是"婆子"生。

苦数虎鱼胆，鲜算黄鱼眼。

鲻鱼生性喜欢跳，海蜇娘子做花轿。

海蜇呒魂灵，小虾当眼睛；海蜇撑凉伞，鲳鳎单边眼。

乌贼吃须，螃蟹吃钳。

南风发一发，心头卤水喝；西风串一半，心头宽一宽。

潮水要涨，蟹肚脐要痒，清明货，多如屙（指小鱼小虾）。

小鱼柯光大鱼稀，眼前快乐后来苦。

鲨鱼有翅鳗无鳞，各有各特征。

九月九，"望潮（章鱼）"吃脚手。

每网一只虾，也顶老娘纺棉花。

顺风加镶边，老大吃潮烟，伙计讲聊天。

七月、八月，青蟹脱壳。

海蜇勿上矾，只好掼沙滩。

三月三，辣螺爬上滩。

敲煞龙灯鼓，摇煞拖船橹。

船老大当一世，难驶顺风兜水。

莫认为柯进网里都是鱼，花背河豚毒无比。

老人好做，西堠门难过；胡须冰白，勿晓得仇江门水法。

说话讲道理，带鱼吃肚皮。

乌贼喜灯光，黄鱼咕咕叫。

想要吃海味，请到浪岗沿。

蟹立冬，影无踪。

花鸟亮幽幽，老蟹顺水缠，小蟹顺水游。

天上鱼鳞斑，晒鲞无用翻。

柯渔船，驶顺风，一驶驶到洋鞍洋，黄鱼鳓鱼绞绞动。

老大叫兄弟，舱板快挎拢，号子打打脚蹬蹬，一网撒开就柯鱼。

正月柯鱼闹花灯，二月柯鱼步步紧，三月柯鱼迎"旺风"，四月柯鱼"洋生"讯。

小黄鱼困来，大黄鱼听来，乌贼靠摇来，带鱼靠冻来。

立冬迎佘山，立春柯大陈，坚持到春分，高产笃笃定。

摇煞蛇盘洋，困煞岱衢洋，吓煞佘山洋。

日里拖，夜里照，空落工夫放溜钓。

十二、十三早开船，十五、十六鱼满载，十七、十八回洋来。

刮过西北风，放钓莫放松；碰到小南风，地点要变动。

三水洋生回家转，沥港结伙鮸渔船。

钓鱼船头低，浪来过头飞；钓鱼船头高，浪来过头套。

三冬靠一春，三春靠一水；一水靠三潮，一潮靠三网。

光听消息，即钓一根黄鲫。

大对两根绳，越柯越热心；流网流根带，越柯越背债。

好风送渔船，坏风落竹园。

柯鱼靠三硬：人硬、船硬、工具硬。

带鱼向南跑，网要向北套。

会柯柯一万，勿会柯柯一篮。

张夏张秋，一日三潮，捕大养小，吃用勿光。

打仗占高山，柯鱼占上风；驶船驶上风，柯鱼柯上轴。

十二、十三喜上洋，十八、十九鱼满舱。

谷雨到渔场，立夏赶卖场。

早柯重早拢洋，冰鲜弄里早空省；迟柯重迟拢洋，冰鲜弄里夹（挤）煞猛。

涨潮潮勿涨，渔船莫出洋。

独件布衫容易破，独顶渔网柯勿来。

砍柴靠刀，柯鱼靠网。

老网兜新袋，网师仔细裁。

上网要大，下网要宽。

网眼见方，带鱼逃光。

破网难遮太阳，臭鱼难晒好鲞。

拖杆要长，吊杆莫短；船大网大，体胖衣宽。

不求十全人家，但求十全船家。

拔篷起锚，各唱各号。

有柯鱼辰光，就有晒网辰光。

缭丝要活，向盘莫搁。

小对橹，擂台鼓。

港里防走锚，山边防断缭。

洗船要洗抬头纹，油船要油麻脸眼。

糠糟出猪，粪草出鱼。

小虾纷纷到岸边，鱼儿浮头到眼前。

亲鱼催产没有巧，"季节""剂量"掌握好。

拍手鱼不动，浮头不算轻。

水污鱼生病，水干鱼死净。

养鱼没有巧，饵足水质好。

一天不投喂，三天不长膘。

一草养三鲢，三鲢带一鳙。

人咳嗽，鱼下沉，浮头轻，
不要紧。

有收无收在于放，多收少收在于管。

养鱼有三防，防病防汛防泛塘。

傍晚鱼儿水中闹，很难活到明日早。

山上栽树越长越粗，罐里养鳖越养越抽。

四季不脱青（饲料），当年长三斤。

腊月雪花飞，鱼吃鸡屎肥。

寸仔斤鱼。

朝起捕鱼，夕落下种。

紧拉鱼，慢拉虾。

涨水的鱼，退水的虾。

涨水青蛙落水鱼。

捞鱼有个窍，抓住落山照。

小暑无处买，大暑无处卖。（广东）

九月吃雌（螃蟹），十月吃雄。

要鱼不发瘟，鱼塘年年清。

白天鱼行上，黑夜鱼行下。

七月上（游），八月下（游）。

鲤鱼往上游，鲫鱼往下游。

寒露霜降水退沙，秋过三天鱼南下。

钓鱼不在急水滩。

钓鱼要忍，拿鱼要狠。

鱼塘打鱼要留种，小鱼变大鱼。

涨潮吃鲜，落潮吃盐。

三月三，鲈鱼上岸滩。

四月月半潮，黄鱼满船摇。

6.　工商业谚语

开店容易守店难。

外行生意勿可做，内行生意勿可错。

货问三遍勿吃亏，路问三遍勿生头。

人无笑脸莫开店。

天下三主，顶大买主。

对折拦腰掼，零头掯掯翻。

打来辱来，蚀本勿来。

宁可做蚀，勿可做绝。

小头勿去，大头勿来。

闷声大发财，元宝奔拢来。

倒贴铜钿白吃饭，生话拨你学学惯。

一分价钱一分货。

饭店门口摆粥摊。

开了饭店不怕大肚汉。

少年裁缝，中年木匠，老年郎中。

裁缝勿落布，老婆出屁股。

木匠勿用学，榫头拷准足。

泥水一多打斜墙，木匠一多盖歪屋。

百行百弊，剃头无弊。

有手艺吃手艺，呒手艺吃淖泥。

家有千金，勿如薄艺在身。

吃吃饭店饭，囤囤小客栈。

春天生意实难做，一头行李一头货。

草若无心不发芽，人若无心不发达。

撑死胆大的人，饿死胆小的鬼。

鼓要打到点上，笛要吹到眼上，打蛇要打七寸。

防人之心不可无，害人之心不可有。

聚财如同针敲土，花钱如同浪卷沙。

不懂生意经，买卖做不通。

文明经商，生意兴旺。

人好不怕贬，货好不怕选。

花香自有蜂蝶来，货好顾客满柜台。

好店百年不换客。

真材实料，顾主必到。

经营讲核算，莫吃大锅饭。

良言一句三冬暖，恶语伤人六月寒。

宁愿自己麻烦千遍，不让顾客为难一时。

接一问二招呼三，敬人自减三分忙。

拾遗补阙，经商一诀。

货畅其流，利无尽头。

做生意不懂行，好比瞎子撞南墙。

人叫人千声不信，货叫人点头就来。

卖衣想着穿衣人，定有顾客来登门。

柜台营业三件宝：货全，卫生，态度好。

买卖不分大小，服务莫看衣衫。

庄稼人讲节气，江湖上讲义气，买卖人讲和气。

不怕不赚钱，就怕货不全。

绳捆三道紧，账算三遍清。

和气能生财，蛮横客不来。

货有高低三种价，客无远近一样亲。

市场是个晴雨表，调查研究不可少。

微利经营促销快，薄利广收如潮来。

种地知节气，买卖看行情。

紧提酒，慢打油，卖果卖菜秤抬头。

十年读出个秀才，十年学不成买卖。

购销调存转，学问大无边。

经理经理，经营管理；管理管理，不管无理。

经商之计，用人第一，疑人不用，用人不疑。

有货货到，无货话到。

逢俏莫赶，遇贱莫懒。

磨要勤锻，账要勤算。

秤足端满，顾客心暖。

坐商变行商，财源达三江。

买卖讲公道，顾客做广告。

人好不怕贬，货好不怕选。

和气能生财，强横客不来。

购销调存赚，有货就好办。

货来天南海北，客来四面八方。

大生意靠嘴，小生意靠腿。

若要生意好，秤尺莫要少。

水果经营贵在鲜，勤进快销赶时间。

炉火不旺不出钢，不懂行情难经商。

百问不烦礼相待，买卖不成人情在。

经商最重三件宝，货真价实信誉好。

孔雀美丽靠羽毛，管好商品靠勤劳。

买卖不算账，生意难兴旺。

见人三分笑，客人跑不掉。

坐商变行商，财源达三江。

算盘打得精，马褂改背心。

不怕生意小，就怕客人少。

青货不正价，买卖不同心。

和气客自来，冷语客不买。

消息抓不准，肯定要亏本。

问不烦，挑不厌，生意兴隆客满店。

一样货，百样卖，嘴甜似蜜卖得快。

人要衣装，货要装潢。

多听顾客言，生意在眼前。

顾客夸你好，胜过登广告。

市场认得清，生意卖得精。

生意做到同行想不到的地方。

裁衣先量体，经商先摸底。

贵中看贱，贱中看贵。

宁肯自己麻烦千遍，不让顾客稍有不便。

与众不同，定会取胜。

挑挑拣拣顾客喜欢，不挑不拣顾客不满。

一分行情一分货。

说嘴郎中无好药。

百货中百客，好货迎远客。

面带三分笑，生意跑不了。

羊肉不当狗肉卖。

往来要记账，事后免思量。

衣不差寸，鞋不差分。

出门看天气，买卖看行情。

中了旱客，不中水客。

张飞卖棉花，人硬货不硬。

眼睛一眨，老母鸡变鸭。

客气主人安。

鸡卖叫，鱼卖跳，菜卖鲜，粮卖干，卖药会郎中，卖布会裁衣，
卖砂锅的要有水，卖衣服的要有镜，卖鞋的应该有凳。

三分生意七分谈，人无笑脸休开店（和气生财）。

生姜不老不辣，生意不活不发。

吃喝不计较，买卖论分毫。

积得万家货，迎来一时旺。

货好人常顾，店雅客勤来。

死店活人开，经营在人才。

炉火不旺不出钢，不懂行情难经商。

经营不算账，生意不兴旺。

家有黄金万两，不如日进分文。

多做买卖少占本，资金多打几个滚。

礼貌相迎顾客暖，不理不睬买主寒（生意不成仁义在）。

人无信誉难立，店无信誉难存。

创出金字招牌，利润找上门来。

深钻细研生意隆，货物畅销利自来。

名声在世上，行情在市上。

目下一言为定，早晚市价不同。

买卖一句话。买卖争毫厘。

漫天要价，就地还钱。

买卖走三家，不问是行家。

货问三家不吃亏。

买鸡看爪，买鸭看嘴；买锣要打，买伞要撑；买瓜看皮，买针看孔。

有钱不买来年货。

便宜东西卖穷家。

生意好做，伙计难靠。

生意兴隆，前吃后空。

物价三级跳，穷人要上吊。

三年不开张，开张吃三年。

重打锣鼓另开张。

三百六十行，行行出状元。

行行有利，行行有弊。

隔行如隔山，隔行千里远，隔行不隔理。

要知隔行事，还得问行家。

天下行业有三苦：撑船，打铁，磨豆腐。

少年针菊，中年木匠，老年郎中（医生）。

少年木匠老郎中。

长木匠，短铁匠，不长不短是裁缝。

木匠怕漆匠，漆匠怕光亮。

内行看门道，外行看热闹。

不经厨子手，难得五味香。

一行服一行，豆腐服米汤。

手艺胜过一切珠宝。

手艺是活宝，走遍天下饿不倒。

家有黄金万两，不如薄艺随身。

薄技在身，胜过金银。

与其多攒金银，不如薄技随身。

腰缠万贯，不如薄技在身。

艺高人胆大。艺不压人。

艺到用时方恨少。

一艺不精，误了终身。

不怕不精，误了终身。

不怕人不请，只怕艺不精。

千般易学，一窍难通。

一窍通，百窍通。一门不到一门黑。

熟能生巧，勤能补拙。

慢工出细活，笨工出巧匠，细工出巧匠。

干榆湿柳，木匠见了就走。

弯木头，直木匠。

样样都通，样样稀松。

要学惊人艺，须下死功夫。

不经一师，不长一艺。

化梨膏是熬的，手艺精是学的。

快织无好布，快纺无好纱。

死店活人开。

百样生意百样做，一番生意两番做。

有多大本钱，做多大生意。

客大欺行，行大欺客。

货高招客远。

没有笑脸不开店，没有知识难理财。

人无笑脸休开店，会打圆场自落台。

阎王开酒店，鬼也不上门。

笑脸相迎顾客暖，冷眼直对买主寒。

柜台站三年，见人会相面。

种田要起早，经商要常算。

本不去，利不来；旧的不去，新的不来。

薄利广销生意好。

忙时心不乱，闲时心不散。

有货不愁无卖处，但怕无货买卖空。

老店里断不了陈货。

放得千日货，自有赚钱时。

市中有货方招客。

不怕不卖钱，只怕货不全。

百货中百客。百货对百客。

百货中百客，棉花中絮客。

林中不卖薪，湖上不卖鱼。

一种买，千种卖。一秤来，百秤去。

千笔万笔不麻烦，一分二分不嫌少。

买卖不成仁义在，这回不买下回买。

卖瓜的说瓜甜。

卖瓜的不说瓜苦，卖盐的不说盐甜。

褒贬是买主，喝彩是闲人。

秤平斗满不亏人。

货有高低三等价，客无远近一样看。

好货不贱，贱货不好。

贱卖无好货，好货不贱卖。

便宜无好货，好货不便宜。

一分价钱一分货，十分价钱买不错。

买不尽便宜上不尽当。

不怕不识货，只怕货比货。

怕试没好货，好货不怕试。

人看容颜，店看门面。

内行当家，经商能发。

人有我有，人有我优；人优我廉，必能赚钱。

货真价实，物美价廉。

诚信为本，童叟无欺。

金钱易得，信誉难买。

货畅其流，行情牵头。

先买出手，后买入手。

薄利多销，生财有道。

货好客来顾，店雅客来勤。

不怕不识货，就怕货比货。

诚招天下客，誉从信中来；忠厚不折本，刻薄不赚钱。

没有笑脸休开店，不懂经营难当家。

掌柜跷起腿坐店，生意萧条又清淡。

十年能学个秀才，十年难学个买卖。

萝卜快了要洗泥，因为货卖一张皮。

只要货好价又真，酒香不怕巷子深。

和气待人有诚信，客商自会找上门。

7. 关于股市的谚语

看大势，赚大钱。

炒股如种粮，春播秋收冬藏。

鸡蛋不要放在一只篮子里。

投资进，投机出。

识马者长途，识险者长足。

吃鱼吃中段，头尾留别人。

人弃我取，人取我弃。

选质不如选时。

割肉空仓，赚钱不慌。

进货靠消息，出货靠自己。

手中有股，心中无股。

新手怕大跌，老手怕大涨。

利好出尽是利空。

利空出尽是利好。

行情在绝望中产生。

行情在犹豫中发展。

行情在欢乐中死亡。

横有多长，竖有多高。

守住三十线，炒股不赔钱。

顶部三日，底部百天。

断头铡刀，逃之夭夭。

小阳，小阳，必有长阳。

会买的是徒弟，会卖的是师父。

牛市不言顶，熊市不言底。

暴涨不买，暴跌不卖。

炒股要炒强，赚钱靠头羊。

多头不死，跌势不止。

反弹不是底，是底不反弹。

涨时重势，跌时重质。

牛市除权火上浇油，熊市除权雪上加霜。

选股不如选时。

大换手是趋势反转的开始。

大胆获利，敢于认赔。

新手看价，老手看量，高手看势。

量在前，价在后。

地量见地价，天量见天价。

上升要有量推动，下跌无须量配合。

温柔的阴跌是陷阱，残酷的暴跌是机会。

经验可以培养灵感，但是，灵感却不可完全依赖经验。

基本面分析可以使你看到股票的"内在美"，技术分析可以告诉你"何时追"。

选股不如选时，选时不如选势。

涨势形成不得不涨，跌势形成不得不跌。

通道堵塞赶紧溜，通道不堵就不走。

高位十字星，不走变穷人。

布林线高位开口，观音菩萨来保佑。

能量潮稳步走高，五线向上牵大牛。

三阴灭不了一阳，后市要看涨。

一阳吞没十阴，黄土变成黄金。

多线共振是大牛，观音菩萨护着走。

小小杠杆轻又轻，压着股价头难伸。

一旦冲破压力线，托着股价上天庭。

芝麻点里藏金子，极小量中有好股。

上山爬坡缓慢走，烘云托月是小牛。

大牛变疯牛，天量到了头。

看家十字星，脚底须抹油。

地量见地价，先有地量，后有地价。

底部跳空向上走，天打雷劈不放手。

高位跳空向上走，神仙招手却不留。

此时卖掉损失小，斤斤计较必深套。

买入前要小心求证，买入时要三思而行。

缩量上涨还将上涨，放量上涨必将回落；

缩量下跌还将下跌，放量下跌必将反弹。

弱市买涨，强市买跌。

天量三日见天价，地量三日见地价。

缩量不跌，筑底成功；放量不涨，头部将现。

低价是金，高价是纸。

利空出尽，三日见底；利好出尽，三日见顶。

无量顶下跌，后市必将大涨；放量顶下跌，后市调整漫长。

连涨三日卖出，连跌三日买进。

中线是金，短线是草，长线是草草。

上涨为了出货，下跌为了吸货。

拉高建仓，庄家诱多；压低出货，庄家诱空。

没有只跌不涨的股，没有只涨不跌的股。

年线下变平，准备捕老熊。年线往上拐，回踩坚决买。

年线往下行，一定要搞清。如等半年线，暂作壁上观。

深跌破年线，老熊活年半。价稳年线上，千里马亮相。

要问为什么，牛熊一线亡。半年线下穿，千万不要沾。

半年线上拐，坚决果断买。季线如下穿，后市不乐观。

季线往上走，长期须多头。月线不下穿，光明就在前。

股价踩季线，入市做波段。季线如被破，眼前就有祸。

月线上穿季，买进等获利。月线如下行，本波已完成。

价跌月线平，底部已探明。二十线走平，观望暂做空。

二十线上翘，犹如冲锋号。突然呈加速，离顶差一步。

十天庄成本，不破不走人。短线看三天，破掉你就闪。

长期往上翘，短期呈缠绕。平台一做成，股价往上蹿。

突破必回踩，此时是买点。跌破必反抽，此时是卖点。

线上阴线买，买错也要买。线下阳线卖，卖错也要卖。

8. 关于厨师与烹饪的谚语

十个厨师九个淡。

厨师无巧，烂淡就好。

好厨师一勺汤。

青油炒菜，各有所爱。

大锅饭，小锅菜。

紧锅粥，慢锅肉。

蒸咸煮淡。

油多不坏菜。

咸鱼咸肉，见火就熟。

千煮豆腐万滚鱼。

千滚豆腐万炖鱼。

老姜蒸牛肉，子姜好炒鸭。

头锅饺子二锅面。

气上房，不用尝。

火急烙不好饼。

三滚不如一捂。

揭揭锅，三把火。

一香能解百臭，一辣能解百瘟。

一滚胡椒千滚姜。酱里没有错放的盐。

不咸不淡，十一斤半（指一人每年的用盐量）。

烧火瞅着锅肚脐。

灶前灶后千里路。

小菜煮在锅里，味道闻在外面。

好饭不怕晚。

公鸡的腿，鲤鱼的腰。

斤鸡，马蹄鳖。

诸肉不如猪肉，百菜不如白菜。

鱼吃跳，猪吃叫。

猪前（腿）狗后（腿）。

大头菜，小头鱼。

鲤鱼不满斤，好像白菜根。

鳙鱼头，青鱼尾。

青鱼尾巴白鱼头。

春鲢夏鲤，秋鳜冬鳊。

夏鱼吃鲜，腊鱼吃腌。

生吃螃蟹活吃虾。

河蟹圆，海蟹尖。

霜蟹雪螺，什么味也比不过。

生葱，熟蒜，老鱼，嫩猪。

生葱，熟蒜，老鱼，嫩姜。

吃了河豚，百样无味。

不吃河豚，不知鱼味。

咸鱼就饭，锅底刮烂。

宁吃尽禽四两，不吃走兽半斤。

吃了狗肠，（热得）不穿衣裳；吃了狗肝，（热得）不穿衣衫。

立冬白菜赛羊肉。

生姜老的辣，甘蔗老的甜。

茄子越大越嫩。

青皮萝卜紫皮蒜。

三斤子姜，不如一斤老姜。

生姜越硬越辣。

姜是老的辣，醋是陈的酸。

吃山芋拣心，吃胡萝卜拣头。

七月菱角八月藕。

辣椒无补，两头受苦。

萝卜有三分辣。

韭菜、葱，八月老，九月嫩。

花下韭、莲下藕，正好吃。

韭菜、黄瓜两头香。

歪瓜裂枣甜。

吃柿宜红黄。

霜打过的柿子才好吃。

柿子开花吃枇杷，枇杷开花吃柿子。

青椒吃辣的，柿子挑软的。

吃葱吃白胖，吃瓜吃黄亮。

一个荔枝三把火。

瘪瘪干干，千年不坏。

9. 关于军队与国防的谚语

一将无谋，累死三军。

兵糊涂一个，将糊涂一群。

兵熊熊一个，将熊熊一窝。

强将手下无弱兵。

看儿先看娘，看兵先看将。

三军无力，长官难当。

千军易得，一将难求。

战克之将，国之爪。

一将功成万骨枯。

千兵有头，万兵有将。

带兵带心。

胆大做将军。

兵多出能将。

兵在精而不在多，将在谋而不在勇。

知己知彼，百战不殆。

生命不熄，战斗不止！

不想当将军的士兵不是好士兵！

将军的美名留在人心里，士兵的尸骨烂在泥泞中。

太平不用旧将军。

太平本是将军定，不许将军见太平。

宁为百夫长，胜作一书生。

养兵千日，用兵一时。

一支军队的实力，四分之三是由士气因素决定。

10.　衙门、官吏、律令类谚语

天大地大，衙门里弊病大。

衙门深似海，弊病大如天。

八字衙门朝南开，有理无钱莫进来。

衙门的钱，下水的船。

天理地理，有钱有理。

千金不死，百金不刑。

财主就能当官，当官就是财主。

笑骂由他笑骂，好官我自为之。

图官在乱世，觅富在荒年。

谋官如鼠，得官如虎。

新官上任三把火。

巡抚出朝，地动山摇。

袖里来，袖里去，无凭无据。

判官要金，小鬼要银。

保、甲长下了乡，吓得鸡飞狗跳墙。

兵过篱笆倒。

县官进了城，一万还有零。

知府望见府，银子二万五；

知县望见县，银子三千贯。

一任清知府，十万雪花银。

官家不嫌民穷，阎王不嫌鬼瘦。

富无三代享。

只有百年庄农，没有百年官宦。

身近帝王边，如同共虎眠。

人有九等，官有九品。

宁到小庙当土地，不到大庙当站将。

当官不带长，打屁都不响。

宁为鸡首，不为牛后。

官小是个头，强似蹲岗楼。

官大架子小，官小架子大。

阎王好见，小鬼难缠。

参谋的嘴，副官的腿。

上官不紧，下官不忙。

上官放个屁，下官唱台戏。

为人不当差，当差不自在。

武官的校场，文官的公堂。

文怕武训，武怕文磨。

文官动笔，武官动刀。

文官动一笔，武官走一七。

武官死战，文官死谏。

要说当官当得清，前朝有个包文正。

文不经商，武不理财。

文官三只手，武官四条腿。

做官一场，造福一方。

受了一方香火，保护一方黎民。

一处黄土养一群人，一个清官安一方民。

一官清如水，十年无怨鬼。

官清民顺，父慈子孝。

明人不用多说话，清官不用苦讨情。

好官看话头，好人看手头。

寡妇门前是非多，清官堂上冤枉少。

人不作恶自安宁，官不要钱鬼也怕。

官清书吏瘦，神灵庙祝肥。

水清无鱼，官清无利。

强龙难压地头蛇，清官难斗狡猾吏。

富贵无三代，清官不到头。

清官为民理事，赃官为己谋财。

官清民送伞，官赃民造反。

廉洁奉公人敬仰，贪赃枉法臭名扬。

种田凭双腿，当官凭张嘴。

山高遮不住太阳，官大压不到乡党。

战阵难防暗箭，官场最忌流言。

官儿越当越老，胆儿越当越小。

官场如戏场。

死知府不如一只活老鼠。

民怕天下乱，官多不理事。

新箍的马桶三日香，新当的官儿三把火。

行人拜坐人，不拜坐不成。

新官不理旧事。

前官一点墨，后官改不得。

自古宦途多艰险，从来无官一身轻。

十年河东转河西，莫笑穷人穿破衣。

饱暖思淫欲，饥寒起盗心。

向昨天要教训，向今天要成果。

谗言败坏君子，冷箭射死忠臣。

好事总是花大姐，坏事脱不了傻丫头。

取了经是唐僧的，闯了祸是孙悟空的。

天高皇帝远，有冤无处申。

白布掉在靛缸里，千担河水洗不清。

哑巴挨冤枉，至死不开腔。

大丈夫报仇，三年不晚。

有仇不报非君子，有冤不伸枉为人。

今生做官，来生搬滩。

为人一身正气，走路两袖清风。

人不为己鬼神怕，人到无求品自高。

得放手时须放手，可饶人处且饶人。

严是爱，松是害，不管不教定变坏。

宁念家乡一撮土，不恋他国万两金。

协力山成玉，同心土变金。

多得不如少得，少得不如正得。

听一听不如看一看，看一看不如干一干。

身教胜于言教，胡教不如不教。

忍一句，息一怒；饶一着，赢一步。

五 山水、动植物及静物谚语

1. 关于山的谚语

有眼不识泰山。

千人竭力山成玉，万众同心土变金。

柴多火焰高，人齐山也倒。

石头虽小垒成山，羊毛虽细织成毡。

石头虽小垒成山，万根杉木能顶天。

一人背一担，万人凑成山。

人心专，石山穿。

团结力量大，泰山也搬家。

心坚能将泰山倒，志大能把东海填。

一人挑土不显眼，众人挑土堆成山。

山不转路转，石头不转磨转。

一人难挑千斤担，众人能移万座山。

勤能搬倒山。

如果每天挖掉一些泥土，就是高山也能铲平。

依靠群众撼山易，脱离群众折木难。

海洋虽大，不辞滴水；泰山虽高，不却微土。

长江不拒细流，泰山不择土石。

风吹不动泰山，雨打不弯青松。

有理压得泰山倒。

风再大，山岭也不会摇晃。

风刮得再大，也吹不倒山。

江山易改，本性难移。

山难挪，性难改。

住惯山坡不嫌陡。

没有过不去的河，没有爬不上的坡。

没有上坡时的艰辛，就没有下坡时的轻快。

上山不怕山顶高，上树不怕树枝摇。

站在山顶看山路，坑坑洼洼全清楚。

不怕山高路远，就怕意志不坚。

志短怕难，视丘如山；迎难而上，险峰可攀。

懦夫虽有双腿，却畏惧矮小山梁。

害怕攀登高山的人，只能永远在洼地里徘徊。

志在顶峰的人，不会在平地上停留。

山里讲话鸟听见，屋里讲话鼠听见。

住在深山识鸟音，船家行水知深浅。

山顶再高也长树，树木参天有鸟窠。

山怕无林，地怕荒；人怕懒惰，花怕霜。

山愈高，路愈险，景愈美。

一山有四季，十里不同天。

草原好养千里驹，高山才长万年松。

善问者能过高山，不问者迷路于平原。

要知山下路，请问上坡人。

一山望着一山高。

一山更比一山高。

这山望着那山高，到了那山没柴烧。

看山不远走着远，看戏容易做戏难。

两座山虽近不碰头，两个人虽远会见面。

实践的尘土，比空谈的高山更伟大。

智者的全部错误，合起来也会堆成山。

智慧里边有智慧，高山背后有高山。

打开眼界方知天外有天。

坐井观天只有一孔之见，登山远望方知天外有天。

不要用拳头向山岭示威。

山要崩，绳子箍不住。

到什么山上唱什么歌。

山大了什么兽都出。

山和山不相遇，人和人总相逢。

放起灯芯火，能烧万重山。

没有平地，不显高山。

不到高山，不知平地；不吃糁子，不知粗细。

上山不可猛烧柴。

不注意节约，山一样大的谷堆也吃得完。

算算用用，一世不穷；只用不算，海干山空。

宁可自食其力，不可坐吃山空。

靠着千座金山，不如靠双手。

坐吃山也空，手勤不受穷。

高山挡不住流水。

水滴石头穿，工夫长了平座山。

上山方知山高低，下水才知水深浅。

山高自有行路客，水深自有打鱼人。

浪再大也在船底下，山再高也在人脚下，山高高不过蓝天，河深深不过海洋，灯亮亮不过日月。

高山流水长，志大精神旺。

爬山不要叹山高，过河不要等水消。

山高也有顶，海大也有边。

常攀高山腿不软，常过险滩不怕礁。

车到山前必有路，水到滩头自有沟。

险山不绝行路客，恶水仍有渡船人。

山高有人走，水深有船行。

山有高低，水有清浊，人有好坏。

住山边，烧好柴；住海边，吃活蟹。

靠山吃山，靠海吃海。

山高千尺不自夸，海深百丈不自矜。

不登高山，不知天高；不入深谷，不知地厚。

隔山隔水不隔音，爬山越岭要互助，渡江过河要齐心。

入山之前先探路，出海之前先看风。

近山多雨，近海多风。

山中打猎不怕虎，草里捉蛇不怕毒。

走的山多碰到虎，见的窿多碰到蛇。

进山要防花脸狼，下河要防绊脚石。

不进深山，挖不到珍宝；不下苦功，找不到真理。

要捞珍珠下大海，要采灵芝进深山。

不探深山，采不到人参。

不怕慢，只怕站，老牛也能爬上山。

捉虎要进山，捕鱼要下海。

虎不怕山高，鱼不怕水深。

纵虎归山，必有后患。

高山出猛虎，草原出骏马。

2.　关于水的谚语

远水救不了近火。

远水不解近渴。

君子之交淡如水，小人之交甜如蜜。

友谊要像长流水。

天旱不绝长流水，风吹不动石头山。

水往低处流，人往高处走。

水往下流，人争上游。

水流千遭归大海，树叶落在树底下。

流过去的水不回头。

知识好比池中水，日旬月年长积累。

积水可以成为深潭。

时间抓起来就是黄金，抓不起来就是流水。

洒在地上的水收不起来，错误却可以纠正过来。

水总是积蓄在坚实的地里。

要到河里饮水，就要把腰弯下去。

锄头底下三分水。

一碗水要端平。

一锅水熬完也熬不成稠的。

水泼落地难收起。

水没爪子刨下坑，话没箭头射烂心。

告挑水的人不怕水荡，告走路的人不怕路窄。

筛子装不住水。

柴火里藏不住火，筛子里盛不住水。

花篮提水难保留，竹篮打水一场空。

水火不相容。

堤筑不牢水会漏，事做不好人会咒。

水落石头现，事后识人心。

水退石头在，好人说不坏。

水清见底，话透心明。

好石磨刀也要水。

没有走到水边，不要脱草鞋。

不下水一辈子也不会游泳。

上山方知山高低，下水才知水深浅。

出水才见两腿泥。

欲知水深，须问渔夫。

裁衣先量体，修桥先测水。

水深流去慢，智人话语迟。

有水就有岸，有岸就有水。

洪水能把岩石冲毁，恶语能把好人断送。

大水先冲毁不坚固的堤防。

刀不磨要生锈，水不流要发臭。

常用的铁锹不会生锈，常流的水沟不会发臭。

染坊里染不出白布，阴沟里流不出清水。

盛满水的瓶子，摇不出声音。

半瓶水会溅，骄傲的人好吹。

水满则溢，月满则亏。

水满自流，箍紧必炸。

急水不养鱼。

水清无大鱼。

水深鱼多，人多智广。

入深水者得珍珠，涉浅滩者捞鱼虾。

细水长流年年有，好吃懒做福不久。

一个小洞也会漏掉满塘子的水。

水上浮油花，有油也有限。

水底捞月何曾有，海底寻针毕竟无。

有土才能筑墙，有水才能栽秧。

人少不了血，稻少不了水。

火候不到水不开。

滴水流入海，不怕烈日晒。

滴水穿石，不是力量大，而是功夫深。

滴米成箩，滴水成河。

滴水也能装满罐。

一滴水灭不了一场火，一块砖砌不了一座墙。

千年的沟冲成河。

积少成多，滴水成河。

孤树结成林，不怕风吹；滴水积成河，不怕日晒。

河狭水急，忙人无计。

河里鱼多水不清，山里石多路不平。

敢进大江，不怕小河。

怕小河过不了大江。

欲知对岸事，须得过河去。

临河的善于游泳，靠山的善于攀登。

只在海边上沉思，永远得不到珍珠。

比河短的桥，造得再好也没有用。

过河要有桥，学习要讲巧。

没有知识的人，像江河干涸了源头，是不能奔向海洋的。

干枯的江河，绝不会出现高潮；不学无术的人，绝不会有所作为。

大河涨水小河满，大河无水小河干。

大声嚷嚷的河一定水少，大声嚷嚷的人一定浅薄。

河水越深，响声越小。

小河里的流水响声大，学问浅的人好自夸。

水浅的河寂寞，博学的人谦逊。

宽广的河流平静，有教养的人谦虚。

河水再深可量，人心不忠难测。

流水不废点滴，才能汇成江海；学习抓紧分秒，才能成就学问。

大海不怕雨水多，好汉不怕困难多。

大海不讥笑水滴，高山不嘲讽石块。

溪涧经不起小雨灌，大海能容纳万条川。

有心大海能捞针，无心小事也难成。

海水舀不尽，知识学不完。

天上星星数不尽，海水河水舀不尽。

大海经不住瓢舀。

海水不能解渴。

想知道海水是咸的，并不需要把海水全喝尽。

连水沟也不敢蹚过的人，越不过宽阔的江河。

海如果没有堤岸，就会泛滥成灾。

海水无风浪不高。

海再深也有底，树再高也有根。

滔滔大海可以填平，强盗的欲望填不平。

谎话就像是浮水，早晚会被冲上海岸的。

有风方起浪，无潮水自平。

泥沙难堵千江水，暗礁难挡万顷浪。

船大不怕浪高，志大不怕艰险。

不经风和浪，难打大鱼回。

真理在烈火中烧不灭，在巨浪中淹不掉。

浪花永远盛开在激流和风浪中。

激流碰到岩石，能激起浪花；勇士碰到困难，能激出力量。

画水无鱼空作浪，绣花虽好不闻香。

饮过千江水，方能浪里行。

尺水难兴百丈浪。

熟水路才能划好船。

水浅不容大舟。

柴多火旺，水涨船高。

人多事早完，水大好撑船。

水涨船高。

风吹云动星不动，水涨船高岸不移。

水大漫不过船，火大烧不坏锅。

顺水行船，未必顺利。

河里水多好撑船，村上人多好种田。

学如逆水行舟，不进则退；心似平原跑马，易放难收。

船家的孩子会浮水。

不下水，一辈子也学不会游泳；不扬帆，一辈子也学不会撑船。

纤夫的步子坚定，因为他要使船在激流中逆水而行。

井挖得深，水才会多。

一锹挖不出一口井来。

莫到临渴才掘井。

井没有干枯以前，人们往往不觉得水的可贵。

打不干的井水，使不完的力气。

露水灌不满井。

露水解不了渴。

露水虽不是雨，但也能带来好处。

被雨淋过的人，不怕露水。

轻浮骄傲的露珠只能骄傲一时，奔腾飞湍的瀑布却能倾泻千里。

小雨下久了也会引起水灾。

人靠饭养，苗靠水长。

人不见水口要渴，地不见水苗要枯。

人治水，水利人，人不治水水害人。

有收无收靠水，增不增产靠肥。

有水遍地粮，无水遍地荒。

谷子有水长得乖，无水不怀胎。

要想庄稼长，除非水保养。

种田种地，兴修水利；种不好庄稼一年穷，修不好水利一辈子穷。

沟渠纵横水长流，百日无雨也有收。

只要有水灌，天干也能吃饱饭。

山是"摇钱树"，水是"聚宝盆"。

一滴雨，一粒粮。

春雨贵如油，莫让水白流。

一位闲着不工作的学者，就像是不下雨的云。

即使下雨，也不要扔掉你的水罐。

晴天要准备雨帽，雨天要准备吃水。

天不下雨河不涨。

细雨流成河，粒米积成箩。

雨水让庄稼长得苗壮，劳动给人们带来幸福。

水是庄稼娘，保水如保娘；水利不修，有田也丢。

水是庄稼血，缺它了不得；水稻水稻，无水不收稻。

水是庄稼宝，四季不能少。

3. 关于庭院景物、园艺的谚语

一亩园，三亩田。

四月八，鲜黄瓜。

七月葱，拿粪壅。

七月半，种早蒜。

八月中，栽大葱。

四月蒜，泥里窜；抽了苔，分开瓣。

桃花开，抽蒜薹。

蒜见蒜，烂一半。

冰冷响，萝卜长。

三月韭，佛开口；六月韭，驴不瞅。

榆钱落，种辣椒。

树不修，果不收；三分栽，七分管。

地向阳，果树强；地通风，兼养蜂。

六月六，压石榴；九月九，剪石榴。

五六月，快嫁接。

清明种瓜，船载车拉。

惊蛰种瓜，不开空花。

黄瓜爱水，丝瓜爱藤。

地要深锄，葱要深壅。

萝卜是根，地要耕深。

白菜栽根，青菜栽心。

天河调角，要收豆角。

种姜养羊，本小利长。

多上炕灰，洋芋成堆。

枣树开甲，增产良法。

要想吃梨，老树剥皮。

菜抵三分粮，菜园小银行。

春天多种菜，能吃又能卖。

不怕年景坏，就怕不种菜。

有菜三分粮，不怕饿断肠。

墙边种扁豆，檐前可种瓜。

南瓜不压蔓，不结南瓜蛋。

西瓜葫芦好，秧苗要栽早。

瓜地铺石沙，一棵结七八。

杨树叶儿响，老汉压瓜秧。

脆瓜必须摘，西瓜必须压。

见瓜不见蔓，只能挑几担；

见蔓不见瓜，卖瓜用车拉。

小麦入了仓，西瓜红瓜瓤。

金瓜要摘枝，葫芦要去头。

笋瓜甭嫌小，勤摘长得好。

要想吃洋葱，地要翻得松。

栽蒜不出九，出九长独头。

夏至不起蒜，起时散了瓣。

小雪铲白菜，大雪铲菠菜。

果园宜养蜂，瓜田不栽葱。

树根能扎深，果子结成堆。

根土勤松翻，果子像老碗。

叶子晒太阳，果子摘满筐。

瓜果要香甜，磷钾要上全。

冬至天气晴，来年果不成。

过了六月六，核桃内生油。

苹果性喜寒，栽植不宜南。

处暑挂红枣，秋风打枣忙。

柿树寿命长，柿饼可当粮。

葡萄树好管，耐旱又抗碱。

勤务菜园功不枉，黄瓜韭菜两头香。

黄瓜一天浇一水，长得就像小孩腿。

黄瓜不宜连茬种，连茬黄瓜爱生病。

熟鸡粪肥上南瓜，南瓜个大没麻达。

豌豆洋葱间作种，洋葱能治豌豆病。

白露快把地控松，点种萝卜嫩冬冬。

稀种萝卜密种菜，深栽萝卜浅种蒜。

杨柳青青桃花开，萝卜白菜一齐栽。

番茄能结五六层，打去顶尖莫心疼。

莴笋返青莫浇水，长得粗来长得美。

茄子老叶耗养料，想吃茄子要摘掉。

桃花开，杏花败，李子开花卖青菜。

十月寒露又霜降，菜园追肥快跟上。

立冬刚过小雪来，越冬蔬菜抓紧栽。

栽果树，养母猪，年年都有大收入。

一棵果树三分园，百棵果树十亩田。

葡萄搭架向南靠，石榴开花满院笑。

桃南杏北梨东西，石榴藏在枝叶里。

桃三杏四梨五年，枣树当年就换钱。

核桃柿子六七年，桑树当年能养蚕。

桃吃饱，杏伤人，李子吃多要死人。

要想花果长得好，还得养蜂把花咬。

树根树梢长得齐，留地保护果树皮。

要想果子年年收，剪枝繁果揪一揪。

七月十五吃石榴，八月十五吃核桃。

七月十五枣红圈，八月十五枣落杆。

涝梨旱枣水栗子，不旱不涝收柿子。

七月枣，八月梨，九月柿子红了皮。

同州西瓜郴州梨，临潼柿子裂开皮。

小满三日见新茧。（河南）

白露不作茧儿，放蚕白瞪眼儿。（辽宁）

麦熟一晌，蚕老一时。

养蚕无巧，食少便老。

要想养好蚕宝宝，消毒要好食要饱。（湖北）

春蚕不吃小满叶。

用兵先囤粮，喂蚕先栽桑。

桑要从小育。

冬天栽桑，梦里移床。

一亩桑园，十亩庄田。

前门栽柳，后门栽桑。

养得一季蚕，可抵半年粮。

种得一田桑，可免一家荒。

冬季捻河泥，桑树和破皮。

桑拳削口，看蚕娘娘拍手。

4.　关于旅游与名胜的谚语

三山六水一分田。

河跟山走，城住河流。

南天春意浓，北国正冰封。

雁门关外野人家，朝穿皮袄午穿纱。

四川太阳云南风，贵州下雨如过冬。

天无三日晴，地无三尺平。

吐鲁番的葡萄哈密的瓜，库车的羊羔一枝花。

出门三里地，就是他乡人。

出门人，三分小。

在家千日好，出外一时难。

出的门多，受的罪多。

家贫不是贫，路贫贫煞人。

江湖走得老，六月带棉袄。

行船无六月。

十里勿问饭，二十里勿问店。

紧走一百，慢走八十。

太阳渗了土，还能奔走十四五。

日出十里，日没十里。

只要迈开两脚，哪愁千里迢迢。

人是地行仙，一日不见走一千。

歇肩莫歇长，走路莫走忙。

急行无好步，缓走当歇气。

走路不怕慢，就怕打前站。

不怕慢，就怕站，站一站，二里半。

一站走三里，一歇走三村。

未晚先投宿，鸡鸣早看天。

坐船坐头，坐车坐尾。

巷直不深。

亮，水；黑，泥；灰色，地。

宁走封冻冰薄一寸，不走开江冰厚一尺。

急走冰，慢走泥。

快走滑路慢走桥。

紧走滑，慢走沙。

吃稀饭要搅，走溜路要跑。

刮风走小巷，下雨走大街。

走路不用问，大路没有小路近。

路出嘴边。路走三熟。

鼻子底下通南京。行路能开口，天下随便走。

走路问老大，破柴破小头。

多喊一声老表，少走十里迢迢。

多喊一声哥，少走十里坡。

上有天堂，下有苏杭。

苏杭不到枉为人。

桂林山水甲天下，阳朔山水甲桂林。

庐山之美在山南，山南之美数秀峰。

峨眉天下秀，青城天下幽，剑阁天下险，三峡天下雄。

华山自古一条路。

内地苏杭，关外巴塘。

走千走万，不如淮河两岸。

黄河百害，惟富一套。

金山屋里山，焦山山里屋。

人家半凿山腰住，车马都在屋顶过。

九寨归来不进沟，九寨归来不看水。

庐山最美在山南，山南最美数三叠。

江南园林甲天下，苏州园林甲江南。

不到新疆不知中国之大，不到伊犁不知新疆之美。

八分半山一分田，半分水路和庄园。

峨眉天下秀，华山天下险，泰山天下雄。

孔孟之乡，礼仪之邦。

明月松间照，清泉石上流。

五岳归来不看山，黄山归来不看岳。

5. 关于动物的谚语

燕子

桃花开，燕子来。

燕子识旧巢。

燕子试旧垒。

一燕不成春。

来了一只燕子，春天就不

远了。

乳燕不学，永远飞不上蓝天。

燕子虽小，也能飞越大江。

燕子鹞鹰难共笼，黄牛野马难共栅。

雀

麻雀飞过也有影。

麻雀虽小，五脏俱全。

麻雀落田要吃谷，狐狸入宅要吃鸡。

雀叫千声不如鹤叫一声。

爱叫的麻雀没有四两肉，夸夸其谈的人没有真才实学。

学做鲲鹏飞万里，不当燕雀恋小巢。

要学江水日日滴，莫学阳崔叫半春。

螳螂捕蝉，黄雀在后。

没有经过雪天的家雀，不会知道阳春的可爱。

鸟

一个蛋不能算一只小鸟。

没有羽毛不成鸟。

鸟无翅不飞，人无头不走。

鸟翼系上黄盘，也就飞不起来了。

失去双翼的鸟不能起飞，没有意志的人不能成事。

鸟要紧的是翅膀，人要紧的是理想。

鸟有健翅飞云端，马有劲蹄驰千里。

鸟不展翅怎能飞上天？人不举步怎能行千里？鸟在飞翔中见高低，人在工作中看本事。

树小鸟大难做窝。

独鸟做窝飞千转，群鸟做窝一趟完。

鸟多不怕鹰，人多把山平。

劝君莫打三春鸟，子在巢中盼母归。

林子大了，什么鸟都有。

鸟都往高枝上飞。

看准害鸟打，莫把益鸟伤。

闻音知鸟，闻言知人。

深山出俊鸟。

只有虫儿蛀空千株柳，没有鸟儿啄倒一棵松。

不怕硬嘴鸟，最怕蛀心虫。

善飞的翅膀是在暴风雨中练就的。

没有羽毛，多么强壮的鸟也不能飞翔；缺乏知识，再好的理想也是空谈。

夫妻本是同林鸟。

鸟之将死，其鸣也哀。

蛇无头而不行，鸟无翅而不飞。

人来投主，鸟来投林。

早起的鸟儿有虫吃。

一箭双雕，一举两得。

双鸟在林不如一鸟在手。

鸟儿都爱听自己唱。

用粗糠捉不住老鸟。

同巢之鸟心儿齐。

孔雀

孔雀爱惜羽毛，好人珍惜名誉。

驯顺的孔雀尾羽最美，低头的果树果实累累。

孔雀只欣赏自己美丽的羽毛，却不看一下自己丑陋的脚。

孔雀的羽毛虽然美丽，但孔雀的胆会毒死人。

孔雀美丽看花翎，人的品德看言行。

鹦鹉

善于学舌的是鹦鹉，花言巧语的是媒婆。

鹦鹉能言，不离飞禽。

鹦鹉舌头画眉嘴，肚子里头藏个鬼。

鹰

看鹰看它的飞翔，看人看他的行动。

鸡顶多飞过墙，鹰却能飞过山。

高傲的百灵鸟飞不高，平凡的山鹰冲云霄。

鹰，偶尔飞得比鸡还低；鸡，却永远不能飞上云端。

没有理想的人，好比搁浅在海滩上的船；有远大理想的人，就像雄鹰在辽阔的天空飞翔。

雄鹰飞得再高，起点是在陆地。

雄鹰没有展翅凌空的时候，和一般的鸟雀一样。

不做家雀蹲屋角，要学雄鹰战天涯。

山鹰越飞越高，好马越跑越快。

深山里出鹞鹰，众人里出圣人。

没有好鹰抓不住狐狸，没有好马走不了千里。

鸟恋深山蝶恋花，鱼爱大海鹰爱崖。

山鹰不怕峰峦陡。

山鹰不怕劈头风。

鸟笼里飞不出雄鹰，花盆里长不出苍松。

与其当一辈子乌鸦，还不如当一天鹰。

与其像兔子一样生活，不如像鹰一样战斗。

鹰击长空靠双翼，河行大地靠源头。

鹧鸪不能伴鹰飞。

老鹰不吃落地食。

老鹰爪子虽大，却捉不住苍蝇。

老鹰不打巢下食，兔子不吃窝边草。

不见兔子不撒鹰。

雕鹰飞入鸡场，绝没有好心肠。

饿鹰遇到小鸡，从来不讲客气。

黄鹰抓住了鹞子的脚。

海鸥

海鸥不怕风雨。

青松爱长高山顶，海鸥喜逐大海波。

海燕

暴风雨只能吓住麻雀，海燕却要练硬翅膀。

海燕不畏风暴，松柏不畏冰雪。

雁

头雁先飞，群雁齐追。

雁飞千里靠头雁。

独篙撑船难上难，群雁飞过万重山。

大雁高飞，不是为了炫耀翅膀；英雄做事，不是为了得到赞扬。

鱼不能离水，雁不能离群。

孤雁离群凄惨惨，人离集体孤单单。

孤雁过天不成行，浅水窝儿不成塘。

山高挡不住南来的雁，墙高挡不住北来的风。

雁归湖滨，鸡落草棚。

舍不得枪药打不着雁。

成天打雁，让雁啄了眼睛。

燕雀安知鸿鹄志。

孤燕不报春。

天鹅

天鹅爱的是湖泊，英雄爱的是祖国。

天鹅离不了湖泊，英雄离不开人民。

凤凰

凤凰爱梧桐，仙鹤爱青松。

凤凰乌鸦不同音，香花毒草不同根。

凤凰不入乌鸦阵，金鸡不入狐狸群。

舍不得金弹子，打不下凤凰来。

老鸹窝里出凤凰。

落魄凤凰不如鸡。

喜鹊

喜鹊高兴的时候，歌是唱不断的。

喜鹊窝里掏不出凤凰来。

乌鸦

乌鸦不要笑猪黑。

粉刷乌鸦白不久。

乌鸦再打扮，也成不了孔雀。

乌鸦插上孔雀毛，依然是乌鸦。

乌鸦翅膀遮不住太阳的光辉。

寻死的乌鸦才找山鹰斗。

雄鹰能啄死有毒的大蛇，乌鸦连小蛇都不敢得罪。

乌鸦找到了玫瑰花，就把自己当作夜莺夸。

乌鸦高歌，自得其乐。

让喂养乌鸦的人都知道，总有一天它会啄掉你的眼睛。

如果乌鸦做你的向导，你将会被带到尸体上去。

哪儿乌鸦多，哪儿有腐尸。

乌鸦飞过有黑影，猫偷鱼吃嘴留腥。

鸡

砌墙先打基，吃蛋先养鸡。

按倒的母鸡不下蛋。

臭蛋孵不出小鸡。

饿鸡不怕打。

鸡啄的不全是粮食，人说的不全是真理。

鸡贪食嗉破，人贪食惹祸。

有鸡叫天明，没鸡叫天也亮。

土团的狗看不了家，泥捏的鸡鸣不了晨。

好斗的公鸡不长毛。

恶鸡头上无毛。

黄鼠狼不嫌小鸡瘦。

一人得道，鸡犬升天。

鸡飞蛋打一场空。

有鸡不愁没笼装。

杀鸡不用宰牛刀。

捉鸡也要两把米。

笼鸡有食锅台近，野鸡无粮天地宽。

菱角磨做鸡头。

公鸡给黄鼠狼拜年，凶多吉少。

黄鼠狼给鸡拜年，没安好心。

鸡犬之声相闻，老死不相往来。

鸡儿不吃无工之食。

家鸡打得团团转，野鸡打得贴天飞。

旗杆上绑鸡毛，好大掸子。

三更灯火五更鸡。

野鸡戴皮帽儿，充鹰。

鸡蛋里挑骨头。

拿鸡蛋往石头上碰。

鸡蛋碰石头。

鸡蛋未孵出，先别数小鸡。

鸭

水大没不过鸭子。

春江水暖鸭先知。

啥人找啥人，鸭子找的摆尾群。

处处鸭子是扁嘴。

一只鸭子搅不浑水。

鸭子听雷。

马

相马看口齿，交友要摸心。

战场上识别骏马，患难中了解朋友。

骑快马的觉不出路远，朋友多的觉不出困难。

驰骋认骏马，患难见真情。

泥泞知马，患难识人。

不经长途，不知骏马。

是不是金子，一炼就知道；是不是好马，一跑就知道。

跟骏马学跑，跟着驽马学犟。

快马是在长途练出来的，大路是靠脚板子踩出来的。

坐轿不知抬轿苦，骑马不知步行迟。

好马是骑出来的，才干是练出来的。

耐性子能驯服暴烈的马，火性子能打坏淘气的羊。

战马拴在槽头上要掉膘，好刀放在刀鞘里要生锈。

酣睡别忘了槽上的马，无事也莫忘身边的刀。

骏马当中有骏马，能人里面有能人。

人要是垂头丧气，连马也跑不动了。

云里跑马脚底空，船家吃水不要井。

老马识途。

骏马不用配金鞍。

赶车三年知马性。

人有失手，马有漏蹄。

再好的马也难免失蹄。

骏马会被暗桩绊倒。

癫狂的马往往容易闪失，慌张的人时常会出乱子。

马在柔软的草地里打前失，人在甜言蜜语前栽跟头。

会骑马的也要防止从马上跌跤。

好马不怕路不平。

努力，人能到达志愿；驰骋，马能走尽草原。

又要马儿跑得好，又要马儿不吃草。

好马不吃回头草，好汉不夸旧功劳。

多好的草地也有瘦马。

好马在力气，好汉在志气。

最快的马也追不上春风，最能干的英雄也离不开群众。

马好全在腿上，人好不在嘴上。

草原好养千里马，高山才长万年松。

庭院里跑不出千里马，花盆里栽不出万年松。

骏马虽快甩不掉影子。

好马不一定都能驾辕。

有钱买马，没钱置鞍。

一马不能配两鞍，一脚不能踏俩船。

好马不在铃铛响。

马好不在鞍，人美不在衫。

没有理智的热情，是脱缰的马。

没有追不回的脱缰马。

看被子长短伸脚，视马的力气赛跑。

头马不行百马愁，上梁不正下梁歪。

马看牙板，人看言行。

人懒了事多，马懒了路多。

劣马行不得千里，杉尾做不得正梁。

马打滚的地方总有毛落。

有毛病的人心虚，有脊疮的马胆怯。

马乏嫌嚼铁沉，人困恨耳朵重。

人不论大小，马不论高矮。

马看不见自己的脸长，羊看不见自己的角弯。

谁低下头，谁就会被人当马骑。

一个人不能同时骑两匹马。

烈马可以套住，说话不能追回。

牧羊人要像女人一般温情，牧马人的气质则要如同英雄。

慢船跑死马。

心急马不快。

墙头跑马没回头。

养牛得犁，养马得骑。

醉马草开花很好看，骏马吃下去就断肠。

一天省一把，三年要匹马。

穿针要穿鼻，买马要看蹄。

一马不跨双鞍。

人有失手，马有失蹄。

人奔家乡马奔草。

人怕理，马怕鞭，蚊早怕火烟。

人要炼，马要骑。

人是衣裳马是鞍。

小马儿乍行嫌路窄。

千里骡马一处牛。

马上不知马下苦，饱汉不知饿汉饥。

马上摔死英雄汉，河中淹死会水人。

马不打不奔，不人激不发。

马至滩，不加鞭。

马行十步九回头。

马屁拍在马腿上。

马看牙板，树看年轮。

马群奔驰靠头马。

见鞍思马，睹物思人。

牛头不对马嘴。

心急马行迟。

有财同享，有马同骑。

任它狗儿怎样叫，不误马儿走正道。

好马不吃回头草。

走马有个前蹄失，急水也有回头浪。

兵马未动，粮草先行。

快马一鞭，快人一言。

快马不用鞭催，响鼓不用重锤。

肥了骡子瘦了马。

临崖勒马收缰晚。

看不起驴子买不起马。

拳头上立得人，胳膊上跑得马。

望山走倒马。

惯骑马的惯跌跤。

骑马坐船三分险。

瘦死的骆驼比马大。

骑马坐船三分险。

带马到河边容易，逼马饮水难。

好马不会毛色差。

马有四条腿，亦有失蹄时。

奔马无需鞭策。

不要将大车套在马前面。

公用之马，掌子最差。

失马之后锁马厩。

馈赠之马，勿看牙口。

一根一根拔，拔光马尾巴。

到处都有害群之马。

人要衣装，马要鞍。

骡

骡子的本事，要在山路上看；朋友的真心，要在困难中看。

出鼻骡子身上毛病多，坏人的心里诡计多。

打着骡子马惊。

骡子不能因为打它而变成马。

一脸骡子毛，还想混着吃马料。

驴

疾驰的快马，往往只能跑两个驿亭；从容的驴子，却能日日前进。

与其找临时马，不如乘现成驴。

得着毛驴当马骑。

懒驴嫌驮子重。

不能驮的驴，戴上铃铛也没用。

小毛驴使不出黄牛劲。

一个槽里拴不下两个叫驴。

驴子叫得再好听，也变不成夜莺。

瘦毛驴嗓门高。

如果叫喊能帮助建成一座房子，那么驴子就能建一条街。

驴见了灰就想打滚。

驴怎么喂，也长不出短耳朵来。

驴到什么时候，也不能顶个骡子。

马王爷不管驴事。

骆驼

见惯了骆驼，看不出牛大。

尽管狼在嚎叫，骆驼照样前进。

骆驼积蓄了两峰水草，才不畏千里风沙。

用匙子饮不饱骆驼。

骆驼鞍子再破旧，也能给毛驴做垫子。

不看自己身上的骆驼印，却看别人身上的虱子脚。

一根稻草，能磨破骆驼的背。

骆驼的脖子再长，也够不到山那边的草；兔子的腿再短，一样能翻过山。

左右不平衡的载物，是骆驼的痛苦；冷热不正常的爱情，是精神上的痛苦。

骆驼把鼻子探进帐篷，不久它的身子也会挤进来。

骆驼拉磨不如驴，砂锅和面不如盆。

狗

狗脖子上挂不住肉包子。

香肠做的链子锁不住狗。

狗就是狗，哪怕金圈套上头。

好管闲事的狗，看见月亮也叫。

一犬吠形，百犬吠声。

爱叫的狗没人理。

狗是百步王，只在门前狂。

吠叫的狗不是厉害的狗。

恶狗咬人暗下口。

狗伸舌头的时候不干，鸡缩爪子的时候才忙。

浪子回头金不换，光棍回头饿死狗。

狗，拿棒子管；人，拿道理管。

主人遇狗也遭咬。

疯狗不吠咬死人。

狗急跳墙，兔急咬人。

任你狗叫，不误骆驼走大道。

恶狗服粗棍，猛虎服武松。

对强盗只能用刀子，对恶狗只能用棍子。

听到狗叫握紧马棒，听到狼嚎端起刀枪。

恶狗必然碰到木棍。

打狗要拿出打虎的本领。

野狗要当豺狼打，笨猪要当狐狸抓。

恶狗害怕棍棒，恶狼害怕猎枪。

疯狗眼里只有棍棒。

怕狗的偏偏碰上狼。

越是怕狗越挨咬。

篱笆扎得紧，野狗钻不进。

篱笆破，狗进来。

狗碰开门，狼也进来。

人多力量强，狗多咬死狼。

狗多不怕狼，人多不怕虎。

猎手家的小狗不怕虎。

人狂必有祸，狗狂豹子拖。

在自己的街上，劣犬也变成了老虎。

狗眼看人低。

狗嘴吐不出象牙。

狗窝里养不出金钱豹。

身上有屎，狗跟踪。

狗的身后，总是跟着一群苍蝇。

馋狗不肥。

狗肚子装不下二两香油。

狗行千里，改不了吃屎。

打狗看主人。

狗拿耗子，多管闲事。

牛眼看人高，狗眼看人低。

好狗不挡路。

赖狗改不了吃屎。

狗朝屁走，人朝势走。

好狗不咬鸡，好汉不打妻。

好狗不跳，好猫不叫。

狗仗人势，雪仗风势。

爱叫的狗不咬人，咬人的狗不露齿。

布丁太多噎死狗。

爱叫的狗很少咬人。

死狗不咬人。

狗见了叫的不一定都是贼。

狗在家门口就成了狮子。

莫学狗占马槽不吃草。

狗再傲慢也会吃脏布丁。

人怕没理，狗怕夹尾。

人爱富的，狗咬穷的。

闷头狗，暗下口。

画人难画手，画树难画柳，画马难画走，画兽难画狗。

狗咬人，有药治；人咬人，没药医。

狗咬穿烂的，人舔穿好的。

绊人的桩，不一定高；咬人的狗，不一定叫。

猪

农家莫断猪，秀才莫断书。

性急赶不得猪。

就是一小块肉，也得杀一头猪。

一只猪杀不出两样心肝。

猪困长肉，人困卖屋。

羊毛贴不到猪身上。

没狗的地方猪看家，没鸡的村庄鹅打鸣。

牛

初生牛犊不怕虎，长出犄角反怕狼。

草场好了牛羊肥，墨汁好了字迹美。

美丽的原野，也应预防长毒草；肥壮的牛羊，也应预防掉肥膘。

牛羊多了不缺肉餐，棉毛多了不缺衣衫。

牛前马后要提防。

老牛不喝水，不要强按头。

牛不饮水头不低。

要想吃上酥油，先要喂好乳牛。

别看黑色的牛，可是有白色的奶。

海绵吸了水，挤出来的是水；牛吃了青草，挤出来的是乳汁。

春天不播下种子，秋天哪来的青稞？冬季不精心饲养奶牛，夏天哪会有酥油奶酪？

三十头牛有六十只角，三十个人有三十条计策。

黑牛变不成白牛，敌人变不成朋友。

牛背上练不出骁勇的骑士，池塘里育不出真正的水手。

散开的牛群，有被老虎吃掉的危险。

牵牛要牵牛鼻子。

大牛好牵，耗子难抓。

好牛也要竹鞭打，好马也要笼头拉。

一个桩，不能栓两头牛。

一群牛进园子，总有一个带头的。

牛无力拖横耙，人无理说横话。

老牛上坡，屎尿太多。

把牛头藏在怀里难，把错误掩盖起来难。

牛挑草料掉膘，人挑饭食瘦弱。

牛角弯弯扳不直。

牛不知角弯，马不知脸长。

牛角越长越弯，财主越大越贪。

牛尾巴盖不住牛屁股。

牛要满饱，马要夜草。

耕牛战与磨道驴。

宁可挣死牛，不叫车退坡。

偷针的会变成偷牛的。

能偷蛋就能偷牛。

牛大压不死虱子，山高遮不住太阳。

沉着的牦牛，比慌张的马先跑到家。

有牦牛一样大的身躯，不如有纽扣一样大的智慧。

牦牛身上的毛多，坏人干下的丑事多。

四草法则：兔子不吃窝边草；好马不吃回头草；老牛时兴吃嫩草；天涯何处无芳草。

羊

一个羊是放，十个羊也是放。

绵羊蹚过的河水，饿狼也要舔一舔。

羔羊在狼的面前忏悔，是最愚蠢的举动。

狼态度再好，羊也不要和它相处。

绵羊不伴豺狼。

山羊不跟豺狼作亲戚，老鼠不和猫结亲家。

好铁打好刀，肥羊下肥羔。

羊毛出在羊身上。

懒羊连自己身上的毛也嫌重。

羊身上长不出骆驼毛来。

羊群里藏不住骆驼。

如是有了胡子就算知识渊博，那么山羊也可以讲课了。

羊急了也咬狼。

绵羊赶急了，也会跳涧。

勿让羊管菜园，莫请狼看羊圈。

护羊犬相咬，狼要钻空子。

羊顶角，狼得食。

狼最喜欢逮离群的绵羊。

羊无碍口之草。

挂羊头，卖狗肉。

羊群走路看头羊。

山羊奔跑也跑不出草原，苍蝇翻飞也扬不起尘土。

放羊的应得羊，种粮的该得粮，作恶的自遭殃。

山羊尾巴摇千次，不如马尾甩一下。

懒羊嫌毛重。

甘心做绵羊，必然喂豺狼。

象

真正的象牙不怕生蛀。

象牙再好，总不能镶在口里。

木刺虽小，也能置大象于死地。

长着四只粗脚的大象也会跌跤。

绑鸡的绳子捆不住大象。

瘦象倒地千斤肉。

鹿

鹿羔爱的是草滩，农民爱的是生产。

有鹿就有它吃水的塘。

野鹿的腿再快，也逃不出猎人的手。

乱藤绊不倒飞奔的金鹿，狂风吹不断山鹰的翅膀。

大鹿走过的地方，獐子也能过去。

饿了，吃鹿角也觉嫩；饱了，吃羊尾也嫌硬。

狮

狮子和狗相斗，胜了也不光彩。

看到狮子露出牙齿，不要以为它在微笑。

狮子不会借出牙齿。

狮手再温驯，也不要把手放在它嘴里。

要想挤狮奶，就得有斗狮的胆量。

狮子并不如画的那么可怕。

谁要是硬把狮子当成驴，那就让他去试着骑一骑。

纱线也能捆住狮子，只要拧成一股绳。

狮子搏兔也用全力。

威武的狮子如果整日沉睡，它也将不再是狮子。

雄师要雪山来保，猛虎要森林来护。

狮子不饮狗舌舔过的水。

熊

狗熊安上尾巴，也成不了狮子。

和狗熊打交道，枪杆子要握牢。

狗熊嘴小啃地瓜，麻雀嘴小啄芝麻。

虎

平原打不着老虎，板凳上学不出骑术。

不伤虎皮难捕虎。

打虎要打头，杀鸡要杀喉。

打虎先敲牙，拆房先拆梁。

龙怕揭鳞，虎怕抽筋。

擒龙要下海，打虎要上山。

不向虎山行，难成打虎将。

不入虎穴，拖不出虎子；不入龙潭，掏不出龙蛋。

毙虎者饱餐虎肉，畏虎者葬身虎口。

打仗要先摸敌情，伏虎要先知虎性。

没有老虎胆，不敢进深山。

朽绳子，缚不住真老虎。

对老虎的宽仁，就是对羊群的凶狠。

放虎归山，后患无穷。

养虎为患，养蛇吃鸡。

人无伤虎心，虎有伤人意。

虎口里讨不出肉来。

东山老虎拖人，西山老虎也拖人。

水深难见底，虎死不倒威。虎死留皮，人死留名。

虎瘦雄心在，人穷志不穷。

猛虎虽老花纹依旧，老牛虽衰犄角不变。

人凭志气虎凭威。

山中老虎美在背，树上百灵美在嘴。

深山的虎容易捕，众人的嘴不好堵。

虎离山无威，鱼离水难活。

虎不怕山高，鱼不怕水深。

人不辞路，虎不辞山。

兵马不离阵，虎狼不离山。

人怕齐心，虎怕成群。

一虎势单，众鸟遮日。

猛虎架不住群狼。

人多力大，老虎害怕。

山中无老虎，猴子称大王。

说起别人凶似虎，谈起自己美如凤。

墙上画虎，吃不了人。老虎打架劝不得。

老虎借羊，有借无还。

老虎也有打盹儿的时候。

老虎屈膝而卧，并不意味着它在向人们祝贺。

老虎蹲下不是为了施礼。

捉虎容易放虎难。

虎老雄心在。

不入虎穴，焉得虎子。

伴君如伴虎。

老虎门下官难做。

老虎的屁股摸不得。

老虎的胡子谁敢拔。

老虎未吃人，样子赫杀人。

老虎藏在洞里不显威风。

前门拒虎，后门进狼。

羊儿跑进虎群。

老虎进了城，家家都闭门。

老虎头上扑苍蝇。

老虎头上搔痒。

两虎相斗，必有一伤。

羊披上虎皮，见到老虎还是害怕。

羊跟老虎交朋友，总有一天会吃亏。

猪给老虎拜年，有去无归。

苛政猛于虎。

敢把皇帝拉下马，老虎也得掰掉牙。

龙游浅水遭虾戏，虎落平阳被犬欺。

老虎尾巴挂扫帚，威风扫地。

狼怕鞭，虎怕圈，狗怕低头捡大砖。

虎入陷阱，走投无路。

虎毒不食子。

豹

管中窥豹，只见一斑。

豹子和山羊绝不会生活在同一个群里。

虎豹见了虎豹欢。

豹子也有笑的时候。

豹的文采在浮皮，人的成色在心里。

狼

即使对狼进行教育，狼也不会改变本性。

即使给狼洗礼命名，它还是要跑到森林里去。

如果对狼读圣经，狼一定会说："快结束吧！一群羊过去了。"

狼毛会褪色，狼性不会改。

掉了牙齿的狼，仍有吃人的恶意。

狼在只剩一口气的时候都想吃羊。

狗走天边吃屎，狼走天边吃肉。

狼总是狼，不能指望它吃青草。

羊皮盖不住狼心肠。

人们都认得狼，狼不一定认得每个人。

即使剥掉狼的七层皮，狼依然是狼。

狼头伸进羊圈，绝不会对羊发慈悲。

没有吃过羊的狼，仍然是羊的敌人。

狼在梦中也想着羊群。

狼死羊群得安宁。

狼群里绝跑不出羊羔来。

狼给羊羔领路最危险。

以狼牧羊，怎能长久？

狼虽然挂上山羊胡子，但依然是狼。

刁狼会装羊，坏人会装腔。

坏人爱找空子，狼来爱趁雨天。

不要以为敌人是绵羊，而要懂得敌人是豺狼。

给豺狼一个指头，它会吞掉你的胳膊。

豺狼装笑，是为了吃人。

别拿豺狼当猎狗，别拿敌人当朋友。

谁怕豺狼，谁就不敢上山。

豺狼要是饿肚，总是羊有罪过。

豺狼怎样老而无能，也须防备它吃掉小羊羔。

恶狼难敌众犬，好手难打双拳。

狼过石板无脚印，蚂蟥叮人不出声。

不把狼窝剿，断不了吃人精。

既打狼就不怕狼咬。

打死一只狼，不要马上把棍子扔掉。

狼请你去做客，也许你就是酒肉。

到狼那里做客，要随身带着狗。

帐篷里没有勇敢的哈萨克，豺狼就要到帐篷里来。

和狼在一起，就会学狼叫。

人对人是狼。

年轻人，在成长，吃起饭来像饿狼。

狼到天边不改性。

狼窝里少不了骨头。

狼是铜头铁脚麻秆腰。

狼有狼道，蛇有蛇踪。

狼狗打架，两家害怕。

狼的头伸进羊圈，决不会谦虚地把身子留在外面。

狼众食人，人众食狼。

披着羊皮的狼。

狼行千里，改不了吃人。

狼终究是狼，即使它不吃你的狼。

和狼在一起，就学会吃人。

灰狼其为吾人之口令。

狼精狐狸怪，兔子跑得快。

狼是铁头铜脖子，腰里挨不住一条子。

狼是铜头铁臂豆腐腰。

狐狸

狐狸再狡猾，藏不住臊味。

车子走过，必有轮迹；狐狸走过，必有臊气。

田螺不知尾下皱，狐狸不知尾下臭。

狐狸藏不住尾巴。

狐狸总是骂陷阱，却从来不责怪自己。

是狐狸就狡猾，是敌人就毒辣。

不管狐狸多么狡猾，它的皮是经常出售的。

狐假虎威是没有力量的表现。

狐狸冲着猎人微笑，目的是要从猎人身边溜走。

狐狸再狡猾，也斗不过猎手。

用巧技才能捉到狐狸，凭勇敢才能捉住豺狼。

吃惯的野狐比狼歪。

狐狸看鸡，越看越稀。

狐狸看不见鸡毛不跳陷阱。

要是狐狸演说，公鸡就要深思。

狐狸说要睡觉的时候，鸡可更要打起精神。

狐狸做梦的时候，也在数小鸡。

狐狸一念经，快赶鸡入笼。

没有诚实的狐狸，没有不吃人的老虎。不要因为狐狸微笑，就和它交朋友。

狐狸毛色可变灰，但是本性难移。

狐狸捕食，远离洞府。

每当狐狸说教，当心鸡群被盗。

狐狸说它吃素的时候，母鸡就得注意。

猴

猴子披上绸缎还是猴子。

猴子学会跳，不知摔过多少跤。

爱上的，猴子也标致；看中的，狗熊也美丽。

猴嘴里掏不出枣核来。

莫叫猴子去看果，莫叫水獭去守鱼。

树倒猢狲散。

一窝的猴子都姓孙。

兔

好汉不赶乏兔。

外头赶兔，屋里失獐。

同时逮两个兔子，一个也不会逮到。

兔子跑起来好打，山鹰飞起来好打。

兔子靠腿狼靠牙，各有各的谋生法。

兔子若要效狮子跳山溪，一定落个坠涧而亡。

狡兔不吃窝边草。

狡兔有三窟。

兔子睡懒觉，乌龟跑赢了。

不能既和野兔一起跑又和猎狗一起追。

猫

瞎猫捉不住活老鼠。

死猫吓死活老鼠。

贪睡的猫一定捉不到老鼠。

懒猫逮不住老鼠，懒人出不了成果。

多鸣之猫，捕鼠必少。

好叫的猫，逮不住老鼠。

猫不在，鼠称王。

有猫不知猫儿好，无猫才知老鼠多。

猫捉老鼠并不是为了敬神。

是猫变不得狗。

馋猫鼻子尖。

猫嘴里挖不出泥鳅来。

猫鼠不同眠，虎鹿不同行。

猫小不忘悄悄走，蛇细不忘盘着躺。

不要把猫说成老鹿，不要把蚂蚁说成大象。

猫哭老鼠是假，狗馋骨头是真。

猫急上树，狗急跳墙。

猫儿得势雄如虎，凤凰落架不如鸡。

狸猫似虎并非虎，恶人装笑不是善。

狸猫夸伶俐，愚人夸自己。

没有家腥，引不来野猫。

猫儿不吃死老鼠。

猫有九命。

猫总是藏起自己的爪子。

黑暗处的猫都是灰色的。

戴手套的猫抓不到老鼠。

猫偷吃奶油时总是闭着眼。

杀死猫的办法不仅仅是用黄油噎死它。

忧虑愁死猫。

得志的猫欢似虎。

黄鼠狼和猫结亲，不是好事情。

谁去给猫系铃？

鼠

老鼠爱打洞，敌人爱钻空。

一窝老鼠洞连洞，一个兔子三个窝。

老鼠遍地跑，必定有窟窿。

长堤要防老鼠洞，大树要防蛀心虫。

老鼠再大也怕猫。

老鼠养的猫不疼。

老鼠说猫是最厉害的。

有刁猫就有刁鼠。

有面包渣就有耗子。

只要日子久，老鼠也能咬断铁链。

蛇有蛇洞，鼠有鼠路。

耗子拱不翻石磨盘。

金刚钻虽小，单钻瓷器；麦秸垛虽大，压不死老鼠。

一窝老鼠不嫌臊。

家鼠和田鼠长得一样，却不是同住一个地方。

尽管老鼠在海洋中能够挣扎，但称不上是个水手。

莫学老鼠阴沟爬，要学葵花永向阳。

老鼠也要留三天口粮。

老鼠看仓，看个精光。

驴大的耗子也怕猫。

只有一个洞的老鼠，很快就被抓住。

刺猬

刺猬总想显一显刺毛，坏蛋总要耍一耍花招。

需要，刺猬也是宝；不用，珍珠成废物。

蝙蝠

坏人难过四方，蝙蝠怕见太阳。

坏人怕真理，蝙蝠怕太阳。

蝙蝠虽有翅膀，但不能在阳光里飞翔；坏人虽有奸计，但不能在群众中施展。

虫

百足之虫，死而不僵。

一条毛毛虫能把树蛀空。

虫蛀的拐杖靠不住。

软虫子能蛀烂硬木头。

不动脑筋偶成大事，谁承认他有聪明才华？

虫食叶痕即使像字，谁也不说它是书法家。

香气四溢的花朵有蜜蜂拜访。

没有花香引不来蜜蜂，没有臭味招不来苍蝇。

高墙也拦不住的蜜蜂，才能找到多蜜的花朵。

好蜂不采落地花，好马不吃回头草。

有水禾苗才抽穗，有花蜜蜂才酿蜜。

要学蜜蜂共酿蜜，莫学蝴蝶自采花。

蜂不采花粉酿不出蜜，蚕不吃桑叶吐不出丝。

蜜蜂口里有蜜，尾部却有刺。

要想吃蜜，就得养蜂；要有学问，就得勤奋。

没有蜜蜂的勤劳，大海再大也不会有蜜。

要学蜜蜂终日勤劳，莫学知了整日聒噪。

宁做辛勤的蜜蜂，不做悠闲的知了。

要学蜜蜂勤到老，莫学露水一时干。

从同一朵花中，蜜蜂吸蜜，蛇吸毒。

一个人心灵好坏，从行动中便能表现出来——就像蚊子用嘴吸的是血，蜜蜂用嘴酿的是蜜一样明白。

辛勤的蜂群里，要警惕马蜂混进；芬芳的花园里，要防止毒草蔓生。

蜂多出王，人多出将。

小溪流向江河，蜜蜂热恋花朵。

蜜蜂酿蜜不嫌花儿少，好学读书不弃分与秒。

蜜蜂酿蜜盼花开，燕子筑巢盼春来。

黄蜂

黄蜂针毒，恶人心狠。

从黄蜂身上取不到蜜，从坏人那里得不到益。

蜇人的马蜂钩子总是藏在带花纹的肚子里。

蜂背虽花不是虎，蜗牛有角不是牛。

蚕

蜡烛燃尽，照亮别人；春蚕吐丝，不为自身。

干工作要像春蚕吐丝，兢兢业业到死方休；做人要像点着的蜡烛，从头燃到脚一生光明。

蚕把心中的话语织成金色的画卷，蝉把心中的话语化作空洞的噪音。

不是蚕，吃上桑叶也吐不出丝来。

春蚕到死丝还有，蜡烛燃尽泪不收。

蝴蝶

花开自有蝶飞来。

哪儿有花，哪儿就有蝴蝶。

蝴蝶投入蜘蛛网，任你有翅也难飞。

蜘蛛

蜘蛛勤织网，总有飞来虫。

蜘蛛爬行留下丝踪，蚂蚁走路留下脚印。

蜘蛛扳不倒牌楼。

蝉

风定始知蝉在树，灯残方见月临窗。

莫学知了爬树梢，东摇西摆唱高调。

蚁

蚁多推山山也倒，人多戽海海也干。

人多好做工，蚁多困死虫。

蚂蚁能啃牛骨头。

一人难驾大帆船，蚂蚁齐心能吃象。

合群的喜鹊能擒鹿，齐心的蚂蚁能吃虎。

群蚁能降毒蛇。

蚂蚁顶不翻锅。

一只蚂蚁拉不动一粒芝麻，一群蚂蚁能搬走一只青蛙。

宁做蚂蚁腿，不学麻雀嘴。

对蚂蚁来说，一碗水就是海洋。

蚂蚁爬到牛角上，骄傲地以为上了山峰。

蚂蚁爬树不怕高，有心识字不怕老。

一个蚂蚁洞，能够毁灭一座大坝。

糖决不能交给蚂蚁去保藏。

蚂蚁虽小能把大厦蛀塌。

沙粒虽小伤人眼，白蚁虽小毁栋梁。

大船要防蠹虫蛀，大坝要堵蝼蚁洞。

千里之堤，溃于蚁穴。

独虎不能敌群狼，蚁多咬死大螳螂。

苍蝇

苍蝇不叮没缝的鸡蛋。

鸡蛋不裂缝，苍蝇难下蛆。

苍蝇不会飞进闭着的嘴里。

苍蝇绝不会酿蜜。

臭肉养活苍蝇，苍蝇离不开臭肉。

苍蝇对哪儿感兴趣，哪儿绝不会干净。

如果说进谗言者是苍蝇，信谗言者便是屎堆。

一日被蜂咬，三日怕苍蝇。

蝇子放屁，咬不了人。

蚊子

蚊子成阵，祸害无尽。

打死蚊子不是因为它嗡嗡叫，是因为它吸人血。

蚊子如果一齐冲锋，大象也会被征服。

看见蚊子用不着拔剑。

上山要防花蚊子，下田要防水蚂蟥。

蝎子

蝎子的尾，马蜂的针，最毒莫过坏人的心。

蜈蚣

千脚蜈蚣，只能一条路。

虫中最毒蜈蚣嘴，人间最狠财主心。

蜈蚣钻进竹笼躲，总有一天露出脚。

虾

沉睡的虾，只会被急流卷走。

虾米虽小游大海。

树上找不到鱼虾。

浅水得鱼虾，深水得蛟龙。

螃蟹

针刺螃蟹不出血。

螃蟹不忘横着爬。

小洞爬不出大蟹。

鱼

人靠朋友，鱼靠江水。

深水鱼多。

鱼往深处游，人往高处走。

海深不怕鱼大。

海洋深处鱼儿大，书海深处学问精。

浪再大挡不住鱼穿水，山再高遮不住太阳红。

鱼瘦不怕风浪大，鹰小不怕山头高。

鱼不离水水养鱼，瓜不离藤藤牵瓜。

鱼怕离水，人怕离群。

鱼跃龙门望上游，鸟飞青山望树头。

有鱼的地方必冒水泡。

心意等不得人，性急钓不得鱼。

心浮气躁的人，钓不上大鱼。

直钩钓不住鱼。

耕田不离田头，钓鱼不离滩头。

好塘无水鱼难养，肥田无水难栽秧。

天上星多月不明，塘里鱼多水不宁。

鱼怕干塘，人怕闲荡。

柴多火焰高，网密鱼难逃。

没有大网，打不着大鱼。

浮在水面上的网，只能捕到小鱼。

有刀不磨不锋利，有网不捞不得鱼。

清水塘里好撒网，浑水塘里好摸鱼。

满湖撒下金丝网，哪怕鱼儿不上钩。

若怕湿了脚，休想把鱼捉。

捉鱼要下水，伐木要钻林。

鱼吞钓饵，不知有钩。

香饵之下，必有死鱼。

有捞鱼的时候，就有晒网的时候。

有鱼没鱼捞干看。

水浊难分鲢和鲤，水清方见两般鱼。

河里鱼多水不清，山里石多路不平。

新池无大鱼，新林无长木。

池浅养不了大鱼。

鱼仔顶不翻大渔船，小鱼翻不起大浪。

鱼儿不会爱水獭，鸡儿不会爱老鹰。

打鱼的不离船，打柴的不离山。

庄稼人识不完谷，打鱼人识不完鱼。

近水知鱼性，近山懂鸟音。

壶里无酒难留客，池里无水难养鱼。

不吃鱼口不腥，不做贼心不惊。

做贼心惊，吃鱼嘴腥。

手提鱼篮，避不得腥。

一条鱼弄得满篮子腥。

一条鱼腥一锅汤。

鲜鱼要烂，先从肚起。

鱼虾没有三天猛。

鱼拉鱼，虾找虾，青蛙不找癞蛤蟆。

鲤鱼不怕上急滩，海鸥不怕涌狂澜。

咸鱼下水活不了。

好鱼常在水底游。

咆哮的水中无鱼。

不要教鱼去游泳。

海里的好鱼多的是。

笨鱼才会咬两次钩。

鲨鱼

鲨鱼落网还咬人，黄蜂倒地也蜇人。

要捕鲨鱼下大海，要猎虎豹上山来。

没有鲨鱼胆，难捕大鲨鱼。

泥鳅

泥鳅滑难捉，坏人心难摸。

小泥鳅掀不起大浪。

一个跳蚤顶不起被子来，一个泥鳅掀不起大浪来。

蛇

打死了一条蛇，先别忙着把棍子丢掉。

蛇不会因为自己有毒而死亡。

打蛇打七寸，挖树先挖根。

打蛇先打头，擒贼先擒王。

蛇出洞才好打，草出土才好锄。

见蛇见蝎，不打作孽。

毒蛇嘴里没好牙。

如果是毒蛇，粗的细的都一样；如果是敌人，远的近的都一样。

警惕毒蛇装美女，提防乌鸦扮金鸡。

毒蛇口中吐莲花，不要以为它好看。

石头没有缝，毒蛇钻不空。

蛇要吃东西，它总要出洞。

蛇有多大，洞有多大。

蛇爬无声，奸计无形。

蛇过有条路。

把敌人引进厅堂，等于把毒蛇放在胸膛。

怜惜毒蛇被蛇咬，纵虎归山虎伤人。

把蛇放进自己的袖筒里，好心不会得好报。

蛇入竹筒，曲性难改。

蛇会脱皮，但绝不会改变它的本性。

是蛇一身冷，是狼一身腥。

虹搭的桥不能走，蛇扮的绳不能拿。

莫看蛇洞直，要看蛇身弯。

一朝被蛇咬，三年怕草绳。

一回挨蛇咬，二回不钻草。

叫蛇咬了一口，见了黄鳝都害怕。

踩着尾巴蛇回头。

鳄鱼

鳄鱼流泪假惺惺，狐狸唱歌耍花招。

别因为鳄鱼流眼泪就跟它交朋友。

虚伪的同情，是鳄鱼的眼泪。

虽然水面平静，也得留神水下鳄鱼。

即使住在河边，也不要和鳄鱼做朋友。

若是大象都走在河里，鳄鱼不敢张嘴。

蛙

青蛙常常忘记自己过去是蝌蚪。

杀死一只青蛙，等于救活一万条害虫。

逃脱的青蛙莫追，抓住的狐狸莫放。

青蛙跳一辈子，也跳不出池塘边。

青蛙的鼓噪，阻止不了牛到河边饮水。

井底青蛙小无地，天空白鹤凌云志。

井底蛙，天窄；山顶鹰，眼宽。

夏虫不知冰，井蛙不知天。

山溪难知江河深，井蛙不知有大海。

沼泽之蛙，不知大海的浩瀚；自满的人，不懂知识的渊博。

牛蛙野心大，终于肚皮炸。

井底之蛙，不知大海。

蛤蟆

市中无鱼蛤蟆贵。

井里蛤蟆，没见过大天。

蛤蟆也会被泥陷住。

蛤蟆学跳舞，步法有限度。

一只蛤蟆能弄浊整塘清水。

蛤蟆和水牛比大小，胀破了肚皮；麻雀学乌鸦的步法，扭断了脚趾。

蛤蟆蹲在塘边，妄想摘下星星。

癫蛤蟆剥皮眼不闭，黑甲鱼剖腹心不死。

龟

前头乌龟爬坏路，后头乌龟照样爬。

再快的乌龟，也赛不过兔子。

龙

龙多不治水。

一龙难治千江水，一虎难登万重山。

要龙要虎，不如要土。

龙凭大海虎靠山，人凭志气排万难。

蚌

明珠尽出老蚌。

麻绳锯得铁柱断，蚌壳舀得河水干。

鹬蚌相争，渔翁得利。

6. 关于植物的谚语

树

山高树高，井深水凉。

山不在高，有树为宝。

绿叶常青，因为它长在活的树枝上。

树叶当不了烟草，漂亮话当不了粮食。

山无森林景不美，树无叶子易枯萎。

大树也有枯枝。

树再高也顶不着天。

树高千丈，叶落归根。

树叶砸不破头。

攀登那长刺儿的树木，就要受到刺戳痛苦；依靠品行恶劣的人，不会有什么好处。

时常移植的树，很少长得茂盛。

软藤缠死硬树。

三个树杈有高低，十个指头不一般齐。

参天的大树是一枝一杈长起来的。

石看纹理，山看脉；人看志气，树看材。

树老半心空，人老百事通。

上树先从下面爬。

树上找不到鱼虾。

一棵树成不了花园。

一树难开两种花，一人不说两样话。

一缸不酿两种酒，一树不开两样花。

树弯枝也斜。

谁家林里无歪树？

树的阴影扫不开。

根深不怕风摇动，树正何愁影子斜。

根深之树不易折，涌泉之水不会枯。

根扎得深的树，不怕暴风雨的袭击。

树老根子多，人老见识多。

人怕老心，树怕老根。

看树看根，看人看心。

树无根不长，草无雨不发。

树无根不长，人无志不立。

根深叶茂，树壮果稠。

树有根，水有源。

培树要培根，练功先练心。

树高千丈总有根，水流千里总有源。

人交心，树浇根。

树都是从泥土里吸收养料的。

树从泥土里吸收养料，人从群众中获取智慧。

千枝万叶一条根，人多心齐土变金。

风吹树叶根不动，水卷流沙山不惊。

刀砍杉树不死根，火烧芭蕉不死心。

树不剥皮不会裂。

树怕剥皮，人怕伤心。

不要一见树皮就对这棵树下起结论来。

人争一口气，树争一层皮。

人怕见面，树怕剥皮。

没风树不响，无风不起浪。

空中无风树不摇，天不下雨地不潮。

海水无风浪不高，树上无风枝不摇。

根深不怕风摇动，树正不怕月影斜。

树叶沙沙响，必定难挡风。

独树难挡风。

树干生得牢，不怕大风摇。

果实

一株结满果实的树，树枝总是下垂的。

果实累累的树枝儿，总是低低地俯下身子。

果子离不开枝子，瓜儿离不开蔓儿。

满园的果子，难说哪个红。

不上树摘不到芒果，不流汗哪能学到本领。

今年栽下一棵桃，他年果子吃不了；今年栽下一棵槐，他年柴火不用买。

没有手艺的人，就像不结果的树一样。

知识的根是苦的，它的果实是甜的。

浅薄无能的人，比谁都自高自大。

不包涵营养水分的果实，一定僵硬干瘪。

果树不只结一个果子，人不应只有一个朋友。

谣言只是叶子，行动才是果实。

枯树无果实，空话无价值。

愚蠢和骄傲是一树之果。

要吃果子树上摘，风吹落地味不香。

吃了果子忘记树。

有学问的人像果树，扭扭弯弯；愚蠢的人像竹竿，滑滑尖尖。

爱吃果实就得要珍惜花瓣。

如果你喜爱果实，就要保护果树。

剪去多余的枝叶，果实长得更丰满。

花落果儿照样长。

栽在花盆里的果树，结不出丰硕的果实。

从果实看树，从实践看人。

吃了果子，别忘了树。

好树才能结好果，好铁才能铸好锅。

一个娘的孩子有好赖，一棵树的果子有酸甜。

一树果子有酸有甜，十个指头有长有短。

栽什么树苗结什么果，撒什么种子开什么花。

啥树开啥花，啥花结啥果。

樱桃好吃树难栽，鱼汤好吃网难抬。

要吃樱桃先栽树，要想走车先铺路。

林

独木不成林，独花不是春。

单丝不成线，独木不成林。

独木不成林，一鸟不成群。

木未成林怕大风。

狂风可以拔掉孤树，却摇撼不了森林。

轻霜打死独根草，狂风难毁大树林。

人怕齐心，树怕成林。

飘散的树叶经不住风吹，茂密的森林不怕雨打。

越入森林，越见大树。

大树并不都长在森林里。

林中有弯树，世上无完人。

森林不怕狂风吹，大船不怕恶浪起。

森林的道路不会平直。

松柏

千年松，万年柏。

劲风能抗疾风卷，松柏可耐霜雪寒。

青松不怕狂风吹。

千年松柏百年松，不怕大雨和大风。

风吹不动泰山，雨打不弯青松。

红柳不畏干旱，青松傲视严寒。

风前不做墙头草，雪中要学山上松。

岁寒知松柏，患难见交情。

结交结君子，栽树栽松柏。

花鲜要落，松老常青。

山有松柏郁葱葱，河有源头水溶溶。

松柏何须慕桃李。

苍松常年枝繁叶茂，是因为根子深；沙滩不能建屋造塔，是因为基础虚。

爱情要像一株苍松，不能像一朵昙花。

是苍松，越高越刚强；是薯子，越久越腐烂。

莫学桐树半年绿，要学松树四季青。

冰封大河流不断，雪压高山松愈挺。

雪化方知松高洁，云开始见石巍峨。

杨柳

莫学杨柳随风摆，要学劲松立山崖。

风不吹柳柳不摆，雨不洒花花不开。

梧桐

大吃大用梧桐树，秋冬一到就凋零。

梧桐叶一落，天下尽知秋。

种树

栽树容易保树难。

一人栽树，万人乘凉。

有功不自恃，栽树不乘凉。

路好走，是人踩的；树遮凉，是人栽的。

砍去树上的横枝，树才能长得高大；洗涤思想上的灰尘，人才
能进步得快。

矫木趁幼，育人趁小。

树不修不长，娃不管不成。

树木从幼苗栽植，教育从摇篮开始。

常修剪的树木长得又高又直。

树小扶直易，树大扶直难。

当你轻视幼苗的时候，望望那参天的大树。

树不修，果不收。

砍树

小斧头能砍倒大树。

一斧子砍不倒一棵大树。

砍树就要砍断，办事就要办完。

硬树要靠大家砍，难事要靠大家做。

有斧砍倒树，有理说倒人。

有斧砍倒树，无理难服人。

上山砍柴要看树，拉马赶车先看路。

大树一倒，猢狲乱跑。

树怕倒，墙怕坍，胡琴怕断弦，英雄怕自满。

树倒藤萝死。

谷

饱谷穗头向下垂，瘪谷穗头朝天锥。

金色的谷穗籽粒饱满，头儿垂得低；狗尾巴草一无所有，却随风摆动得意扬扬。

没有犁过的地方，不会长好谷子。

自吃养料的稗草，骄傲地高扬着脸；结满果实的谷穗，总是谦虚地低着头。

人多出正理，谷多出好米。

碾谷要碾出米，说话要说出理。

烂泥糊不上墙，秕谷舂不出糠。

言语不真实，好像谷子没有谷粒。

饿死不能吃谷种，馋死莫要摘菜秧。

多锄草，谷粒饱。

谷收锄上，麦收犁上。

谷子破壳就见米，灯草剥皮才见心。

稻

要像稻穗那样谦虚，颗粒越饱满头越低。

学者如禾如稻，不学如蒿如草。

好稻出好米。

稻怕枯心，树怕剥皮。

稻怕秋后旱，人怕老来苦。

要好稻，下好秧。

栽稻要趁早，教儿要趁小。

稗子

不吹稗子，哪知粗细。

稗子剥不出白米，狗嘴吐不出象牙。

一粒鸡屎坏缸酱，一棵稗子坏株秧。

麦

生壳麦穗抬头高。

宁做麦子秆，不做莠草穗。

种子

虽然有了好种子，庆祝丰收还太早。

种子发芽的时候，都是弯腰拱背的。

不播种子不长苗。

没有好种，出不了好苗。

千万颗种子，都藏在泥土里。

好种出好苗，好树结好桃。

苗

好苗也要勤浇水。

有苗不愁长。

火车要靠车头带，禾苗要靠太阳晒。

根不正，苗必歪。

有钱买籽，没钱买苗。

苗要好，除虫早。

瓜

留下葫芦籽，不怕没瓜瓢。

什么种出什么苗，什么葫芦结什么瓢。

好种出好苗，好葫芦开好瓢。

葫芦有藤话有根。

豆是豆，瓜是瓜，豆角不开葫芦花。

甘瓜苦蒂，物无全美。

种的是南瓜，就不要盼着它结桃子。

种李不生桃，种瓜不生豆。

种瓜得瓜，种豆得豆。

人对眼不说丑俊，瓜好吃不说老嫩。

瓜地挑瓜，挑得眼花。

瓜熟蒂落，水到渠成。

卖瓜的不说瓜苦。

什么藤结什么瓜，什么树开什么花。

金瓜银瓜一条藤，红花绿叶一条根。

扯动青藤带动瓜。

粗藤结大瓜，壮秧结大穗。

强扭的瓜不甜。

卖西瓜要看皮色。

顺藤摸瓜。

果

向阳的石榴红似火，背阴的李子酸透心。

枣到季节自然红。

有枣无枣都打三竿子。

满架葡萄一条根。

葡萄是一点一点成熟的。

满树红果，不是一朝露水。

莫见到红果就吃。

不经霜的柿子不甜。

没有经过考验的明友，就像没有敲开的核桃。

有核桃不愁没棒敲。

拳头大的一块石头，可以敲碎一口袋核桃。

任何胡桃都是圆的，但并非一切圆的东西都是胡桃。

咬不开果壳，就吃不到果仁。

荨麻长不出无花果。

花

花草生自山中，谚语出自心中。

没有泥土长不出花木。

一样泥土出百样花。

一朵花打扮不出春天。

阳光催开漫山红花，狂风练硬岩鹰翅膀。

月儿有圆有缺，花也有开有谢。

花有重开日，人无再少时。

不爱惜花瓣，看不到花木的美丽；不珍惜时间，得不到生命的
价值。

鲜花离开水就会失去娇颜。

前人栽花后人戴，前人种果后人摘。

鲜花开放靠春雨，柳条青青靠春风。

鲜花要用水灌溉，友谊要靠人珍爱。

浇花浇根，交人交心。

迟开的花未必不香艳。

花香要风吹，好事要人传。

山顶有花山下香，桥下有水桥面凉。

人前是花，人后是刺。

有花当面插，有话当面讲。

花开不用剪刀裁。

养花一年，看花十日。

花儿初放在春天，人的风华在少年。

好花要有绿叶扶，好汉要有众人帮。

花靠叶捧，人靠人帮。

花好蝴蝶才会飞来。

那儿有百花，那儿就有蝴蝶。

蜜汁含在花朵里，咸盐溶在海水里。

花多了蜜多。

有学问的人有人请教，香气四溢的花朵有蜂儿聚集。

有毒的花儿，再新再鲜也无人爱。

三月桃花一时红，风吹雨打一场空。

桃花尽管在几番风雨后谢去，却留下香甜的果子。

桃花要趁东风开，幸福要靠劳动来。

千人同船共条命，千朵桃花一树生。

牡丹虽好，还要绿叶扶持。

牡丹花大空入目，麦花虽微结实成。

种蒺藜得刺，种牡丹得花。

牡丹花好空入目，枣花虽小结成实。

蜡梅哪怕寒霜降。

宝剑锋从磨砺出，梅花香自苦寒来。

蜡梅不怕霜雪打，霜雪越打花越开。

没有冰天雪地寒，哪来梅花一季香。

荷花结子心连心。

十个指头有长短，荷花出水有高低。

采动荷花牵动藕。

万朵荷花一股根。

玫瑰花儿可爱，但它刺多扎手。

没有不带刺的玫瑰。

玫瑰虽有刺，却是香花。

谁要想摘玫瑰，就不要怕刺。

爱蔷薇花，就不要嫌它有刺。

把桂花装在瓶子里，它的香气还是飘向四方。

没有好花，结不了好果。

栽花不浇花不红，植树不浇叶不绿。

草

人不知春草知春。

斩草不除根，逢春有发芽。

好学者犹如春天的小草，不见其长而日有所增。

被踩烂的青草，也能重新生长。

草若无心不发芽，人若无志不奋发。

路不走长草，刀不磨生锈。

无风不起浪，无根不长草。

是草就有根，是话就有因。

个人的利益，像青草的影子；公众的利益，像高远的天空。

别把自己看成柱石，休将他人比作茅草。

用得着是宝；用不着是草。

杂草多的地方庄稼少，空话多的人知识少。

茂木之下无丰草。

草死苗活。

一边闲着草，一边饿死牛。

严霜单打独根草，寒风只吹无衣人。

独脚独手独根草，风霜雨雪抵不了。

雪怕太阳草怕霜。

疾风知劲草，日久见人心。

寸草挡大风。

一羽示风向，一草示水流。

愿做山上迎风草，不做金屋一枝花。

无风草不动。

嫩草怕霜霜怕日。

稗草不除害庄稼，毒蛇不打害大家。

兵随将领草随风。

草要无根随风倒，话要无根瞎胡说。

墙上一蔸草，风吹两边倒。

不踏实的人，就像水上浮萍。

莫学池中浮萍草，不起不落不生根。

不要让荆棘长在路上。

趁荆棘还幼小的时候砍倒它，别等到要划破手的时候才动手。

芝麻

从针孔里看东西，天空也会变成芝麻大。

芝麻开花节节高。

如果不用力，有芝麻也得不到油。

拾芝麻凑斗，积少成多。

抓了芝麻，丢了西瓜。

向日葵

向日葵不管栽在哪里，它总是向着太阳。

条条江河流入海，朵朵葵花向阳开。

葵花结子心连心。

甘蔗

植物虽多，只有甘蔗最甜。

十月甘蔗甜到尾。

辣椒辣有人买，甘蔗甜有人嫌。

甘蔗老来甜，辣椒老来红。

甘蔗出土节节甜，桂花盛开十里香。

竹

吃笋须记栽竹人。

十人种竹，一年成林；一人种竹，十年成林。

一坡竹子有深浅，一树果子有酸甜。

笋子不割成竹，谷子不收成土。

笋因落壳才成竹。

嫩竹长成材，能挑千斤担。

破竹子不得笋。

砍断的竹子接不上，出土的笋子捂不住。

风吹竹尾两边摆。

竹子再高不比天，河水再清不比泉。

一根竹竿容易弯，三根丝线拉断难。

竹子竿并不都是圆的。

翠竹千年不变节，云杉万年不弯腰。

单竹不成排。

黄麻搓绳拉不断，毛竹成捆压不弯。

嫩竹扁担挑千斤。

竹笋莫想高过竹，泥塘莫想大过海。

没有竹儿哪有笋，没有蜂儿哪有蜜。

藕

藕断丝不断。

宁做泥里藕，不做水上萍。

白藕生长在淤泥里，也染不了脏。

朋友，似莲藕同根长；敌人，如水火不相容。

藕发丛生，必定有根。

事从根起，藕从莲生。

要学莲藕扎根底，莫学浮萍漂水面。

采摘荷花牵动藕，打动牛角牛耳疼。

荷叶包不住刺菱角。

萝卜

拔了萝卜，窟窿在。

萝卜也有三分辣气。

一畦萝卜一畦菜，各人种的各人爱。

姜

姜桂之性，愈老愈辣。

猴子掉块姜，想吃又怕辣。

花椒

花椒虽小，味道大。

要学苋菜红到老，莫学花椒黑了心。

胡椒虽小辣过姜。

7. 关于茶的谚语

客到茶烟起。浅杯茶，满杯酒。

一碗苦，二碗补，三碗洗洗嘴。

饭后一杯茶，老来不眼花。

吃了茶叶子（蛋）做事不怕死。

吃碗元宝茶，一年四季大发财。

龙井茶，虎跑水。

宁可少施一次肥，不能多养一次茶。

若要茶树好，铺草不可少。

若要茶，伏里耙。

茶地晒得白，抵过小猪吃大麦。

头茶荒，二茶光。

七挖金，八挖银，九冬十月了人情。

七挖金，八挖银，九、十月挖的不如屋里困。

秋冬茶园挖得深，胜于拿锄挖黄金。

清明时节近，采茶忙又勤。

立夏茶，夜夜老，小满过后茶变草。

立夏三日茶生骨。

春茶留一丫，夏茶发一把。

春茶苦，夏茶涩，要好喝，秋露白。

千杉万松，一生不空；千茶万桐，一世不穷。

高山茶叶，低山茶子。

土厚种桑，土酸种茶。

稻要地平能留水，茶要土坡水不留。

正月栽茶用手捻，二月栽茶用脚踏，三月栽茶用锄夯也夯不活。

茶树本是神仙草，不要肥多采不了。

413

一担春茶百担肥。

根底肥，芽上催。

浇肥不埋潭，宁可粪坑里满。

栏肥、壅肥三年青。

若要肥，泥加泥。

三年不挖，茶树开花。

宁可一日不食，不可一日无茶。

橙子芝麻茶，吃了讲天话。

头交水，二交茶。

时新茶叶陈年酒。

头茶苦，二茶涩，三茶好吃摘勿得。

嫩香值千金。

素食清茶，爽口爽心。

金沙泉中水，顾渚山上茶。

莫干清凉世界，竹荫十里茶香。

高山雾多出名茶。

平地有好花，高山有好茶。

砂土杨梅黄土茶。

细雨足时茶户喜。

惊蛰过，茶脱壳。

谷雨茶，满地抓。

向阳好种茶，背阴好插柳。

若要茶，二八耙。

老茶不改鸡骨头。

若要茶园败，先种番薯后种麦。

留叶采摘，常集不败。

茶籽采得多，茶园发展快。

头茶勿采，二茶勿发。

拱拱虫，拱一拱，茶农要吃西北风。

立夏茶，夜夜老，小满后，茶变草。

茶叶本是时辰草，早三日是宝，迟三日是草。

采高勿采低，采密不采稀。

春茶留余叶分批采，夏茶留大叶采，秋茶留余叶采。

烧香点茶，挂画插花，四般闲事，不宜累家。

神农遇毒，得茶而解。

壶中日月，养性延年。

苦茶久饮，可以益思。

夏季宜饮绿，冬季宜饮红，春秋两季宜饮花。

冬饮可御寒，夏饮去暑烦。

饮茶有益，消食解腻。

好茶一杯，精神百倍。

茶水喝足，百病可除。

淡茶温饮，清香养人。

苦茶久饮，明目清心。

午茶助精神，晚茶导不眠。

吃饭勿过饱，喝茶勿过浓。

烫茶伤人，姜茶治痢，糖茶和胃。

药为各病之药，茶为万病之药。

空腹茶心慌，晚茶难入寐，烫茶伤五内，温茶保年岁。

投茶有序，先茶后汤。

清茶一杯在手，能解疾病与忧愁。

春茶苦，夏茶涩；要好喝，秋露白。

隔夜茶，毒如蛇。

肚子里没有病，喝茶也会胖起来。

龙井茶叶虎跑水。

茗壶莫妙于紫砂。

洞庭湖中君山茶。

山间竹里人家，清香嫩蕊黄芽。

清早茶一杯，金榜中高魁。

清晨一杯茶，饿死卖药家。

浓茶冲倦意，香烟伴失眠。

午茶提精神，晚茶睡不宁。

饭后饮茶助消化，酒后饮茶能解醉。

渴不急饮，饿不急食。

吃饭不宜过饱，喝茶不能太少。

粗茶淡饭少喝酒，一定活到九十九。

常喝茶，少烂牙。

粗茶淡饭能养人，饮食知节少疾病。

吃萝卜，喝姜茶，大夫急得满街爬。

不喝凉水多喝茶，不拉稀痢不发痧。

茶饭宜清淡，少盐少疾病。

一日无茶则滞，三日无茶则病。

萝卜就热茶，闲得大夫腿发麻。

早晨三杯茶，郎中饿得爬。

好茶一杯，不用请医家。

粮收万担，也要粗茶淡饭。

新沏茶清香有味，隔夜茶伤脾胃。

烫茶伤人，姜茶治病。

吃萝卜，喝热茶，大夫改行拿钉耙。

好看不过素打扮，好吃不过茶泡饭。

龙井湾中水，湄潭打鼓茶。

赶场不进茶馆，不如不赶场。

8.　关于水产的谚语

隔网不逮鱼，隔树不打鸟。

光见鱼喝水，不知花腮漏。

鲤鱼跳龙门，泥鳅钻滓泥。

人往高处走，水往低处流。

渔人不怕狂风浪，猎人不怕虎豹狼。

藕叶莲生，十指连心。

靠水人家会撑船。

撒网要撒迎头网，开船要开顶风船。

撑船的不慌，坐船的稳当。

靠山吃山，靠水吃水。

鲜鱼要烂，先从肚起。

船慢跑死马。

艄公多，打烂船。

鱼锅里熬不出素豆腐。

锯快不怕树粗。

锯响就有沫。

摆船摆到岸，救人救到底。

雷公先唱歌，有雨也不多。

塘里有鱼水不清。

蛤蟆有时也会被泥陷住。

逼着公鸡下蛋，赶着鸭子上架。

猫嘴里挖不出泥鳅来。

船载千斤，掌舵一人。

船靠舵，帆靠风，利箭还要靠强弓。

船靠舵，箭靠弓，吹散乌云靠北风。

船在水中走，人在路上行。

船无水难行，鸟无翼难飞。

黄鼠狼单咬病鸭子。

鸬鹚莫笑乌鸦黑。

莲子心中苦，梨儿腹内酸。

莲子好吃苦在心。

洪水再大，也淹不过鸭背。

鱼找鱼，虾找虾，乌龟王八做亲家。

鱼怕离水，草怕见霜。

鱼过千次网，网网都逮鱼。

一条小泥鳅翻不起大浪。

钓鱼要稳，捉鱼要狠。

钓鱼不在急水滩。

贪食鱼儿易上钩。

舍不得饵，钓不得鱼。

泥鳅滑难捉，坏人心难摸。

坐的船头稳，不怕浪来颠。

再大蛤蟆挡不住车。

一朝被蛇咬，十年怕鳝跑。

一篙子插不到底。

十丈深水易测，一个人心难量。

庄稼人看天，打鱼人看水。

池里无鱼虾为大。

池浅养不了大鱼。

十个指头有长短，荷花出水有高低。

十网九空，一网成功。

宁绕十步远，不走一步险。

水面无风不起浪，水深必定有大鱼。

人多事早完，水大好撑船。

不是撑船手，休拿竹篙头。

不看鱼情看水情。

下浅水只能抓鱼虾，入深潭方能擒蛟龙。

开顺风船练不出好舵手。

大浪当前不可丢桨，大敌当前不可丢枪。

山高自有行路人，水深自有打鱼船。

9. 关于桥的谚语

只有修桥铺路，没有断桥绝路。

船到桥头自然直。

桥归桥，路归路。

车到山前必有路，船到桥头自然直。

逢山开道，遇水造桥。

你走你的阳关道，我过我的独木桥。

多一个朋友多一条路，结一个仇人拆一座桥。

六　其他谚语

1.　关于二十四节气的谚语

立春阳气转，雨水沿河边；惊蛰乌鸦叫，春分地皮干；

清明忙种粟，谷雨种大田；立夏鹅毛住，小满雀来全；

芒种大家乐，夏至不着棉；小暑不算热，大暑在伏天；

立秋忙打靛，处暑动刀镰；白露割谷子，秋分无生田；

寒露不算冷，霜降变了天；立冬先封地，小雪河封严；

大雪交冬月，冬至不行船；小寒忙买办，大寒要过年。

立春阳气转，雨水沿河边；惊蛰乌鸦叫，春分地皮干；

清明忙种麦，谷雨种大田；立夏鹅毛住，小满鸟来全；

芒种开了铲，夏至不拿棉；小暑不算热，大暑三伏天；

立秋忙打靛，处暑动刀镰；白露忙收割，秋分无生田；

寒露不算冷，霜降变了天；立冬交十月，小雪河封上；

大雪地封严，冬至不行船；小寒三九天，大寒就过年。

立春阳气转，雨水落无断；惊蛰雷打声，春分雨水干；

清明麦吐穗，谷雨浸种忙；立夏鹅毛住，小满打麦子；

芒种万物播，夏至做黄梅；小暑耘收忙，大暑是伏天；

立秋收早秋，处暑雨似金；白露白迷迷，秋分秋莠齐；

寒露育青秋，霜降一齐倒；立冬下麦子，小雪农家闲；

大雪罱河泥，立冬河封严；小寒办年货，大寒过新年；

立春阳气转，雨水沿河边；惊蛰乌鸦叫，春分地皮干；

清明忙种麦，谷雨种大田；立夏鹅毛住，小满雀来全；

芒种开了铲，夏至不纳棉；小暑不算热，大暑三伏天；

立秋忙打靛，处暑动刀镰；白露正割地，秋分无生田；

寒露不算冷，霜降变了天；立冬封了地，小雪河封严。

大雪江封上，冬至不行船。小寒不太冷，大寒三九天。

小寒：一候梅花，二候山茶，三候水仙。

大寒：一候瑞香，二候兰花，三候山矾。

立春：一候迎春，二候樱桃，三候望春。

雨水：一候菜花，二候杏花，三候李花。

惊蛰：一候桃花，二候棣棠，三候蔷薇。

春分：一候海棠，二候梨花，三候木兰。

清明：一候桐花，二候麦花，三候柳花。

谷雨：一候牡丹，二候酴醾，三候楝花。

立春：立春春打六九头，春播备耕早动手，一年之计在于春，农业生产创高优。

422

雨水：雨水春雨贵如油，顶凌耙耱防墒流，多积肥料多打粮，精选良种夺丰收。

惊蛰：惊蛰天暖地气开，冬眠蛰虫清醒来，冬麦镇压来保墒，耕地耙耱种春麦。

春分：春分风多雨水少，土地解冻起春潮，稻田平整早翻晒，冬麦返青把水浇。

清明：清明春始草青青，种瓜点豆好时辰，植树造林种甜菜，水稻育秧选好种。

谷雨：谷雨雪断霜未断，杂粮播种莫迟延，家燕归来淌头水，苗圃枝接耕果园。

立夏：立夏麦苗节节高，平田整地栽稻苗，中耕除草把墒保，温棚防风要管好。

小满：小满暖和春意浓，防治蚜虫麦秆蝇，稻田追肥促分蘖，抓绒剪毛防冷风。

芒种：芒种雨少气温高，玉米间苗和定苗，糜谷荞麦抢墒种，稻田中耕勤除草。

夏至：夏至夏始冰雹猛，拔杂去劣选好种，消雹增雨干热风，玉米追肥防黏虫。

小暑：小暑进入三伏天，龙口夺食抢时间，米中耕又培土，防雨防火莫等闲。

大暑：大暑大热暴雨增，复种秋菜紧防洪，测预告稻瘟病，深水护秧防低温。

立秋：立秋秋始雨淋淋，及早防治玉米螟，翻深耕土变金，苗圃芽接摘树心。

处暑：处暑伏尽秋色美，玉主甜菜要灌水，粮菜后期勤治理，冬麦整地备种肥。

白露：白露夜寒白天热，播种冬麦好时节，稻晒田收葵花，早熟苹果忙采摘。

秋分：秋分秋雨天渐凉，稻黄果香秋收忙，碾脱粒交公粮，山区防霜听气象。

寒露：寒露草枯雁南飞，洋芋甜菜忙收回，好萝卜和白菜，秸秆还田秋施肥。

霜降：霜降结冰又结霜，抓紧秋翻蓄好墒，冻日消灌冬水，脱粒晒谷修粮仓。

立冬：立冬地冻白天消，羊只牲畜圈修牢，田整地修渠道，农田建设掀高潮。

小雪：小雪地封初雪飘，幼树葡萄快埋好，用冬闲积肥料，庄稼没肥瞎胡闹。

大雪：大雪腊雪兆丰年，多种经营创高产，时耙耘保好墒，多积肥料找肥源。

冬至：冬至严寒数九天，羊只牲畜要防寒，积极参加夜技校，增产丰收靠科研。

小寒：小寒进入三九天，丰收致富庆元旦，积极参加培训班，不断总结新经验。

大寒：大寒虽冷农户欢，富民政策夸不完，产承包继续干，欢欢喜喜过个年。

地球绕着太阳转，绕完一圈是一年。

一年分成十二月，二十四节紧相连。

按照公历来推算，每月两气不改变。

上半年是六、廿一，下半年逢八、廿三。

这些就是交节日，有差不过一两天。

春打六九头，农民不用愁。

春打六九头，耕牛满地走。

春打五九尾，家家吃白米；春打六九头，家家买黄牛。

春打五九尾，累得耕牛张开嘴。

立春在头雨水好，立春在尾暖得早；立春在中，播种在中。

春早不宜早，春迟不宜迟。

夜立春，好年景；日立春，反年景。

立春寒，一春暖；立春暖，一春寒。

"雨水"雨增温度升，华北大地渐解冻。

抓紧划锄冬小麦，化一层来锄一层。

大麦葵花和蓖麻，顶凌播种产量丰。

黄河来水快蓄灌，莫待断流浇不成，河水井水双配套，水到用时有保证。

春田肥料早运上，耙耢保墒不容停。

大搞棉花营养钵，适时早播还省种。

地瓜育苗早打谱，抓紧盘炕和挖坑。

果园认真来管理，剪枝刮皮把土松。

牛驴骡马要加料，春耕春种如虎猛。

养鱼宜用废弃地，烧完砖瓦挖鱼坑，结合积肥整鱼塘，塘深地壮鱼粮增，水深才能养大鱼，上中下部鱼三层。

雨水非降雨，还是降雪期。

黄河水可用不可靠，来水赶快把麦浇。

黄河水可用不可靠，来水快把白茬浇。

水来蓄满塘，用时不慌张。

蓄水如囤粮，水足粮满仓。

水满塘，粮满仓，塘中无水仓无粮。

水是庄稼血，没有了不得。

水是金汤玉浆，灌满粮囤谷仓。

待要庄稼好，底粪要上饱。

地里铺上粪，家里座上囤。

春天粪筐满，秋天粮仓满。

惊蛰不耙地，好比蒸馍走了气。

未到惊蛰雷先鸣，必有四十五天阴。

惊蛰一犁土，春分地气通。

过了惊蛰节，春耕不停歇。

惊蛰闻雷，谷米贱似泥。

惊蛰春雷响，农夫闲转忙。

二月莫把棉衣撤，三月还下桃花雪。

惊蛰有雨并闪雷，麦积场中如土堆。

吃了春分饭，一天长一线。

春分有雨到清明，清明下雨无路行。

春分前冷，春分后暖；春分前暖，春分后冷。

清明断雪不断雪，谷雨断霜不断霜。

风小无云天晴朗，明天早晨要出霜。

清明前后怕晚霜，天晴无风要提防。

麦怕清明霜，谷怕老来雨。

拱棚瓜菜盖草苫，果树园里要熏烟。

麦田浇后快松耢，保墒增温能防霜。

过了"寒食"，还冷十日。

"寒食"莫欢喜，还有十天半月冷天气。

雨淋坟头钱，春苗出齐全。

淋透扫墓人，耩地不用问。

清明有雨麦苗肥，谷雨有雨好种棉。

清明有雨春苗壮，小满有雨麦头齐。

清明前后雨纷纷，麦子一定好收成。

清明湿了乌鸦毛，今年麦子水里捞。

清明雨渐增，天天好刮风。

清明到，麦苗喝足又吃饱。

清明喂个饱，瘦苗能转好。

清明不上粪，越长越短劲。

麦吃两年土，只怕清明饿了肚。

施上尿素两三天，才能开始把水灌。

尿素追下三四天，再行浇水也不晚。

春分早，谷雨迟，清明种棉正当时。

寒食撒花，谷雨种瓜。

清明高粱谷雨花（棉），谷子播种到立夏。

清明高粱谷雨谷，立夏芝麻小满黍。

清明前五天不早，清明后五天不晚（高粱）。

高粱早播秸秆硬，谷子早播多发病。

大麻种在清明前，叶大皮厚又耐旱。

地温稳过一十三（摄氏度），棉花播种莫迟延。

清明后，谷雨前，十有八九保安全。

清明谷雨紧相连，南坡北洼快种棉。

清明后，谷雨前，又种高粱又种棉。

谷雨前，先种棉；谷雨后，种瓜豆。

清明花，大车拉；谷雨花，大把抓；小满花，不归家。

雨打清明前，春雨定频繁。

阴雨下了清明节，断断续续三个月。

清明难得晴，谷雨难得阴。

清明不怕晴，谷雨不怕雨。

雨打清明前，洼地好种田。

清明雨星星，一棵高粱打一升。

清明宜晴，谷雨宜雨。

清明断雪，谷雨断霜。

清明断雪不断雪，谷雨断霜不断霜。

428

清明无雨旱黄梅，清明有雨水黄梅。

清明南风，夏水较多；清明北风，夏水较少。

清明一吹西北风，当年天旱黄风多。

清明北风十天寒，春霜结束在眼前。

清明刮动土，要刮四十五。

谷雨麦挑旗，立夏麦头齐。

谷雨麦怀胎，立夏长胡须。

谷雨打苞，立夏龇牙，小满半截仁，芒种见麦茬。

冰雹打麦不要怕，一棵麦子扩俩杈；加肥加水勤松土，十八天上就赶母。

谷雨种棉花，能长好疙瘩。

清明早，小满迟，谷雨立夏正相宜。

清明高粱谷雨花，立夏谷子小满薯。

清明高粱接种谷，谷雨棉花再种薯。

清明麻，谷雨花，立夏栽稻点芝麻。

谷耩浅，麦耩深，芝麻只要隐住身。

谷雨前后，种瓜点豆。

杨叶哗啦，快种西瓜。

三月种瓜结蛋蛋，四月种瓜扯蔓蔓。

谷雨前结蛋，谷雨后拉蔓。

谷雨到立夏，就把小苗挖。

夏至大烂，梅雨当饭。

夏至落雨，九场大水。

夏至下雨十八河。

夏至落大雨，八月涨大水。

夏至不打雷，大水连天起。

夏至无响雷，大水十几回。

小满小满，麦粒渐满。

小满未满，还有危险。

小满小满，还得半月二十天。

小满割不得，芒种割不及。

大麦上场小麦黄，豌豆在地泪汪汪。

大麦不过小满，小麦不过芒种。

小满有雨豌豆收，小满无雨豌豆丢。

小满桑葚黑，芒种小麦割。

麦到小满，稻（早稻）到立秋。

芒种火烧天，夏至雨涟涟。

芒种火烧天，夏至水满田。

芒种火烧天，夏至雨淋头。

芒种不下雨，夏至十八河。

芒种雨涟涟，夏至火烧天。

芒种雨涟涟，夏至旱燥田。

芒种夏至是水节，如若无雨是旱天。

芒种夏至常雨，台风迟来；芒种夏至少雨，台风早来。

芒种夏至天，走路要人牵。

立夏不下，小满不满，芒种不管

立夏日鸣雷，早稻害虫多

立夏不热，五谷不结。

立夏到夏至，热必有暴雨。

立夏后冷生风，热必有暴雨。

立夏汗湿身，当日大雨淋。

立夏蛇出洞，准备快防洪。

立夏小满青蛙叫，雨水也将到。

人在屋里热得躁，稻在田里哈哈笑。

九里的雪，伏里的雨，吃了麦子存了米。

白天光照强，夜晚露水狂，庄稼丰收有希望。

伏天大雨下满塘，玉米、高粱啪啪响。

伏天大雨下过头，秋季庄稼要减收

五天不雨一小旱，十天不雨一大旱，一月不雨地冒烟。

要旱要旱未真旱，准收棉；要涝要涝未真涝，粮丰产。

大暑前后，衣裳湿透。

大汗冷水激，浑身痱子起。

伏天穿棉袄，收成好不了。

六月盖棉被，新米倒比陈米贵。

小暑不见日头，大暑晒开石头。

小暑大暑不热，小寒大寒不冷。

小暑大暑，有米不愿回家煮。

小暑有雨旱，小寒有雨冷。

小暑雨如银，大暑雨如金。

小暑下几点，大暑没河堤。

雨打小暑头，四十五天不用牛。

小暑一声雷，倒转半月做黄梅。

小暑雷，黄梅回；倒黄梅，十八天。

小暑头上一声雷，半月黄梅倒转来。

小暑一声雷，要做七十二个野黄梅。

小暑热得透，大暑凉飕飕。

小暑热得透，大暑凉悠悠。

小暑大暑不热，小寒大寒不冷。

早立秋，凉飕飕；晚立秋，热到头。

早晨立了秋，晚上凉飕飕。

早晨秋，着衣秋；夜里秋，脱衣秋；中午秋，赤膊秋。

六月秋，提前冷；七月秋，推迟冷。

六月秋，及早收；七月秋，慢慢收。

六月秋，丢的丢，收的收；七月秋，全部收。

立秋在六月，初雾来得早，影响秋季收成；立秋在七月，初霜来得晚，秋季收成好。

六月立秋，早收晚丢；七月立秋，早晚都收。

七月立秋，早迟都收；六月立秋，早收迟丢。

立秋无雨人发愁，庄稼顶多一半收。

立秋无雨一半收，处暑有雨也难留。

立秋无雨对天求，田中万物尽歉收。

立秋下雨人欢乐，处暑下雨万人愁。

立秋下雨件件丢，处暑下雨件件收。

立秋下雨秋雨多，立秋无雨秋雨少。

立秋有雨一秋吊，吊不起来就要涝。

处暑雷唱歌，阴雨天气多。

处暑一声雷，秋里大雨来。

处暑不下雨，干到白露底。

处暑若逢天下雨，纵然结实也难留。

过了白露节，夜寒日里热。

白露前后一场风，乡下人做个空。

白露白迷迷，秋分稻莠齐。寒露楼青稻，霜降一齐倒。

秋分天气白云来，处处好歌好稻栽。

秋分只怕雷电闪，多来米价贵如何。

秋分天晴必久旱。

秋分日晴，万物不生。

秋分有雨来年丰。

寒露十月已秋深，田里种麦要当心。

九月台，无人知；九月台，惨歪歪。

重阳晴，一冬凌；重阳阴，一冬温。

重阳晴，一冬晴；重阳阴，一冬冰。

重阳无雨一冬晴。

重阳无雨，九月无霜。

重阳无雨，冬至多雨。

重阳无雨看立冬，立冬无雨一冬干。

重阳无雨看冬至，冬至无雨晴一冬。

过了重阳节，一怕霜来二怕雪。

霜降风台跑去藏。

霜降无霜，主来岁饥荒。

霜降无霜，碓头无糠。

霜降露凝霜，树叶飘地层，蛰虫归屋去，准备过一冬。

立冬打雷要反春。

雷打冬，十个牛栏九个空。

立冬之日起大雾，冬水田里点萝卜。

立冬北风冰雪多，立冬南风无雨雪。

小雪雪漫天，来年必丰产。果园清得净，来年无病虫。

大雪不冻，惊蛰不开。

大雪兆丰年，无雪要遭殃。

先下大片无大雪，先下小雪有大片。

先下小雪有大片，先下大片后晴天。

今冬大雪落得早，定主来年收成好。

冬雪回暖迟，春雪回暖早。

冬季雪满天，来岁是丰年。

冬雪消除四边草，来年肥多害虫少。

冬雪是个宝，春雪是根草。

冬至黑，过年疏；冬至疏，过年黑。

冬至晴，正月雨；冬至雨，正月晴。

冬至晴，新年雨，中秋有雨冬至晴。

冬至晴，新年雨；冬至雨，新年晴。

冬至冷，春节暖；冬至暖，春节冷。

冬至有霜年有雪。

冬至无雨一冬晴。

冬至无雨，来年夏至旱。

冬至无雨过年雨，冬至下雨过年晴。

冬至有雨雨水多，冬至无雨雨水少。

冬至落雨星不明，大雪纷纷步难行。

冬至有雪来年旱，冬至有风冷半冬。

冬至在月头，要冷在年底；冬至在月尾，要冷在正月；冬至在月中，无雪也没霜。

冬至在月头，无被不用愁；冬至在月尾，大雪起纷飞。

冬至头，天气暖；冬至中，天气冷；冬至尾，冷得迟。

冬至在月中，无雪又无霜；冬至在月底，寒冷正二月。

冬在头，冷在节气前；冬在中，冷在节气中；冬在尾，冷在节气尾。

冬至在头，冻死老牛；冬至在中，单衣过冬；冬至在尾，没有火炉后悔。

小寒大寒寒得透，来年春天天暖和。

小寒暖，立春雪。

小寒寒，惊蛰暖。

小寒大寒不下雪，小暑大暑田开裂。

小寒无雨，小暑必旱。

大寒日怕南风起，当天最忌下雨时。

小寒不如大寒寒，大寒之后天渐暖。

南风送大寒，正月赶狗不出门。

南风打大寒，雪打清明秧。

大寒牛眠湿，冷到明年三月三。

一国之宝：三大四小，二分四立，不多不少。

上半个月初二、三，下半个月十五、六。

春到寒食六十天，清明夏至七十七，冬至悬春四十五，再加六十是清明。

种田无定例，全靠看节气。

打蛇打在七寸上，种田种在节气上。

年抓春，季抓节，月抓日，日抓朝。

不懂二十四节气，白把种子撒下地。

十年难逢金满斗，百年难逢首日春。

两春夹一冬，无被暖烘烘。

两春夹一冬，十个牛栏九个空。

一年两头春，黄土变成金。

立春不逢九，五谷般般有。

春打五九尾，不种芝麻不后悔。

春打六九头，吃水像吃油；春打五九尾，吃油像吃水。

春打五九末，边吃边泼；春打六九头，边吃边愁。

春打六九头，种田不用愁；春打六九尾，种田撞见鬼。

春打六九头，种田人好用锄。

立春当日，水暖三分；立春十日，水内热人。

打了春，赤脚奔，棉袄棉裤不上身。

打了春后莫欢喜，还有四十天冷天气。

立春不是春，雨水还结冰。

立春东风回暖早，立春西风回暖迟。

立春动了风，三月比正月冷得凶。

迎春下雨打春晴，交春下雨到清明。

立春阳气转，塘堰都落满。

打春天气阴，当年有倒春。

睁眼春，年成好；闭眼春，年成拐。

立春一日晴，早秋有收成；立春一日雨，早秋禾苗荒。

打春三日晴，不消问得神；打春三日落，米汤有得喝。

打春雪满天，春上百日干。

立春后断雪，插播正相当。

立春三日雾，四季多阴雨。

打了春，脱了瘟，人不知春草知春。

立春阳气生，草木发新根。

立春一日，百草回芽；立春三日，百草排牙。

雨水落雨三大碗，大河小河都装满。

雨水有雨庄稼好，大麦小麦粒粒饱。

雨水淋带风，冷到五月中。

雨水无水多春旱，清明无雨多吃面。

雨水不落，下秧无着。

雨水无雨，夏至无雨。

雨水前雷，雨雪霏霏。

惊蛰到，蚂叫，伢儿打起赤脚跳。

不用算，不用数，惊蛰五日就出九。

惊蛰过，暖和和，蚂老蝈唱山歌。

过了惊蛰节，一夜一片叶。

惊蛰寒冷多逢晴，惊蛰不冷多雨雪。

惊蛰不动风，冷到五月中。

惊蛰虫不动，端阳要把棉衣送。

二月惊蛰晴，高山树发青。

惊蛰谷雨下，谷米要涨价。

未过惊蛰节，打雷三告雪。

雷打惊蛰前，四十八天雨绵绵。

雷打惊蛰前，高山好种棉。

未到惊蛰一声雷，家家稻田无收成。

惊蛰雷开窝，二月雨如梭。

惊蛰雷闹眼，五毒下了田。

雷打惊蛰正惊蛰，高山冈上开大池。

惊蛰雷雨大，谷米无高价。

雷打惊蛰后，低田好种豆。

惊蛰过后雷声响，蒜苗谷苗迎风长。

雷打惊蛰前，高山好种田；雷打惊蛰后，湖田做大路。

过了惊蛰节，亲家有话田间说。

惊蛰犁头动，春分地气通。

惊蛰不耕地，好比蒸馍走了气。

点在惊蛰口，一碗打一斗。

穷人莫听富人哄，过了惊蛰就下种。

过了惊蛰春分，棒槌落地生根。

春分有雨家家忙，种瓜种豆又种秧。

时到春分昼夜忙，清沟排涝第一桩。

大雁不喝惊蛰水，小燕来过清明节。

清明到，青蛙叫，杨柳青，粪如金。

三月清明山不青，二月清明满山青。

清明难得晴，谷雨难得雨。

雨打墓头钱，今年好过年。

清明一场雨，有菜又有米。

雨打清明后，平坝种成豆。

清明没晴起，谷雨水滴滴。

雨淋清明节，干死黄豆不落叶。

清明桃花水，立夏田开裂。

清明断雪，谷雨断霜。

清明有雾，夏秋有雨。

霜打清明节，大旱三个月。

清明绿河沟，谷雨绿山坡。

清明去，谷雨来，遍地返青要起苔。

谷雨前后一场雨，胜似秀才中了举。

谷雨无雨水来迟，谷雨有雨兆雨多。

立夏北风如毒药，干断河里鹭鸶脚。

立夏无雨要防旱，立夏落雨要买伞。

立夏雨，尖斗谷子平斗米。

立夏滴一点，穷人抱大碗。

立夏不起阵，起阵好收成。

立夏无雨农人愁，到处禾苗对半收。

立夏不下，无水洗耙；立夏不落，无水洗脚。

立夏不下，干到麦罢。

立夏若能初雷发，十分收成决不塌。

立夏无雷动，作田要落空。

四月立夏耕种忙，中饭送到田坎上。

过了立夏，站着说话。

立夏小满，亲家来了不管。

立夏到小满，种啥都不晚。

立夏立夏，动犁动耙。

立夏不揭板，拉得牯牛喊。

立夏不动锄，庄稼地里好放牛。

立夏拔根草，秋后吃个饱。

立夏要下，小满要满。

小满吃水，大满吃米。

小满满齐沿，芒种管半年。

小满不满，干断田坎。

立夏不下，高田不耙；小满不满，高田不管。

小满不下，黄梅雨少。

2.　关于气象的谚语

天上钩钩云，地上雨淋淋。

天上棉絮云，地上有雨淋。

天上宝塔云，地下雨淋淋。

西北黄云现，冰雹到跟前。

早怕南云漫，晚怕北云翻。

云从东南涨，有雨不过晌。

晚上西北暗，有雨还有闪。

晚若西北明，来日天气晴。

黑云是风头，白云是雨兆。

朝有棉絮云，下午雷雨鸣。

天有城堡云，地上雷雨临。

天上扫帚云，三天雨降淋。

早晨棉絮云，午后必雨淋。

早晨东云长，有雨不过晌。

早晨云挡坝，三天有雨下。

早雨一日晴，晚雨到天明。

今晚花花云，明天晒死人。

空中鱼鳞天，不雨也风颠。

天上豆荚云，不久雨将临。

天上铁砧云，很快大雨淋。

老云结了驾，不阴也要下。

云吃雾有雨，雾吃云好天。

云吃火有雨，火吃云晴天。

乌云接日头，半夜雨不愁。

乌云脚底白，定有大雨来。

低云不见走，落雨在不久。

西北恶云长，冰雹在后晌。

暴热黑云起，雹子要落地。

黑云起了烟，雹子在当天。

黑黄云滚翻，冰雹在眼前。

黑黄云滚翻，将要下冰蛋。

满天水上波，有雨跑不脱。

乌云接日头，天亮闹稠稠。

早烧不出门，晚烧行千里。

早怕东南黑，晚怕北云推。

清早宝塔云，下午雨倾盆。

日落乌云涨，半夜听雨响。

云自东北起，必定有风雨。

云从东南来，下雨不过晌。

早上朵朵云，下午晒死人。

乌云接日头，半夜雨稠稠。

上昼薄薄云，下昼晒煞人。

早起浮云走，中午晒死狗。

日出红云升，劝君莫远行；日落红云升，来日是晴天。

日落云里走，地雨半夜后。

乌云接日高，有雨在明朝；乌云接日低，有雨在夜里。

晚上看云鱼鳞片，无风必有雨。

天上鲤鱼斑，明日晒谷不用翻。

乌云接落日，不落今日落明日。

早上红云照，不是大风便是雹。

日落乌云洞，明朝晒得背皮痛。

行云方向相反、云层厚，要下雨。

棉花云，雨快淋；缸爿云，晒死人。

南风暖，北风寒，东风潮湿西风干。

云行东，雨无终；云行西，雨凄凄。

云在东，雨不凶；云在南，河水满。

西北来云无好货，不是风灾就下雹。

天上灰布云，下雨定连绵。

馒头云，天气晴。

四月十六云盖天，木勺挽水种杂田。

黑猪过河，大雨滂沱。

炮台云，雨淋淋。

火烧乌云盖，大雨来得快。

满天乱飞云，雨雪下不停。

云行北，好晒谷；云行南，大水漂起船。

江猪（乌云）过河（天河），大雨滂沱。

西南转西北，还得半个月。

南风刮到底，北风来还礼。

南风腰中硬，北风头上尖。

南风转东风，三天不落空。

雨后西南风，三天不落空。

南风吹得紧，落雨快得很。

西风收雨脚，泥土晒不白。

六月大风台，七月作水灾。

久晴西风雨，久雨西风晴。

日落西风住，不住刮倒树。

常刮西北风，近日天气晴。

半夜东风起，明日好天气。

雨后刮东风，未来雨不停。

南风怕日落，北风怕天明。

南风多雾露，北风多寒霜。

444

夜夜刮大风，雨雪不相逢。

南风若过三，不下就阴天。

风头一个帆，雨后变晴天。

晌午不止风，刮到点上灯。

无风现长浪，不久风必狂。

无风起横浪，三天台风降。

大风怕日落，久雨起风晴。

东风不过晌，过晌嗡嗡响。

雨后东风大，来日雨还下。

雹来顺风走，顶风就扭头。

春天刮风多，秋天下雨多。

南风不过午，过午连夜吼。

东风急溜溜，半夜雨稠稠。

西风刹南脚，泥头晒勿白。

西风随日落止，不止刮倒树。

南风不过三，过三不雨就阴天。

四季东风下，只怕东风刮不大。

早刮东风不雨，涝刮西风不晴。

小暑起燥风，日日夜夜好天公。

秋起东风不相及，冬起东风雪边天。

东风湿，西风湿，北风寒，南风暖。

春起东风雨绵绵，夏起东风井断泉。

东风下雨东风晴，再刮东风就不灵。

五月南风下大雨，六月南风井底干。

五月南风落大雨，六月南风海要枯。

东风险，西风晴，南风热，北风冷。

四季东风四季晴，只怕东风起响声。

东南风，干松松；东北风，雨祖宗。

立夏东南百草风，几日几夜好天公。

日落射脚，三天内雨落。

日头出得早，天气难得好。

东方太阳白，就要有风发。

爬墙出日头，要发西北风。

日没胭脂红，无雨必有风。

月打洞，落雨像闸水冲。

月亮长毛，大水冲成潮。

亮星照烂地，落煞不稀奇。

冬雪是麦被，春雪是麦害。

雨浇上元灯，日晒清明种。

有雨山戴帽，无雨河起罩。

天空灰布悬，大雨必连绵。

天上拉海纤，下雨不过三。

四周天不亮，必定有风浪。

有雨天边亮，无雨顶上光。

日落胭脂红，无雨便是风。

日落黄澄澄，明日刮大风。

日出太阳黄，午后风必狂。

星星水汪汪，下雨有希望。

星星眨眨眼，出门要带伞。

日月有风圈，无雨也风颠。

朝霞不出门，晚霞行千里。

风大夜无露，阴天夜无霜。

大雾不过三，过三阴雨天。

雾露在山腰，有雨今明朝。

久晴大雾阴，久雨大雾晴。

雷声连成片，雨下沟河漫。

先雷后刮风，有雨也不凶。

雷公先唱歌，有雨也不多。

闷雷拉磨声，雹子必定生。

阴雨亮一亮，还要下一丈。

久雨刮南风，天气将转晴。

南闪四边打，北闪有雨来。

太阳现一现，三天不见面。

西北天开锁，午后见太阳。

久晴天射线，不久有雨见。

风静又闷热，雷雨必强烈。

有雨亮四边，无雨顶上光。

前冬不穿靴，后冬冷死人。

下雨走大街，台风走小巷。

不怕初一阴，就怕初二下。

空山回声响，天气晴又朗。

小暑热得透，大暑凉飕飕。

有雨山戴帽，无雨云拦腰。

日落云里走，雨在半夜后。

久雨西风晴，久晴西风雨。

落雨落得慢，近日雨不散。

处暑不下雨，干到白露底。

晚看西北黑，半夜看风雨。

处暑落了雨，秋季雨水多。

处暑晴，干死河边铁马根。

久雨冷风扫，天晴定可靠。

四月初八晴，瓜果好收成。

日出猫眯眼，有雨不到晚。

东方日出白，就要有风发。

日出胭脂红，无雨也有风。

吃了夏至面，一天短一天。

未秋先秋，踏断蛮牛。

中午太阳一现，往后三日不见。

早晚冷，中午热，下雨半个月。

雨不歇：顶看初三，下看十八。

久雨必有久晴，久晴必有久雨。

日落西北满天红，不是雨来就是风。

要知明天热不热，就看夜星密不密。

清明有雨正黄梅，清明无雨少黄梅。

端午落雨还好熬，初六落雨烂脱瓦。

初一落，初二散；初三落，到月半。

八月十五云遮月，正月十五雪打灯。

早晨下雨当日晴，晚上下雨到天明。

一场秋雨一场寒，十场秋雨穿上棉。

东边日出西边雨，阵雨过后又天晴。

风静天热人又闷，有风有雨不用问。

旱刮东南不下雨，涝刮东南不晴天。

先下牛毛没大雨，后下牛毛不晴天。

早阴阴，晚阴晴，半夜阴天不到明。

大暑小暑不是暑，立秋处暑正当暑。

处暑有雨十八江，处暑无雨干断江。

月亮生毛，大雨冲壕。

正月二十不见星，沥沥拉拉到清明。

早晨落雨饭后停，饭后下雨不得晴。

十月呒三十，晚麦不肯出。

曲蟮唱山歌，有雨落不大。

雨中知了叫，预告晴天到。

喜鹊搭窝高，当年雨水涝。

久雨闻鸟鸣，不久即转晴。

海雀向上飞，有风不等黑。

鸟往船上落，雨天要经过。

喜鹊枝头叫，出门晴天报。

蟋蟀上房叫，庄稼挨水泡。

蚊子咬得怪，天气要变坏。

蜻蜓千百绕，不日雨来到。

蜜蜂采花忙，短期有雨降。

腰酸疮疤痒，有雨在半晌。

枣花多主旱，梨花多主涝。

晴天不见山，下雨三五天。

河里泛青苔，必有大雨来。

海水起黄沫，大风不久过。

大榕树冬不落叶，兆春寒。

木棉树开花，雨季要提前。

蜘蛛张了网，必定大太阳。

鸡在高处鸣，雨止天要晴。

候鸟早飞来之年，雪较多。

雨蛙呱呱叫，下雨必来到。

蚯蚓路上爬，雨水乱如麻。

明天有雨落，今晚蚊子恶。

久晴鹊噪雨，久雨鹊噪晴。

河里鱼打花，天天有雨下。

烟囱不冒烟，一定是阴天。

蚊子聚堂中，来日雨盈盈。

早晚烟扑地，苍天有雨意。

不知季节看花草，不知地气看五木。

荷花开在夏至前，不到几天雨涟涟。

芦花秀，早夜寒；芦花黄，大水狂。

南瓜花向下，天气将变化。

峨眉豆开花旱，大干要来到。

五月开茭花，大水淹篱笆。

花等九，年成有；九等花，年成差。

人不知春鸟知春，鸟不知春草知春。

青草变白草，下雨只在两三朝。

马鞭草发白，就要有雨落。

草上结罗网，河里水要涨。

草皮长了毛，有雨在明朝。

含羞草勾腰，大雨快要到。

蚂蚁草扯白旗，三天内定下雨。

路裂直口大天干，狗咬根长连阴天。

艾叶死梢，大雨定到。

坟茔湾里打伞，田里水涨。

山林树木知春意。

无风树叶翻背摇，大水浸过桥。

树叶迟谢，来年要旱。

树叶翻白，等不到黑。

杉树烧梢，秋天雨少。

桐树花红，干死畦虫；桐树花白，干地成泽。

桐果打单吊，白米无人要。

桐树花谢，冻死老爹爹。

木梓叶内炸，一冬没雨下。

木梓叶里炸，今冬有雪下。

椿树发香，不到三天水浇汤。

杨树长出红须根，日后一定雨水盛。

柳叶翻，雹子天。

天气阴不阴，摸摸老烟筋。

烟叶发了润，上坡戴斗笠。

笋子冲园，阴雨绵绵。

天要雨，青苔起；天要晴，青苔沉。

青苔浮水面，三日有水见。

水浑漂青苔，大风随即来。

河沟漂青苔，不久有雨来。

菱角头下沉兆阴雨。

未吃五月粽，破裘不敢放。

将下雨：春看海口，冬看山头。

桃花落在尘土里，打麦打在泥浆里。

桃花落在泥浆里，打麦打在尘土里。

蛇过道，大雨到；蛇上树，有大雨。

鸡啁风，鸭啁雨，蚂蚁拦路要落雨。

蜻蜓成群绕天空，不过三日雨蒙蒙。

正月八，二月八，小猫小狗全冻煞。

饭粒黏碗，山腰有卷云，天气晴。

鸡早宿窝天必晴，鸡晚进笼天必雨。

水缸出汗蛤蟆叫，不久将有大雨到。

群雁南飞天将冷，群雁北飞天将暖。

蚂蚁成群爬上墙，雨水淋湿大屋梁。

燕子低飞蛇过道，蚂蚁搬家山戴帽。

雷声闷沉沉，天气难得晴。

久雨闻雷声，不久定天晴。

早雷不过午，晚雷十日雨。

早雷下大雨，下雨不过晌。

响雷雨不凶，闷雷下满坑。

雷声像拉磨，狂风夹冰雹。

春雷十日阴，春雷十日寒。

南闪火门开，北闪连夜来。

太阳照黄光，明日风雨狂。

春雾曝死鬼，夏雾做大水。

早晨地罩雾，尽管洗衣裤。

早晨地罩雾，尽管晒稻谷。

日晕三更雨，月晕午时风。

罩雾罩不开，戴笠子幪棕蓑。

早晨天发红，海上警渔翁。

黄昏天发红，渔翁笑声隆。

雷声绕圈转，有雨不久远。

处暑一声雷，秋里大雨来。

西虹跨过天，有雨在眼前。

处暑雷唱歌，阴雨天气多。

虹高日头低，大水流满田。

虹低日头高，大河无水挑。

春霜不露白，露白要赤脚。

夏至三朝雾，出门要摸路。

小暑一声雷，黄梅倒转来。

六月里迷露，要雨到白露。

3.　关于节日的谚语

清明时节雨纷纷，路上行人欲断魂。

未食五月粽，被褥不甘松。

未食五月粽，破裘毋甘放。

未食五月粽，寒衣不入柜。

食过五月粽，寒衣收入柜；未食五月粽，寒衣不敢送。

食过五月粽，不够百日又翻风。

清明插柳，端午插艾。

癞蛤蟆躲不过五月五。

蛤蟆蝌蚪躲端午。

端午不戴艾，死去变妖怪。

午时水饮一嘴，较好补药吃三年。

喝了雄黄酒，百病远远丢。

有钱难买五月五日旱。

未吃端午粽，寒衣不可送；吃了端午粽，还要冻三冻。

端午节，天气热；五毒醒，不安宁。

端午（五）请菩萨，端六发乌贼。

良辰当五日，偕老祝千年。

粽子香，香厨房；艾叶香，香满堂。

桃枝插在大门上，出门一望麦儿黄。

端午佳节，菖蒲插屋。

端午节卖菖蒲。

家有三千艾，郎中不用来。

吃了端午粽，才把棉衣送。

五月五，雄黄烧酒过端午。

五月五，划龙船，过端午。

土俗清明供祀墓，诗家端午吊离骚。

最怕端午节水，不怕七月半鬼。

吃了端午粽，还有三更冻。

初一糕、初二粽、初三螺、初四桃、初五划龙舟。

未吃五月粽，破袄不敢放。

未吃五月粽，破裘毋敢放。

乡下不识字，过节过初四。

洗午时水，无肥亦媠（漂亮）。

午时水洗目睭，明到若乌秋（大卷尾，鸟名）。

七月十五鬼节，八月十五人节。

八月十五月正南，瓜果石榴列满盘。

男不拜月，女不祭灶。

吃乱了月饼死公公。

五月回港扒龙舟，六月割禾有钱收，七月烧纸盂兰节，八月赚钱买饼尝中秋。

冬唔饱，夏唔饱，八月十五食餐饱。

八月十五停活的，冬至节教学的。

到中秋，赛摸秋。八月摸个秋，摘柚抱瓜不算偷。

晴到冬至，雨到过年。

有钱人过年，无钱人过关。

细仔望过年，老人怕过年（细仔指小孩，老人指当家人）。

年到二十一，人家欢喜涯叹息。

年到二十二，无心又无事。

年到二十四，爱买年料无主意。

年到二十五，一入年架心更苦。

年到二十六，年关难过出目汁。

年到二十七，雪上加霜债主逼。

年到二十八，想去想转"无括煞"。

年到二十九，无钱还债无路走。

年到二十三，锣鼓一响心就惊。

穷人过年真辛苦，洗净蒲罗无米煮。

有钱过年笑连连，无钱过年泪涟涟。

年到初三四，各人打主意。

年到初五六，无酒又无肉。

年到初七八，家家"劣"粥钵。

年到初八九，打起包袱抓紧走。

想起过年就凄凉，穷人差过坐班房。唔当除了"过年"事，少

愁少切命过长。

二十三糖瓜粘，二十四扫房日，二十五去碾谷，二十六去买肉，二十七去宰鸡，二十八把面发，二十九蒸馒首，三十晚上扭一扭，大年初一拱拱手。

三六九，往外走；二五八，好回家。

上马饺子下马面，起脚包子落脚面。

4. 关于家乡习俗的谚语

丢了家乡口，不如守家狗。

百里不同俗，十里改规矩。

百里不同风，千里不同俗。

百里不同天。

穷家难舍，熟土难离。

好家难舍，熟地难离。

家乡的水是仙水，家乡的土是金子。

不想爷娘想地方。

没有当过流浪汉的人不知在故乡的幸福。

不做异乡人，不知故土亲。

利刀难断东流水，天涯难隔家乡情。

不到异乡看看，不知故乡的美丽。

骏马怀念草原，勇士怀念故乡。

隔条坳，不同道；隔条江，不同腔。离乡不离腔。

离家三里远，别是一乡风。

离城十里路，各有各乡风。

乡风处处异。

喝什么地方的水，随什么地方的俗。

一方土养一方人。

一方燕子衔一方泥。

乡里鼓，乡里敲，乡里狮子乡里跳。

哈萨克生时歌来迎，哈萨克死时歌来送。

送行饺子迎客的面。

南甜北咸，东辣西酸。

昆明市一大怪，不放辣子不做菜。

一乡一俗，一湾一曲。

出外由外，入乡随乡。

出门问路，入乡问俗。

入国问禁，入乡问俗。

5. 关于因果与条件的谚语

刀快要加钢，马壮要料强。

工欲善其事，必先利其器。

聋子不怕炮，瞎子不怕刀。

粗瓷茶碗雕不上细花。

板凳如果没有四条腿，只能是一块木板。

如果不是和路连在一起，桥的存在就没有什么意义。

旧的不去，新的不来。

腥锅里熬不出豆腐来。

斧子不打，凿子不进。

腐肉不去，新肉不生。

水筲离不了井绳，瓦匠离不了小工。

果子离不开枝子，瓜儿离不开蔓儿。

一个碗不响，两个碗叮当。

叫花子无棒受狗欺。

棒丢狗咬人，猫走鼠伸腰。

桶没箍就散，车没油就喊。

有了金钥匙，不愁锁不开。

锯快不怕树木粗。

刀利不怕韧牛皮，火烈不怕生柴枝。

刀快不怕脖子粗。

蓬生麻中，不扶自直。

鱼不可离水，虎不可离岗。

舍得宝来宝换宝，舍得珍珠换玛瑙。

舍不得金弹子，打不住银凤凰。

舍不得鞋子逮不住狼。

手中没把米，叫鸡鸡不来。

舍不得红小豆，引不来白鸽子。

爱火不爱柴，火从哪里来。

打铁先要本身硬。烂泥巴糊不上壁。

沟水翻不了船。海深不怕鱼大。

饭不熟，不揭锅。

火候不到不揭锅。

万事俱备，只欠东风。

水有源，树有根。

乱麻必有头，事出必有因。

有因必有果，有利必有害。

有车就有辙，有树就有影。

怎样的模印出怎样的糕。

树荆棘得刺，树桃李得果。

好树结好果，好铁铸好锅。

地下没有根，地上不长草。

天不下雨河不涨。

屋内不烧锅，屋顶不冒烟。

无风树不响，无病人不死。

没风树不响，没水不起浪。

风不吹，树不摇。

虱子不咬人不挠。

风不刮，树不摇；虱不咬，手不挠。

臭肉招苍蝇。

家内无猫，老鼠踩脚。

水头不浑水尾清。

藕发莲生，必定有根。

今天来客，往日有意；今日打架，往日有气。

塘中鱼尽，白鹤起身。

没有家腥，引不来野猫。

臭手捏不出香糕。

好模子出好坯，好窑口出好瓷。

花香蜜蜂多，水甜人爱喝。

灶头无肉蚁不来。

牵一发而动全身。

扯着耳朵腮就动。

扯着耳朵连着腮，胡子眉毛分不开。

灶门口点火，烟囱口冒烟。

钟在寺里，声在寺外。

关门打鼓，响声在外。

树倒藤萝死。

树倒猢狲散。

上河里涨水下河浑。

一石激起千层浪。

谁播种，谁收割。

谁种狂风，谁收暴雨。

红花还得绿叶扶。

一只脚走不成路。

豆腐无油难脱锅。

灯盏无油枉费心。

河里没水撑不起船。

壶中无酒难留客，池中无水难养鱼。

天上无云难下雨。

春风不动地不开。

好手难绣没线花。

破庙不招好和尚。

鲁班无木难造屋。

下不了高粱本，喝不到老烧酒。

6. 关于大小与多先的谚语

大有大难，小有小难。

十大九不输。一寸不牢，万丈无用。

一百个星星不如一个月亮。

大拳头打不着小跳蚤。

花香不在多，室雅不在大。

人不在大小，要有本事；山不在高低，要有景致。

小事是大事的根。海水只怕一滴漏。

珍珠虽小，价值千金。

小小石头，砸坏大缸。

针尖大的窟窿斗大的风。

蚂蚁能啃大骨头。

寸草能挡住大风。

尺水能兴百丈浪。

泉水虽小，但它还是海洋的哥哥。

橹樯虽大随人转，秤锤虽小压千斤。

秤砣小，压千斤；胡椒小，辣人心。

辘轳虽小，能提千斤。

一根绣花针虽小，却能绣出美丽的图案；一口漏锅虽大，却煮不出喷香的米饭。

大船只怕钉眼漏。

粒火能烧万重山。

石头虽小能砸烂罐，火种虽小能烧掉群山。

星星之火，可以燎原。

暴雨能够穿通屋顶，细雨能够穿通岩石。

大漏漏不长，细漏漏干塘。

一条小毛虫，能把树蛀空。

失之毫厘，差以千里。

差之毫厘，谬以千里。

差一线，隔一山。

钢再贵，也比不上金子；头发再粗也比不过大腿。

刺人的蒺藜，初生也是软的。

以毛投炉无不焚，以卵投石无不碎。

软藤缠死硬树。

朽麻绳熬断铁链条。

最软的是水，最硬的也是水。

莫道君行早，更有早行人。

来得早，不如来得巧。

先长的眉毛，不如后长的胡子长。

先出世的耳朵短，后出世的犄角长。

后上船者先登岸。

譬如积薪，后来者居上。

7. 关于安全生产的谚语

防事故年年平安福满门，讲安全人人健康乐万家。

健康的身体离不开锻炼，美满的家庭离不开安全。

安全是家庭幸福的保证，事故是人生悲剧的祸根。

安全是最大的节约，事故是最大的浪费。

麻痹是最大的隐患，失职是最大的祸根。

安全生产，生产蒸蒸日上；文明建设，建设欣欣向荣。

不绷紧安全的弦，就弹不出生产的调。

安全花开把春报，生产效益节节高。

忽视安全抓生产是火中取栗，脱离安全求效益如水中捞月。

粗心大意是事故的温床，马虎是安全航道的暗礁。

蛮干是走向事故深渊的第一步。

眼睛容不下一粒砂土，安全来不得半点马虎。

杂草不除禾苗不壮，隐患不除效益难上。

万千产品堆成山，一星火源毁于旦。

安全是增产的细胞，隐患是事故的胚胎。

人人讲安全，事事为安全，时时想安全，处处要安全。

入海之前先探风，上岗之前先练功。

筑起堤坝洪水挡，练就技能事故防。

防护加警惕保安全，无知加大意必危险。

骄傲自满是事故的导火线，谦虚谨慎是安全的铺路石。

镜子不擦拭不明，事故不分析不清。

事故教训是镜子，安全经验是明灯。

愚者用鲜血换取教训，智者用教训避免事故。

记住山河不迷路，记住规章防事故。

不懂莫逞能，事故不上门。

闭着眼睛捉不住麻雀，不学技术保不了安全。

熟水性，好划船；学本领，保安全。

管理基础打得牢，安全大厦层层高。

严格要求安全在，松松垮垮事故来。

好钢要锻打，安全要严抓。

群策群力科学管理，戒骄戒躁杜绝事故。

专管成线，群管成网；上下结合，事故难藏。

安全措施订得细，事故预防有保证。

遵章守纪光荣，违章违纪可耻。

庄稼离不开阳光，安全少不了规章。

遵章是幸福的保障，违纪是灾祸的开端。

见火不救火烧身，有章不循祸缠身。

一人违章，众人遭殃。

违章违纪不狠抓，害人害己害国家。

绊人的桩不在高，违章的事不在小。

出门带伞防天雨，上岗遵章防事故。

你对违章讲人情，事故对你不留情。

与其事后痛哭流涕，不如事前遵章守纪。

遵章是安全的先导，违章是事故的预兆。

安全来自长期警惕，事故源于瞬间麻痹。

绿叶底下防虫害，平静之中防隐患。

宁可千日不松无事，不可一日不防酿祸。

船到江心补漏迟，事故临头后悔晚。

常添灯草勤加油，常敲警钟勤堵漏。

抓基础从小处着眼，防隐患从小处着手。

多看一眼，安全保险，多防一步，少出事故。

抽一块砖头倒一堵墙，松一颗螺丝断一根梁。

病魔乘体虚而入，灾祸因麻痹而生。

灾害常生于疏忽，祸患多起于细末。

安全是幸福的花，全家浇灌美如画。安全多下及时雨，教育少放马后炮。

安全保健康，千斤及不上。安全好，烦恼少，全家幸福乐陶陶。

安全给遵章者胸前佩戴红花，事故给违章者留下终身痛苦。

忽视安全求高产，好比杀鸡去取卵。

宝剑锋从磨砺出，安全好从严中来。

事故教训是镜子，安全经验是明灯。

一人把关一处安，众人把关稳如山。

秤砣不大压千斤，安全帽小救人命。

快刀不磨会生锈，安全不抓出纰漏。

苍蝇贪甜死于蜜，作业图快失于急。

瞎马乱闯必惹祸，操作马虎必出错。

晴带雨伞饱带粮，事故未出宜先防。

细小的漏洞不补，事故的洪流难堵。

事故牵动千万家，安全要靠你我他。

自己有痒自己抓，自己跌倒自己爬。

平路跌死马，浅水淹死人。

瞪眼看火花，双眼闪泪花。戴好防护镜，到老眼不花。

防事故年年平安福满门，讲安全人人健康乐万家。

简化作业省一时，贪小失大苦一世。

打蛇不死终是害，隐患不除祸无穷。

雪怕太阳草怕霜，办事就怕太慌张。

只有在阳光下，绿叶才有希望。只有在防范中，成果才有保障。

一个再小的事故，也有它的苗子。

僵蛇没咬人不是本性和善，隐患未伤身绝非已经安全。

补漏趁天晴，防贼夜闭门；事故防在先，处处保平安。

智者，教训面前察己之短；愚者，面对血训不以为然。

遵章守纪阳光道，违章违制独木桥；寒霜偏打无根草，事故专找懒惰人。

豹狼不会因食人畜而自己死去，隐患不会因伤害工人而消除。

绳子总在磨损地方折断，事故常在薄弱环节出现。

潮水没过礁石终究要暴露，麻痹掩盖隐患早晚要伤人。

工作将要结束之际，常是事故"偷营劫寨"之时。

鲜花不精心培育就是枯萎，生产不注意安全迟早遭殃。

马在软地上易打步失，人在麻痹中易出事故。

一个烟头可能是一场大火的前奏曲，几杯美酒也是一次车祸的催化剂。

万人防火不算多，一人失火了不得。

麻痹是火灾的兄弟，警惕是火灾的克星。

安全行车千万里，事故就在一两米。

平时有张婆婆嘴，胜过事后"妈妈心"。

使人走入深渊的是邪念而不是双脚，使人遭遇不幸的是麻痹而非命中注定。

安全生产，重在预防。

生产必须安全，安全促进生产。

落实安全规章制度，强化安全防范措施。

安全生产责任重于泰山。

安全——我们永恒的旋律。

甜蜜的家盼着您平安归来。

安全知识让你化险为夷。

安全勤劳，生活美好。

抓好安全生产促进经济发展。

传播安全文化，宣传安全知识。

安全来于警惕，事故出于麻痹。

防微杜渐，警钟长鸣。

安全人人抓，幸福千万家。

人人讲安全，家家保平安。

严是爱，松是害，搞好安全利三代。

落实一项措施，胜过十句口号。

不怕千日紧，只怕一时松。

疾病从口入，事故由松出。

气泄于针孔，祸始于违章。

安全遵规章，严守不能忘。

居安思危，常备不懈。

小虫蛀大梁，隐患酿事端。

只有防而不实，没有防不胜防。

走平地，防摔跤；顺水船，防暗礁。

无事勤提防，遇事稳如山。

沾沾自喜事故来，时时警惕安全在。

只有大意吃亏，没有小心上当。

毛毛细雨湿衣裳，小事不防上大当。

治病要早，除患要细。

8.　关于命运与生命的谚语

躲一棒槌，挨一榔头。

才离狼窝，又逢虎口。

福和祸是同胞兄弟。

福无双至，祸不单行。

悲喜为邻。

由别人决定命运的人，心情永远不会欢畅。

当灾难来临的时候，苍蝇也要在你头上拉屎。

算命若有准，世上无穷人。穷勿信命，病勿信鬼。

十月怀胎一样生，那有穷命富命分。

能管住嘴巴的人，才能掌握自己的命运。